제로테크

기업사냥꾼의 탐욕으로
담배연기처럼 사라진 **유망기업**

전 인 구

장 편 소 설

초판 1쇄 인쇄 2014년 5월 28일
초판 1쇄 발행 2014년 6월 4일
초판 2쇄 발행 2023년 5월 10일

지은이 전인구
편 집 김문교
디자인 로앤오더
그 림 손기호
펴낸이 백승대
펴낸곳 매직하우스

출판등록 2007년 9월 27일 제313-2007-000193
주 소 서울시 마포구 모래내로7길 38
 서원빌딩 605호
전 화 02) 323-8921
팩 스 02) 323-8920
이메일 magicsina@naver.com
ISBN 978-89-93342-35-2

zerotech

제로테크

제로테크

| 차 례 |

　누구나 부자를 꿈꾼다. 돈이 있다면 세상에서 많은 것들을 누릴 수 있고, 행복할 수 있다고 믿기 때문이다. 돈만 있다면 자신이 받은 설움, 열등감을 모두 극복할 수 있다고 믿으면서 돈은 수단이 아닌 종교로 변하게 된다. 돈이 신이 되고 사람은 돈의 노예가 된다. 돈을 위해서라면 죄를 짓는 것조차 가볍게 생각하게 된다. 그렇게 사람들은 돈의 세상에서 더러워지고 비참해진다.

　주식이라는 것은 정말 달콤하다. 하루에도 몇 종목은 상한가를 기록하고, 연일 상한가를 기록하는 주식을 한번 사면 몇 배로 돈을 불리는 것이 순간이다. 한 번 대박의 맛을 본 자들은 화끈한 수익률을 주지 못하는 다른 투자에는 만족을 하지 못한다. 점점 주식에 자신의 돈을 집중하기 시작하고, 점점 위험한 주식에 투자하기 시작한다. 그렇게 주식투자의 기본과는 거리가 멀어지기 시작하고, 연일 하한가를 맞는 주식에 한 번 걸리는 순간 패망하게 된다. 집을 잃고, 직장을 잃고, 가족을 잃는다. 주식 한 번 잘못 투자한 대가로는 너무도 잃는 것이 크다.

이렇게 돈을 잃는 투자자들이 너무도 많다. 주식에서 개인투자자의 90%가 손실을 본다고 한다. 애초에 개인투자자가 돈을 벌기가 어려운 곳이 주식이다. 정보력과 자금력이 뛰어난 기관투자자, 외국인투자자들은 프로선수라고 보면 개인투자자는 이제 막 시작한 아마추어 초보와도 같다. 그런데 정보력도 자금력도 부족한 개인투자자들은 어떠한 보호도 없이 프로선수들과 동급으로 맞붙게 된다. 애초에 이길 수가 없는 게임일지도 모른다.

게다가 개미를 꼬여 잡아먹는 개미핥기처럼 개미들을 노리는 작전세력들이 있다. 이들은 미리 특정기업의 주식을 싸게 매집해 놓은 뒤, 언론과 인터넷 등을 통해 사람들을 유인한다. 그리고 주가를 올리기 시작한다. 사람들은 열광하고, 돈에 눈이 먼 사람들이 점차 몰려들기 시작한다. 세력들은 여기에 주가를 몇 배로 더 올린다. 이미 수익의 맛을 본 투자자들은 자신의 전부 또는 대부분을 여기에 투자한다. 그들의 눈은 이미 광기로 뒤덮인 상태가 된다. 충분히 자신들의 물량을 떠넘길 투자자들을 확보한 작전세력들은 이제 자신들의 물량을 던져 개미들에게 떠넘긴다. 그다음부터는 아수라장이 시작된다. 연일 하한가와 잠시 멈춤 다시 연일 하한가가 시작된다. 그렇게 하한가가 4번이면 평생 모은 재산이 반토막 난다.

　기업들 또한 기업사냥꾼의 마수에 걸리게 된다. 기업사냥꾼들은 아주 은밀하게 작업을 진행한다. 기업주를 협박하고, 돈으로 덫을 만들고, 주식을 몰래 매집하여 경영권을 빼앗는다. 또는 사채업자에게 돈을 빌려 회사를 사들이기도 한다. 그렇게 경영권을 빼앗은 후에는 회사의 현금을 빼내고 회사의 자산을 팔아 투자금을 회수한다. 회사의 알

맹이는 쏙 빠지고 껍데기만 남은 회사 주식을 소유한 주주들은 큰 피해를 볼 수밖에 없다. 기업사냥꾼들은 껍데기를 한 번 더 쥐어짠다. 유상증자를 해서 들어온 자본금을 빼돌리거나 회사채를 발행해서 들어온 돈을 그들의 주머니로 빼돌린다. 해외에 투자를 한다고 해서 수백억을 빼돌리기도 한다. 그들은 그렇게 앞으로 빼내고, 뒤로 빼내고, 옆으로 빼낸 뒤 껍데기마저 시들어진 기업을 버리고 도주한다. 결국 그 회사 주식을 투자한 개미들은 상장폐지와 함께 모든 것을 잃게 된다. 수많은 기업들이 그렇게 사라졌고, 수많은 가정들이 그렇게 파멸됐다.

이번 제로테크 사건은 가장 스케일이 큰 사건 중의 하나

일 뿐 지금도 벌어지고 있는 수많은 사건들에 비하면 빙산의 일각에 불과하다. 이 책을 통해서 주식시장의 위험성을 알리고, 나 자신은 올바른 투자를 하고 있는지, 혹은 기업 사냥꾼들의 마수에 걸려 있지는 않은지 점검해보는 계기가 되길 바란다.

2014년 4월
저자 전인구 드림

김영두(35)

명동사채업자 겸 조폭으로 실질적인 행동대장. 횡령 및 주가조작 등으로 범죄를 저지른 뒤 이상철에 의해 제거됨.

김현수(35)

영두의 옛 친구로 제로테크의 바지사장을 맡음, 제로테크를 끝까지 지키다 승용차에 연탄을 피워 자살함. 타살 가능성 있음. 영두의 옛 연인 소영과 결혼.

이상철(53)

기업사냥꾼 및 정치브로커, 이번 사건의 배후 인물이며 영두를 통해 횡령 및 조작 등을 지시함. 영장도 거부할 정도로 막강한 정치적 힘을 가지고 있는 인물. 현수 사망 후 1년 뒤 검거됨.

염장운(33)

하이컴 대표이사, HS홀딩스 대표로 영두의 오른팔, 부도 후 실종. 제거되었을 것으로 추정됨.

성화종(43)

정치적 실세의 사위, 애널리스트 출신으로 사업을 실패하다 이상철과 손잡음. 얼굴마담으로 나선 뒤, 중도 사퇴.

소영(35)

부모님이 사채 빚을 쓰다 사라져 고아가 됨. 현수, 영두와 옛 고아원 친구로 현수를 좋아했으나 영두와 잠시 만나다 현수와 결혼

허동현(29)

이상철 회장이 고향에서 끌어온 조폭대장, 김영두 밑에 있으나 영두를 감시하고 이 회장을 보호한다. 훗날 장운과 현수, 영두를 제거한다.

프롤로그

사람들은 희망을 찾기 위해 서울로 올라오고, 서울에 살면서 희망을 찾고 있다. 그들은 서울에 있든 서울에 있지 않던 희망을 찾고 있으나 희망은 서울에 있지 않았다. 희망을 찾아 부산에서 서울로 올라온 나에게도 희망이라는 것은 보이지 않았다. 서울에서 찾은 것이라고는 경쟁과 생존, 절망뿐이었다. 희망을 찾으려고 발버둥 칠수록 나는 서울에서 깊숙한 절망을 보았고, 그 절망은 희망을 녹여버렸다. 나는 더 이상 서울에서 희망을 찾지 않았다.

"박 사장님! 돈을 빌려 썼으면 갚읍시다. 이건 좀 심한 거 아니요?"

"좀 봐주게 회사가 어려워서 돈이 없네…. 조금만 시간을 주게."

"우리는 땅 파서 장사합니까? 우리 애들 양복 입힐 돈으

로 빌려드린 거 아닙니까? 애들 좀 봐요. 꼴이 뭡니까? 이
게. 우리도 먹고 삽시다. 그만하고 끝냅시다."

박 사장에게 하는 말은 나에게 하는 말과 다르지 않았다.
농으로 하는 이야기는 아니었다. 밑에 애들 용돈도 제대로
못주고 있었다. 유일한 수입원이라고는 이 일 하나뿐이었
다. 오락실 하나 잘 돌리고 있을 때는 먹고 살만했는데 경
찰은 이를 허락하지 않았다. 사채를 놓고 싶었으나 자본이
없었다. 이 회장 밑에서 떼인 돈이나 받거나 이 회장에게
돈을 빌려 다시 사채를 놓았다. 열 명을 빌려주다가 한 명
한테 못 받으면 남는 것이 없었다. 열 명 중 돈을 갚지 않
는 이는 둘, 셋 정도는 되었고, 그들은 사라지거나 죽음을
택했다. 그들이 죽어도 그들의 빚은 사라지지 않았다. 나
는 그 빚을 그의 자녀들에게 씌어주었다. 자녀들은 부모의
빚을 갚기 위해 열심히 일했고, 빚은 계속 늘어갔다. 나는
그들을 팔았고, 그들은 계속 열심히 일했다. 자녀들의 빚
은 부모의 빚보다 더 커졌다. 그러나 그들은 열심히 일했
다. 나는 돈을 떼이지 않았다. 채무자는 사라져도 빚은 사
라지지 않았다.

"영두. 한번만 봐주게."

박 사장은 나에게 진심으로 자비를 바라고 있었다. 그가
나에게 바라는 자비만큼 나는 그에게 돈을 바라고 있었다.

급박한 상황에서 박 사장은 명동 사채를 끌어 썼다. 위기는 넘겼으나 빚은 빠르게 암처럼 번져갔다. 빚은 시작은 미약하였으나 끝은 창대해져 갚을 수 없는 상황이 왔다. 나는 기업을 넘길 것을 요구했다. 그러나 박 사장은 굴복하지 않았다. 그에게는 이 회사가 자신의 인생이 담긴 전부였다. 나는 곧 결혼을 앞둔 박 사장의 딸을 데려왔다. 박 사장은 당장이라도 눈이 튀어나올 듯이 울부짖었다.

"사장님, 그럼 시간을 드릴게. 이렇게 합시다. 곧 결혼하시는 따님 내가 곱게 화장해 드릴 테니까 그 때 안으로 결정하십쇼."

천천히 박 사장의 딸에게로 다가간다. 딸은 슬피 울고 있었다. 나는 서슬이 퍼런 작고 날카로운 칼을 꺼낸다. 그리고 천천히 그녀의 얼굴에 칼을 가져댄다.

"얼굴화장부터 할까요? 손톱부터 다듬을까요?"

나의 칼끝이 박 사장 딸의 뺨으로 간다. 살짝 닿은 칼끝이 예리하게 베인다. 살이 벌어지며 피가 조용히 흘러내린다. 딸은 공포에 질려 소리도 지르지 못한 채 부들부들 떨다가 기절한다.

박 사장이 흐느끼며 소리를 지른다.

"영두. 다 주겠네. 다 주겠어. 내 회사를 넘길 테니 제발 우리 딸을 건들지 말아주게."

이제야 살짝 미소가 돈다. 담배를 안주머니서 꺼내어 불을 붙이고 한 모금 깊게 들이 마신다. 그리고 준비해 놓은 서류를 박 사장에게 내민다.

"진작 그랬으면 얼마나 좋았습니까? 사장님. 여기 지장 찍고 시마이합니다."

지장을 찍은 박 사장은 털썩 주저앉고 큰 목소리로 목 놓아 운다. 그의 울음에는 사업을 일으키기 위해 청춘을 다 바친 30대의 젊음과 40대 사장의 패기와 50대의 가장의 고독이 다 녹아들어가 있었다. 그의 울음은 내 마음의 북을 울렸고, 나 또한 괴로웠다.

모든 서류 절차가 끝나자 장운이 나에게 묻는다.

"형님. 어떻게 처리할까요?"

"곱게 보내줘. 죽일 필요는 없다."

나는 언제나 그랬듯이 살리는 쪽을 선택했다. 내 영달을 위해 누군가를 죽이며 살아가고 싶지 않다. 누군가를 죽여야 한다면 내가 죽을 수 있을 만큼 죽여야 할 때여야 할 것이다. 나는 아직 그런 적이 없다.

"그래도 뒤처리를 깔끔하게 하는 것이 낫지 않겠습니까?"

"깔끔하게 단단히 주의 좀 주고 알았지? 마무리 잘해라."

"네 형님."

옷맵시를 다듬고 난 뒤, 서류를 담은 가방을 차에 넣고 시동을 건다. 강을 건너는 한남대교의 야경이 들어온다. 하지만 저 아름다운 불빛 중에 내 집은 한 채도 없다. 먹고 살려고 피를 묻히며 살았다. 조금만 더 참으면 달라질 거라 생각했는데 달라지는 것은 아무것도 없었다. 얼마나 더 이 짓거리를 해야 빛이 보일지는 한강 밑의 물속처럼 알 수 없었다.

박 사장에게서 받은 서류를 들고 이상철 사장이 기다리고 있는 명동 사무실로 들어간다. 이제 명동도 옛날의 명동이 아니다. 국가에서는 사채시장을 압박하기 시작했다. 일본에서 들어온 사채업체들이 대대적으로 광고를 하며 고객을 뺏어가고 있다. 옛날처럼 수익이 나지가 않아 떠나는 사채업자들도 많다. 그런 명동에서 이상철 사장이 주는 수수료로 조직을 이끌어 가기가 참 버겁다. 그렇게 죽어가는 명동에서 살아남기 위해 더 악랄해졌고, 남의 것을 내 것처럼 뺏았다.

"사장님, 잘 받아왔습니다."

"오. 그래. 영두야. 수고 많았어. 고생했다. 잡음 안 나게 마무리는 잘했지?"

"네. 이런 일 한두 번 합니까? 걱정 마십쇼. 이제 회사 하나 더 생겼습니다. 축하합니다. 사장님."

"그냥 형님이라고 불러라. 우리가 같이 일한지 몇 년인데 아직도 사장님이냐."

이상철 사장의 기분 좋은 핀잔에 살짝 웃음이 난다. 점
점 사막화 되어가고 있는 명동에서 그래도 이 사장은 운
좋게도 선인장을 하나씩 캐며 잘 버티고 있다. 이 선인장
을 먹고 나면 또 다른 선인장을 찾아야 한다. 그러나 여기
는 앞으로 선인장을 또 캘 수 있을 지는 나도 이 사장도 알
수 없는 사막이었다. 굶어 죽거나 좀 더 버티거나 선택 외
에는 남지 않은 명동이었다.

"그래도 영두 덕에 명동에서 버틸 수 있는 거 같다. 이
번에 박 사장 회사 정리해서 매각 되는대로 좀 더 챙겨줄
게. 같이 먹고 살아야지."

이 사장은 두툼하지 않아 보이는 봉투를 내게 내민다.
그 정도의 선인장으로는 사막 한가운데서 간신히 목만 축
일 수 있을 정도일 것이다. 하지만 이 봉투가 희망이 없는
현실에서 유일한 빛이었다.

"고맙습니다. 형님. 정말 감사합니다. 형님."

"그래. 근데 영두야. 이제 나이가 몇이지?"

"이제 서른넷입니다."

서른넷이라는 나이는 다시 나에게 물었다. 이제 젊은 시
절은 끝나가고 있었다. 그러나 관리할 업소 하나 없었다.
이 명동에서는 희망이 없다. 누구 밑에 들어가기에는 너무

늦었다. 앞날이 밝은 것도 아니다. 명동 밖의 상황도 비슷했다. 주먹을 쓰는 조폭은 공룡처럼 멸종하고 있었다. 이제는 돈으로 주먹을 쓴다. 돈으로 상대를 굴복시키고, 세력을 키운다. 돈이 힘이고, 돈이 천하였다.

"영두도 이제 자리 잡고 독립해야지. 조만간 큰 건 하나 계획 중인데 같이 한번 해보자. 큰 거 하나 챙겨줄게. 어때?"

"형…. 형님. 대체 무슨 일을 하시려고요? 얼마나 큰 작업이기에 그러십니까?"

"그건 차차 알게 될 거야. 영두야. 우선 이 명동은 네가 운영해봐라."

"형님. 이 명동을 저한테 주신다니요. 형님은 뭐하시려고요?"

"좀 더 큰 일 한번 해보련다."

이상철 사장은 명동에서 사채로 일어섰다. 그러나 명동은 정부의 규제로 점점 힘을 잃어가고 있었다. 그 속에서 그들은 죽지 않기 위해 자신을 변화시켜 갔다. 기업들을 사냥했고, 인수합병에 돈을 빌려주었다. 또 주가조작에도 참여했다. 그는 여기에 더해 정치인들과 인맥을 다졌고, 기업과 정치인을 이어주거나 은행과 정치인을 이어주기도 하며 그 사이에서 수수료를 챙겼다.

자세히 어떤 것인지는 모르겠으나 그 사이에서 생기는 수익은 명동에서 벌 수 있는 돈을 넘어섰다. 그렇게 그는 위기를 극복했고, 이제 더 큰 것을 보고 있었다.

"남자가 크게 한 번 살아봐야지. 영두야. 이 형님만 믿고 한 번 가자. 한 번 사는 세상 돈 한번 크게 벌어보고 죽자."

1. 운수 좋은 날

인천공항 입국 게이트. 비행기가 도착하고 멀리서 익숙한 외모의 한 남자가 걸어 나온다. 오랜만에 보지만 오랫동안 함께 했기에 현수라는 것을 한눈에 알 수 있었다.

"현수야! 여기다 여기!"

"영두야!"

현수의 외모는 훤칠했다. 흰 피부는 백인과 구분이 가지 않았고, 똘망똘망한 눈망울을 지니고 있어 멀리에서도 알아보기 쉬웠다.

"녀석 변했네. 미국 물 좀 먹어서 그런지 잘 생겨졌어. 공부는 많이 했고?"

"덕분에. 사업은 잘 되고?"

"그냥 머. 우선 들어가서 얘기하자. 장운아. 나는 오늘 현수랑 코 삐뚤어지게 술 좀 먹을 라니까 너는 명동에

가 있어라."

"예. 형님."

현수에게는 오랜만에 오는 한국일 것이다. 미국에서 경영학 공부를 마치고 돌아왔으니 한국 공기를 마시는 건 약 4년만이다. 그 사이 세상도 나도 많이 바뀌었다. 사채 금리는 예전보다 많이 내렸고, 휴대폰도 스마트폰으로 바뀌었고, 야당과 여당도 바뀌었다. 그러나 사람들은 여전히 사채이자에 허덕였고, 스마트폰이 들어와도 스마트해지지는 않았으며, 야당과 여당이 바뀌어도 다시 여당과 야당이었을 뿐이었다. 세상이 바뀌어 보였으나 세상은 바뀌지 않았다.

횟집에 도착해 가장 좋은 회가 아닌 도다리를 시켰다. 그 시절 현수와 부산 자갈치에서 사먹던 도다리가 가장 그리웠기 때문이다. 많은 것이 바뀌었으나 도다리 맛은 바뀌지 않았다.

"미국에도 횟집이 있어? 많이 먹어. 그동안 못 먹었을 거 아냐."

"고맙다. 나 회 좋아하는 거 아직도 안 잊어주고 고마워."

"당연한 소리. 우리가 같은 배에서 나온 것은 아니지만서도 피보다 더 진한 형제 아니겠나? 나는 네가 자랑스럽다. 친구가 박사가 되다니 참 오늘 기분 좋네."

"영두야 진짜 고맙다. 니 덕분에 박사까지 마칠 수 있었어. 그 동안 빌린 돈은 꼭 갚을게."

"아이고, 친구끼리 머 갚을게 그리 많나. 그냥 술이나 먹자."

"그래. 마시자."

얼마쯤 마셨을까. 자리를 옮기고 옮겨 둘이서 종종 가던 포장마차에 갔다. 오늘따라 많이 마셔서 속은 좋지 않았다. 유일한 친구와 있다 보니 이대로 집에 가고 싶지가 않았다. 포장마차에 앉아 소주를 한 잔씩 따랐다. 나는 현수를 한국으로 불러들였다. 해야 할 일이 있었고, 믿을 수 있는 적임자가 없었다. 그래서 나는 현수에게 미안해했고, 현수는 고마워했다.

"현수야."

"어 영두야."

"꿈이 뭐야?"

"CEO가 하고 싶어. 세계적인 기업을 만들고 싶어. 근데 꿈이지 뭐. 써주는 곳이 있어야지."

"그래? 이번에 우리 회장님한테 네 이야기를 했더니 보고 싶어 하시더라. 일을 하나 맡기시려나봐. 내일 한번 만나보자."

"고맙다 영두야. 고맙다."

 *

 이튿날, 약속대로 현수와 같이 이 회장을 만났다. 이 사장 덕분에 만년 3류 생활을 청산하고 명동 사채시장에서 자리 잡을 수 있게 되었다. 물론 버는 돈은 이 회장이 거의 다 가져가는 얼굴마담이다. 그래도 이 회장 뒤의 비호세력들 덕분에 땅 짚고 헤엄치기 식으로 돈을 벌었다. 덕분에 짧은 시간 안에 명동에서는 가장 큰 세력으로 성장할 수 있었다.

 "어서와 어서. 이야기 들었네. 어서 오게."

 "김현수라고 합니다. 반갑습니다."

 "아니야. 아니야. 영두 덕분에 사업이 잘 되고 있는 거지 머."

 "아닙니다. 형님. 형님 덕분에 제가 먹고 사는 거 아니겠습니까?"

 "그렇게 생각해주면 고맙고. 현수는 경영학 박사라고?"

 "네. 이번에 수료하고 한국으로 들어왔습니다."

 "그럼 스카웃 제의 들어온 곳은 있나?"

 "아직 없습니다. 찾아봐야죠."

"그럼 몇 달 쉬다가 나랑 같이 일하지. 조만간 괜찮은 기업을 하나 인수할 생각이야. 안 그래도 마땅한 CEO가 없어 고민하던 차인데 현수가 그 일을 좀 맡아 주었으면 좋겠어."

미리 언지는 있었지만 이렇게 빨리 이야기가 진전될 줄을 몰랐다. 사장이라는 자리가 편의점 아르바이트생을 뽑는 자리도 아닌데 이 회장은 현수로 바로 낙점했다.

"회…. 회장님. 감사합니다. 저 같이 경험 없는 놈한테 회사를 맡기신다니. 최선을 다하겠습니다."

"아니야. 영두한테 이야기 많이 들었어. 자네라면 한 번 회사를 믿고 맡겨 볼만 하다고 믿네. 나는 경영은 적성에 맞지가 않아. 현수가 많이 좀 도와줘."

"형님 뜻대로 우리 현수 잘할 겁니다. 기대하십쇼."

"그래. 그럼 다음에 저녁식사나 같이하지. 미국에서 온 지 얼마 안 됐을 텐데 푹 쉬게."

돈 한 푼 없는 고아로 태어나서 젊은 나이에 둘 다 자리를 잡았다. 이 회장 덕분인지 우리 둘이 운이 좋은 것인지는 알 수 없었다. 그러나 이 억세게 좋은 운이 어디까지 달리는지 보고 싶어졌다.

"현수야. 잘 됐어. 회장님이 널 보자마자 이렇게 바로 일을 맡길 줄을 몰랐네. 상당히 마음에 드셨나봐. 한 턱

쏴라."

"그러게. 이렇게 일이 잘 풀릴 줄이야. 역시 너랑 있으니까 운이 먹히나보다."

*

며칠 뒤, 이 회장은 나를 찾아왔다. 직접 찾아오는 경우는 드물었다. 그 이유는 몰랐으나 중요한 일이 있음은 직감했다.

"형님. 부르시면 갈 텐데 뭐 하러 직접 오셨습니까?"

"다름이 아니고, 자네가 해줄 일이 있어서 그러네."

"형님, 말씀만 하십쇼. 무슨 일입니까?"

"성화종이라고 아는가?"

이 회장의 입에서 성화종이라는 단어가 나올 줄은 몰랐다. 한 때는 유망한 애널리스트였고, 사업가였으나 지금은 보잘 것 없는 한물간 인물이기 때문이다.

"바이오 사업하는 회사 사장 아닙니까?"

"그래. 이번에 하는 사업에 그 사람이 필요해."

"에이 형님도. 그 성 사장 볼 것 하나 없습니다. 바이오 사업 말만 거창하지 그걸로 수익이 나는 데가 있습니까? 명동 쪽에 할인받은 어음도 상당하답니다. 그 정도면 인공호흡기 단 중환자나 다름없어요."

"이번 사업의 핵심이 성화종이야. 이 사람을 어떻게 해서든 우리 쪽으로 끌어들여야하네."

이미 빚더미에 올라앉은 회사이고, 지금 당장 부도가 난다고 해도 이상할 것 하나 없는 회사였다. 굳이 그런 사람을 이번 계획에 끌어들여야 할 필요가 없었다. 신뢰가 가지 않는 인물이고, 능력도 없는 인물이었다.

"그토록 끌어들려는 이유가 뭡니까? 진짜 별 볼일 없는 사람입니다. 대통령 아들이라도 됩니까?"

이 회장은 대답을 하지 않았다. 다만 그가 정치실세라는 것만 암시해 주었다.

"비슷해. 이놈만 보면 딱히 볼 거는 없지만 그래도 알토란같은 놈이야. 명동에다 풀어놓은 어음 우리가 다 회수하면 올가미로 묶어 둘 수 있을 거야. 어떻게 해서라도 우리 편으로 만들어 오게."

"예 형님. 걱정 마십쇼. 이런 놈들 오래 안 걸립니다."

이 회장이 가고 잠시 소파에 앉아 생각해본다. 이 회장이 성화종을 선택한 것은 정치실세 중 가장 쉽게 매수할 수 있는 자이기 때문일 것이다. 돈이 아쉬운 자이고, 이 회장은 돈이 있었다. 이 회장은 얼굴마담을 필요로 하고, 그는 얼굴이 있었다. 서로가 서로에게 이득이 가는 작업이었으나 잘못되면 위험해질 수도 있을 것이다. 그렇다고 안 할 수도 없는 일이다.

"형님. 이번 일은 안 하시는 것이 좋지 않겠습니까? 정치인들한테 밉보여서 좋을 것 하나도 없습니다. 형님."

내가 알고 있는 것을 장운도 알고 있다. 분명 꺼림칙한 일이지만 해야 하는 일이다. 아마도 이 자가 위험하지만 빠른 길로 가는 지름길이 될 자일 수도 있다.

"맞다. 해서는 안 될 일이지만 해야만 하는 일이지. 이 회장이 시키는 일 안하면 우리가 명동서 살아남을 수 있겠나? 우선 시간이 걸리는 일이니까 장운이 네가 명동 돌아다니면서 그 회사 어음 좀 다 걷어 와라. 그리고 뒤 좀 캐봐, 분명 무언가가 있을 거야."

"네. 알겠습니다. 형님."

장운이 나가고 나자 머리가 아파온다. 명동에서 일을 시작하면서 생긴 병이다. 의사도 병의 이유를 몰랐다. 이유 없는 병이었다. 나는 이 병을 꾀병이라고 불렀다. 물론 꾀병에도 약은 있다. 고아원 친구였던 소영이를 보며 커피를 마시면 머리가 맑아졌다. 나와 소영, 그리고 현수 셋은 고아원 친구였다. 현수가 미국에 있는 사이 나는 운 좋게 소영을 다시 만났다. 오늘 이 셋이 15년 만에 다시 보는 날이 될 것이다.

"현수야. 저녁에 할 일 없지? 나랑 갈 때가 있다."

"어딘데?"

"따라오면 알아. 가자."

현수를 데리고 흑석동 어느 골목의 작은 카페로 간다. 오늘은 손님이 별로 없다. 소영이가 환하게 맞는다.

"소영! 오늘 장사 안 되나보네? 문 닫자."

안 그래도 큰 소영의 눈이 현수를 보자 더 커진다.

"또 이런다. 또! 근데 옆에는 누구야?"

"현수야. 현수야! 소영이야."

"소영이? 소영아. 오랜만이다. 살아있었구나. 영두야, 소영이 찾았다고 왜 말 안 해줬어?"

"네가 뺏어 갈까봐. 농담이구. 나도 너 미국 갔을 때 우연히 만났어. 소영아 기억하지? 현수."

"그럼. 기억하지. 현수야. 진짜 멋있어졌구나. 이렇게 몰라보게 자랐네. 너무 반갑다야."

"그러니까 오늘 문 닫고 셋이서 옛날이야기 좀 하자."

도란도란 옛 이야기를 하며 시간 가는 줄 모르고 있었다. 옛 이야기를 하면 시간은 항상 부족했다. 해가 지고, 달이 뜨고, 해가 떴다. 이야기의 주제는 없었다. 술을 마시면 술이 주제가 되고, 얼굴을 보면 얼굴이 주제가 되었다. 나는 어릴 적 소영을 좋아했다. 그리고 소영은 현수를 좋아했다. 그렇게 어른이 되고 소영과 연락은 끊겼다. 언젠가 성공하면 다시 찾겠다고 다짐했다. 몇 년 전 우연하게도 소영이를 다시 찾았다. 그 때 소영은 매우 힘들고 희망없는 삶을 살고 있었다. 나의 삶도 그랬고 그 시절 모두의 삶이 그랬다. 어릴 적 소영의 꿈은 커피가게를 운영하는 것이었다. 그래서 이번 기회에 카페를 하나 얻어주었다.

"가자. 머리가 아플 때는 너를 봐야 낫는다니까."

"현수야. 조심히 가. 또 놀러와."

"야! 나는!"

"너는 좀 적당히 와. 무슨 회사가 일이 없길래 매일 놀러와? 열심히 일해!"

"일 많거든! 요 며칠은 바빠. 나중에 올게."

2. 지분 쟁탈전

오전부터 이 회장 사무실로 간다. 요즘 들어 호출이 잦다. 고민을 많이 하는 성격과 달리 최근 들어 행동이 분주해졌다. 이제 오랫동안 세워둔 계획이 실천되고 있었고, 그 계획은 순조롭게 진행되고 있는 듯 보였다.

"찾으셨습니까?"

"영두야. 아침부터 불러서 미안하다. 이제 큰 일 한번 시작해보자."

"네? 큰일이라면?"

"기업을 인수할거야. 명동에 가서 자금을 모아와라."

이제 기업을 인수하면 명동이라는 사막을 벗어나 초원을 뛰어다닐 수 있을 것이다. 그러나 기쁜 일이었음에도 명동 자금을 모아오라는 말이 매우 불길하게 들렸다. 사채로 기업을 인수한다는 말은 사막에서 초원으로 가는 것이 아니라 늪으로 가는 것과 같았다. 기업을 인수해서 벌어들이는 돈의 속도보다 사채이자가 불어나는 속도가 더 빠르다는 것을 이 회장은 나보다 더 잘 알고 있다. 그의 말은 단순했고, 이치에 맞지도 않았다.

"형님. 사채로 기업을 인수하면 죽습니다. 사채로 성공하신 분이니 더 잘 알지 않습니까?"

"걱정마. 잠깐 몇 달만 빌려 쓰고 돌려줄 거야. 돈 한 푼 없이 기업을 인수할 수 있어."

"형님. 어떻게 땡전 한 푼 없이 기업을 인수한답니까?

"그걸 동생과 내가 할 거야."

그는 계속 알 수 없는 이야기를 했고, 나는 그의 말을 이해할 수 없었다. 이 회장은 이해할 수 없는 말을 나에게 이해시키고자 노력했다.

"제로테크라는 회사 들어봤지?"

"네. 나름 괜찮은 회사 아닙니까? 기술력도 있고, 현금도 충분하고, 사채를 쓸 일은 없는 회사로 알고 있습니다만….."

"이번에 그 회사 창업주랑 경영자랑 지분 싸움이 붙었어."

"그럼 둘 중 하나가 승자가 되겠지요. 우리가 어떻게 그 회사를 먹습니까?"

"현재 모양새가 창업주 쪽으로 기울고 있네. 다급한 쪽은 지푸라기라도 잡아야하지. 동생이 지푸라기를 내밀어준다면 해볼 만해."

이 회장의 말은 어려웠다. 나는 그의 말을 이해하려고 노력했다. 둘의 싸움에 지는 쪽 편을 들면 더 좋은 조건의 무언가를 받을 수 있을 것이다. 결국 역전을 하겠지만 진짜 승자는 우리가 되는 것이다. 사채로 올가미를 친다면 제로테크를 큰 힘 안들이고 우려 뺄 수 있을 것이다.

"올가미를 치란 얘기군요. 그런데 저희 쪽으로 돈을 빌리러 올까요?"

"공사는 다 쳐놨네. 곧 동생한테 연락이 갈 거야. 그리고 이번 일 성사시키려면 100장은 필요할거야. 명동에서 미리 확보해."

"알겠습니다."

*

제로테크는 나름 튼튼하고 유망한 회사였다. 통신장비를 만드는 회사였고, 수출도 잘 되어 나름 업계에서 인정받는 회사로 통했다. 시가총액이 800억이 넘는 중견기업이고 미래는 더 창창한 회사다. 그러나 사채꾼이 IT회사를 인수해서 제대로 경영할 수나 있을까? 이해가 가지 않았다. 아마도 이해를 못하는 것이 당연할지도 모른다. 이 회장은 지금 이해할 수 없는 그림을 그려 놓았고, 이제 그 그림을 그리기 시작했다. 그림이 완성될 때까지는 이해하기 어려울 것이다. 나는 그 그림이 완성될 때까지 이해하는 것을 포기하기로 결심했다.

"장운아. 명동 좀 돌면서 실탄 좀 확보해라."

"몇 장 정도면 되겠습니까?"

"100장."

"그렇게나 많이 필요합니까? 감당할 수 있겠습니까? 형님? 이자만 해도 장난 아닙니다."

"안다."

만약 경영자가 창업주를 꺾고 이기지 못한다면 나는 괴멸할 것이다. 내가 경영자를 무너뜨리지 못한다면 또한 괴멸할 것이다. 저들은 한 명만 이기면 승리하지만 나는 저 둘을 모두 이겨야 한다. 그러나 내가 무너진다고 해서 이 회장은 무너지지 않을 것이다. 모두 내 책임이 될 일들이고, 나의 선택이 두려워졌다.

"네. 알겠습니다. 참 성화종이 정보 다 준비했습니다."

"그래?"

"문제 많은 놈입니다. 빽 믿고 불법을 엄청 저질렀네요. 횡령, 배임, 사기, 불륜, 청탁 거의 종합구속세트입니다. 가진 것이라고는 뺙 밖에 없는 놈이에요. 어쩔까요?"

성화종 건은 그리 어렵게 흘러가지 않을 것 같았다. 하나라도 쉽게 해결될 기미가 보여 다행이었다. 성화종의 회사를 부도내면 그 회사 주가는 곤두박질 칠 것이다. 그로 인해 투자자들이 피해를 볼 것이다. 그러나 죄책감은 느껴지지 않았다. 투자자들은 나를 알지 못했고, 내 머릿속에도 투자자들의 얼굴이 떠오르지 않았다. 본디 보이지 않는 것은 보이는 것보다 두렵지 않다. 이 회장의 생각도 이해가 가지 않았고, 죄책감도 느껴지지 않았다.

"어음은 많이 모아놨지?"

"네. 그 회사 어음은 거의 다 우리가 가지고 있습니다."

"우선 부도처리 시키고, 언론에 뿌려 그럼 쉽게 아무도 못 도와줄 거야. 그리고 작업 들어가자."

"네. 형님."

"부도내고 나면 성화종이 여기로 잡아와."

*

제로테크의 창업주와 경영자간의 지분싸움 속도가 생각보다 더 빨라졌다. 경영자는 밀리고 있었고, 더욱 다급해졌다. 덕분에 내가 생각한 시간보다 빠르게 만나보고 싶다고 경영자에게서 벌써 연락이 왔다. 이기기 위해 사채업자와 손을 잡는다? 악마와 손을 잡는 것이 더 나을지도 모른다. 나는 그에게 지푸라기를 건네줄 것이나 그를 다시 웅덩이로 밀어 넣을 것이다. 코너에 몰린 자를 요리하는 것은 어려운 일이 아니다. 그러나 나의 적은 둘이다. 창업주를 이기고 난 뒤에 다시 경영자와 지분싸움을 벌여야 할지도 모른다. 이번 조건을 강하게 제시하지 못하면 나는 이기고 패할 것이다. 차라리 여기서 패하는 것이 피해가 더 적을 수도 있다. 양재동 본사에 도착했다. 사장실에 정 사장이 나를 초조하게 기다리고 있었다.

"김 사장님. 어서오십쇼. 제로테크 사장 정현태라고 합니다."

"반갑습니다. 이사장님이 반드시 도와주라고 하더군요."

짧은 인사를 마치고 나는 현재 상황을 물었다. 이길 수 있는 상황이어야 내가 그에게 지푸라기를 줄 수 있을 것이다.

"상황이 어떻습니까?"

"이 회사 창업주가 키웠다기 보다는 제가 거의 다 키운 회사입니다. 원천기술을 보유한 것은 창업주지만 제가 미국 가서 판로개척하고 영업해서 계약하고 수출해서 이만한 중견기업으로 키운 회사입니다."

그의 목소리에는 그의 혼신과 억울함이 양존해 있었다. 자신이 바친 인생의 전부고 자신이 이룬 무언가를 누군가가 주인이라는 직책만으로 그것을 거두어 가려할 때 치솟는 울분과도 같은 것이었다. 주인과 싸워서 이기기란 쉽지 않았고, 실패한다면 모든 것을 잃는 싸움이다. 그런 싸움을 받아들였다는 것은 그의 목표는 창업주를 이기는 것이고, 그의 목표가 뚜렷하면 할수록 나는 유리해졌다.

"아무 것도 한 것이 없는 양반이 이제 회사가 자리를 충분히 잡았으니 팽하려고 하는 겁니다. 나름 지분을 많이 모아보았지만…."

"계속 말씀해보세요. 뭐가 문제입니까?"

"창업주가 지분이 밀리니까 백기사를 요청했어요. DY 파트너스와 손을 잡고 경영권을 뺏어오려고 하고 있습니다. 이렇게 당할 수만은 없으니 나 또한 김 사장님한테 지분매입을 부탁하는 겁니다."

정 사장에게서 이쪽의 지분과 저쪽의 지분을 물어보았다. 정 사장 측은 10%정도를 가지고 있고, 창업주 쪽은 이보다 좀 더 가지고 있었으나 차이가 크지는 않았다. 충분히 해볼 만한 싸움이었다. 다만 좋은 조건을 받아내야 정 사장에게 올가미를 옭아 맬 수 있다.

"좋습니다. 경영권 지킬 수 있을 만큼 충분한 자금 가지고 있습니다. 필요한 만큼 지분을 매수해서 경영권은 반드시 지켜드리겠습니다. 다만 저희도 조건이 있습니다."

"말해보십쇼. 어떤 조건입니까?"

다급했다. 정 사장은 화가 난 듯 말했지만 눈빛이 흔들린 듯 사무실 깊숙이 들어온 햇살이 정 사장의 눈을 잠시 반짝이게 했다. 왼손의 손목시계도 미세하게 떨리며 반사되는 빛이 흔들려 보였다. 양복바지도 잔상이 생기는 듯 깃이 흔들려 보였다. 정 사장은 나를 끌어들이기 위해 긴장하고 있었다. 그의 긴장을 보자 나는 다소 안심할 수 있었다. 이 자는 내 제안을 받아도 죽고, 받지 않아도 죽을 것이다. 나는 제안이 성사 되어야 살고, 성사되지 않으면 죽을 것이다. 나보다는 정 사장이 더 불리한 상황에 놓여 있었다. 내가 센 조건을 내 걸어도 정 사장은 그대로 순응을 할 수밖에 없을 것이라는 확신이 들었다. 나는 승부를 던졌다.

"명동자금입니다. 세상에 나오는 것을 꺼리는 돈이고, 어떤 경우에도 손해 보는 것을 허락지 않는 돈입니다. 자금매입에 쓰인 돈은 6개월 안에 갚으셔야합니다. 물론 이자도 명동시세 보다 더 쳐주셔야 합니다. 못 갚을 경우에는 가지고 계신 지분 전부를 제가 인수하는 조건입니다."

"지분 전부를 담보 잡겠다. 무서운 제안이네요. 다른 방법은 없습니까?"

"선택의 여지가 있으십니까?"

나는 빙긋이 웃어보였다. 정 사장의 선택의 여지는 없을 것이다. 100장 이상이 들어가는 작업이고, 명동 다른 업자들에게서 이만한 자금력을 빌려오기는 어려울 것이다. 나의 웃음이 정 사장의 헛된 욕심을 무너뜨리고 있었다.

"명동사채를 쓰려면 그 정도 각오는 하셨어야죠. 어떻게 하시겠습니까? 창업주에게 이 자리 넘겨주시겠습니까? 저랑 계약하시겠습니까?"

"계약합시다. 지분매입은 시간이 급하니 오늘부터라도 시작해 주세요."

"걱정 마세요. 한 달 안에 경영권확보 해드리겠습니다."

쉽다. 쉽게 끝났다. 그러나 마음이 편치는 않았다. 물에 빠진 사람은 자신의 목에 걸리는 것이 올가미인줄 알면서도 잡아 버린다. 누군가가 힘들게 일군 무엇인가를 빼앗는 일은 마음이 편치 않다. 어차피 내가 빼앗지 않았으면 창업주가 빼앗았을 것이라고 스스로를 위로해 본다. 이제 당분간 적은 창업주 한 명으로 정해졌다. 나는 한 방향을 향해 나의 힘을 집중하면 된다.

*

　우리는 성화종이 운영하는 회사에 어음 매집에 집중시켰고, 부도가 났다는 뉴스가 나왔다. 부도와 동시에 언론에 터뜨렸고, 은행들은 대출연장을 해주지 않았다. 완벽히 성화종을 몰락시켰다. 잠적한 성화종을 찾기 위해 장운을 보냈다. 장운은 미리 확보한 성화종의 은신처를 수색했다. 그리고 전화가 왔다.

　"형님. 잡았습니다. 어디로 갑니까?"

　"사무실로. 귀한 몸이니까 손대지 말고 잘 모시고 있어라."

　"예 알겠습니다. 형님."

　이상철 회장에게 나도 전화를 건다.

　"형님. 영두입니다. 성화종이 잡았습니다. 저희 사무실로 10시쯤 와주시면 됩니다. 그 전에 다 처리해놓겠습니다."

　"수고했다. 영두야. 10시에 보자."

　전화를 마치고 사무실을 향해 엑셀을 밟는다. 경쾌한 엔진소리와 창문을 열고서 들어오는 바람소리가 맑게 느껴진다. 어려운 일을 순조롭게 해결하고 있었다. 한남대교는 정말 아름답다. 저 아름다운 한남대교가 보이는 집에서 소영이랑 같이 살날들을 상상해본다. 소영을 생각하면 이 일을 하고 싶어지지 않는다. 그러나 소영을 위해서 나는 이 일을 하고 있다. 이 일을 하기 싫기에 이 일을 하고 있는 것이다. 이번 일만 해결하면 명동을 장운에게 줄 것이다. 그리고 저 강과 다리를 바라보며 살 것이다. 쉬기 위해서 엑셀을 더 밟았다.

성화종은 사무실에 앉아 있었고, 나는 나의 방식대로 그를 거칠게 다루었다.

"아이고, 성 사장님. 안녕하십니까? 아니지. 아니지. 이제 회사도 부도났으니 성화종이지."

"넌 뭐하는 놈이야? 내가 누군 줄 알아?"

"알다마다요. 당신 채권자 아닙니까? 돈 주면 바로 보내주겠습니다. 근데 어쩌나 부도난 회사에 먹을 것이 하나도 없던데…. 빚밖에 없는 회사 뭐 먹을 것이 있겠습니까? 장인어른한테 전화 한 통하세요. 살려달라고, 돈 좀 보내달라고."

"이 자식이! 쥐도 새도 모르게 사라지고 싶어? 나야 나. 성화종. 우리 장인이 누구인줄 알아?"

"안다고 했습니다. 그 쪽 장인, 사돈어른 위대하신 양반 아닙니까? 위대하신 양반한테 이런 못난 사위가 있다는 것을 세상 사람들은 알려나 모르겠네. 횡령, 사기, 불륜, 비리 꽤 많은 것으로 알고 있는데…. 성 사장님 때문에 어르신들이 고생 좀 하겠네요."

성화종 앞에 회계장부와 비리 증거들, 뇌물수수 및 불륜현장 사진들을 하나씩 보여준다. 이 정도면 마침 대규모 촛불집회로 인해 군중들이 날카로워져 있는 이 때, 좋은 먹잇감이 될 수 있을 것이다. 바보가 아닌 이상 성 사장도 충분히 이해를 했을 것이다. 성화종은 말없이 있다가 시간이 다소 지나자 한결 누그러졌다.

"원하는 것이 무엇인가? 돈을 원하는 것이야? 돈이 나한테는 없네."

"돈이 필요했으면 뭐하러 이런 자료들까지 준비했겠습니까? 돈이라고는 하나도 건질 것 없는 부도난 회사로 돈을 받아내기는 어려울 것 같고, 일 하나 같이 합시다."

"무슨 일인가?"

"그건 나도 모르고, 할 거요? 말거요?"

"목적이 그거군. 해보지. 믿을 수 있나?"

"나 명동에서 신용하나 믿고 거래하는 사람이요. 약속은 지켜줍니다. 이번 일 잘되면 당신도 한 몫 챙겨줄거니 서로 믿고 일 좀 합시다."

마침 이 회장이 사무실로 들어온다. 이 회장과 성 사장은 구면으로 보였다. 눈빛을 보니 서로가 서로를 아는 눈빛이다. 이 회장은 성화종을 미소로 맞는다.

"반갑네. 성 사장. 오랜만이네."

"이 회장님? 여기는 어찌…. 설마?"

"미안해. 성 사장이랑 일을 하고 싶어서 이렇게 불러냈네. 설계는 다 해놓았는데 자네만한 얼굴마담이 없어서 말이야. 고생 좀 해주게. 아우들이 건드린 데는 없지? 곱게 모시라 했네."

이 회장이 나를 보며 온화한 미소로 성화종에게 말한다. 나는 말없이 고개를 끄덕였다. 이 회장은 다시 말을 천천히 이어갔다.

"중요한 일이라 어쩔 수 없이 약점을 잡고 시작하네. 미안하지만 얼굴마담 좀 맡아줘. 사례는 섭섭지 않을 만큼 할 거야. 자네도 장인어른한테 실력을 인정받아야지. 안 그런가? 매번 사업실패만 해서 장인어른의 시선이 곱지 않네."

"알고는 있습니다. 그런데 무슨 일입니까? 알아야 하던지 하지요."

"기업을 하나 인수하고 이 후로 몇 개 더 인수해서 그룹을 만들 거야. 돈은 충분하니 걱정 말게. 자네가 대표이사를 맡아. 1년 정도면 돼. 사례는 충분히 하지. 어떤가? 이정도면 자네도 손해 보는 장사는 아닌 것 같은데."

잠시 생각을 하는 성 사장. 이내 굳게 다문 입술을 열기 시작한다.

"한 번 해봅시다. 기회일지도 모르겠네요."

"잘 생각했네. 한 번 잘 해보세. 나는 총괄을 담당할 것이고, 정치인들 만나서 압력을 넣고 기업을 인수하는 것을 담당할 것이야. 자네는 기업외부에 투자자들을 모집하고 대외활동을 맡아주게. 김현수 사장이 회사내부 일을 맡아줄 걸세. 그리고 여기 있는 김영두 사장이 실질적인 일을 진행할거야. 인사하게."

나는 간단하게 목을 숙여 다시 인사한다. 이렇게 적은 동지가 되고, 동지는 적이 된다. 돈은 동지를 적으로도 만들고 적을 동지로도 만드는 엄청난 힘을 가지고 있다. 그 돈 아래서 인간들은 기뻐하고 슬퍼하고 화내고 즐거워한다. 나 또한 그 안에서 벗어나기 위해 돈의 울타리 안에서 기뻐하고 슬퍼한다. 저 울타리를 벗어나야 한다는 것을 아는 사람은 종종 있으나 저 울타리를 벗어난 사람은 없었다.

"잘 지내봅시다. 김영두입니다. 아까는 실례했습니다."

"성화종입니다. 잘 해봅시다."

"그럼 이제 페이퍼 컴퍼니부터 만들도록 하지."

"형님. 페이퍼 컴퍼니가 뭡니까?"

"아니. 회장님. 이 친구 명동 사채하면서 아직도 페이퍼 컴퍼니를 모릅니까?"

성화종이 의아하다는 듯이 혹은 비웃는 듯이 나를 쳐다보며 이 회장에게 물었다. 하지만 이 회장은 정색을 했다. 나는 이 회장의 표정에 고마움을 느꼈으나 무식한 것은 부끄러웠다. 배운 자들은 자신의 지식으로 남을 누르려 하고, 돈이 있는 자는 돈으로 남을 누르려고 한다. 그러나 나는 저자에게 눌림을 당하고 싶지는 않았다.

"그럴 수도 있지. 내 밑에서 주먹을 주로 맡던 친구야. 자네가 쉽게 좀 설명해주게."

"김 사장. 페이퍼컴퍼니라는 것이 한글말로 하면 종이회사, 다른 말로는 서류상으로만 존재하고 실제로는 사무실도 없는 그런 회사를 말하는 겁니다. 이런 회사를 왜 만드느냐? 눈에 띄지 않고 지분 나누기 쉽고, 회계도 쉽다는 장점이 있지만 실제로는 마음대로 떡 주무르기 편하기 때문입니다. 페이퍼 컴퍼니를 통해서 다른 회사를 인수하면 직접 인수하는 사람이 누군지도 알 수가 없거든. 그래서 요새 많이 사용합니다."

"결국 유령회사 이런 거 아니요. 한글 씁시다. 한글!"

나는 머쓱하게 빙긋이 웃어 보인다. 성화종도 미소를 짓는다. 다행이 생각보다는 쓸 만한 사람이라는 생각이 들었다. 어떤 계획일지는 모르겠지만 이제 필요한 사람은 다 모았다.

"성 사장은 이제 가보게. 조만간 다시 연락함세."

*

이 회장은 정치적으로 엮인 사람이 필요할 정도로 판이 큰일을 시작하려고 했다. 처음에는 이해되지 않던 일이 이제는 조금씩 느껴지고 있었다. 게다가 정치거물까지 알고 지낼 정도로 정치계에 손을 대고 있다는 사실에 이 회장이 두려워졌다.

내가 맡은 일은 모두 끝냈으나 새로운 일이 부여됐다. 큰 그림은 항상 이 회장이 그렸고, 그가 붓을 원하면 나는 붓을 가져다주었고, 먹을 원하면 먹을 가져다주었다. 그림은 그렇게 계속 그려가고 있었다.

"그럼 페이퍼컴퍼니 하나 만들어 오겠습니다. 형님."

"아니야. 이미 하나 만들어 놓았어. 파인트리라는 페이퍼컴퍼니를 하나 사왔다."

"굳이 만들어도 되는 것을 왜 사오셨습니까?"

"직접 만들면 노출될 수가 있어. 게다가 시간이 많이 걸려. 이런 걸 따로 파는 애들이 있네. 5천주고 인수했네. 지분은 자네가 가지고 대표이사는 얼굴마담인 성 사장이 잠시 맡을 거야."

"형님. 지분을 저에게 다 주시다니요. 저를 그렇게 신뢰하십니까?" "자네가 먹고 튀면 다 자네 것이지. 어쩌겠나. 나는 브로커다 보니 전면에 떠오르고 싶지가 않아. 영두한테 믿고 맡길 테니 잘 맡아줘. 그나저나 제로테크 쪽이랑 거래는 잘 끝났나?"

"네. 명동자금 조달해서 지분 좀 매입하고 경영권 방어시켜주기로 했습니다. 담보는 경영자 정 사장 지분 전부로 하고. 6개월 내로 상환 못하면 지분 넘기는 조건입니다."

"좋은 조건으로 잘 했네. 최대한 지분을 많이 매입해줘서 대출금액을 감당 못할 정도 늘려 버려야해."

만약에 상대방 지분이 얼마 되지 않아 적은 지분매입만으로도 경영권방어가 된다면 정 사장은 대출금을 갚을 수 있을 것이다. 그러면 명동서 100억을 끌어온 나는 몰살하는 것이다. 어떻게 해서든 대출금을 갚지 못하도록 빚을 최대한 늘려야한다. 그래야 이긴 자가 탈진할 수 있다.

"형님 그러면 상대방 쪽이 지분 매입을 할 수 있도록 돕는 것이 어떻겠습니까?"

"적을 위해 적을 돕는다. 그런데 저쪽에 우리가 지분 매입을 한다는 정보를 제공하면 저 쪽도 작정하고 달려들 것인데 감당할 수 있겠나?"

"예전에 삼국지에 나오는 적벽대전을 활용하면 어떻겠습니까?"

"어떤 전략? 쉽게 말해봐."

"황개라는 장수를 가짜로 자신을 배신하여 조조에게 가도록해서 조조의 배를 모두 불태워버리지 않습니까? 이중첩자를 쓰는 것입니다. 경영자가 보기에는 저쪽에서도 주식을 마구 매입하니 더 매수해야겠다는 불안감을 키우고 창업주가 보기에는 자신의 지분이 계속 늘어나니 방심하고 더 이상 안 모으겠지요. 그 쪽 내부정보도 빼올 수 있습니다. 어떻습니까? 형님?"

이 회장은 내 말을 듣고 무릎을 탁하고 쳤다.

"영두야. 이렇게 머리가 좋은 줄은 몰랐다. 그렇게 해라."

"이중첩자로는 현수가 적당할 것 같습니다. 아직 얼굴이 안 알려져서 저쪽에서도 의심을 하지 않을 겁니다."

"그래. 가능한 최대한 빨리 제로테크를 인수해야 해. 윗선이랑 타이밍을 맞춰야하는데 그 시간이 촉박해. 조만간 대형 정부정책이 터질 거야. 그 회사가 있어야해."

"형님. 3개월 안으로 끝내겠습니다. 너무 걱정 마십쇼."

이 회장이 떠나고 현수가 찾아왔다. 현수가 미국에서 돌아오니 역시 든든하다. 현수가 없었으면 이번 일을 맡을 만한 사람이 없었다. 장운은 누가 봐도 건달처럼 생겼고, 모르는 사람에게 맡기기에는 신뢰가 가지 않는다. 역시 친구가 제일 믿을만하다.

"현수야. 일을 하나 해줘야겠어."

"그래. 안 그래도 가만히 있으려니 심심하던 차였어. 잘 됐다. 무슨 일이야?"

"제로테크라는 회사 알지? 현재 창업주랑 경영자랑 지분싸움중이야."

"어 알고 있지. 그런데 왜?"

"우리가 경영자 지분매입을 돕고 있어. 그런데 경영자가 지분을 많이 매입하지 않으면 우리가 제로테크를 뺏을 수가 없어. 경영자가 최대한 지분매입을 많이 할 수 있도록 창업주 편에 서서 차명으로 지분을 매입해줘."

"그럼 창업주가 이길 텐데?"

"아니 차명으로 매입한 주식을 결정적인 순간에 다시 나한테 넘기는 거야. 상대방은 방심시키고 경영자는 우리에게 많은 돈을 빌릴 수밖에 없지. 그래야 제로테크를 손에 넣을 수 있어."

전략은 좋았으나 도덕적으로는 옳지 못했다. 내가 죽지 않고 살아 남기위해 나나 이 회장은 도덕이라는 것을 버린

지 오래였다. 그러나 청롱한 꿈을 가진 현수는 모든 것이
비윤리적이고 옳지 못한 일로 보았다.

"하지만 이건 옳은 방법이 아니잖아. 영두야. 우리 깨끗
하게 살자. 우리 이러지 말자."

현수의 말은 맑았으나 내 마음에 들어오지 못했다. 현수
의 세상 물정을 모르는 도덕에 나는 화가 났다.

"나 여기까지 오려고 정말 별 짓 다하고 왔다. 그래도
쳇바퀴 마냥 돌아도 또 돌아도 제자리였어. 그런데 드디어
이 쳇바퀴 넘어보고 있다. 마지막 기회야. 딱 한번만 눈감
고 도와주라. 저 탐욕에 눈먼 사람들의 기업 우리가 인수
해서 정말 좋은 회사 한번 만들어보자. 현수야."

나도 이런 일이 싫지만 하고 싶어서 하는 사람이 누가
있을까? 다들 먹고 살기 위해 어쩔 수 없이 하는 선택들일
것이다. 원망할 것이 있다면 내 죄를 원망할 것이 아니라
내가 가난하게 태어난 죄를 원망해야하고, 내가 이런 사회
에 살고 있는 죄를 원망해야 할 것이다.

"알았어. 영두야. 하지만 이번뿐이다. 그리고 제로테크
꼭 좋은 회사로 만들어야 해."

"짜식, 고맙다. 우리 한 번 좋은 회사 만들어보자."

*

두 달 후, 날이 밝았다. 현수는 창업주 쪽으로 붙어서 주식을 매집을 했다. 아마도 현수의 지분을 자신 측 지분으로 생각해 더 이상 매집을 안 하고 있을 것이다. 현수는 꾸준히 장내매집을 통해 주가를 올리지 않고 지분을 모으고 있다. 현수가 주주총회 전에 모은 지분을 우리 쪽으로 넘기지 못한다면 현수가 살고 내가 죽을 것이고, 지분을 넘긴 뒤에 현수가 빠져나오지 못한다면 내가 살고 현수가 죽을 것이다. 나는 우리 둘이 모두 사는 것을 원했다. 해는 중천이지만 이제야 사무실로 나선다. 사무실에 정 사장과 장운이 같이 기다리고 있었다.

"나오셨습니까?"

"김 사장님 지분싸움에서 이길 수 있겠습니까? 저 쪽은 우리보다 지분이 좀 더 많다고 들었습니다."

"저 쪽에 있는 우호지분이랑 차명지분을 합치면 저희보다 훨씬 더 지분이 많습니다. 이대로는 승산이 없어요."

"저도 우호지분이 조금 있습니다. 하지만 더 지분을 모아주세요."

"지분이야 원하는 만큼 구해드릴 수 있지만 감당할 수 있겠습니까? 정 사장님. 더 이상 거실 담보도 없으실 것인데…."

"이왕 시작한 싸움 지고 싶지 않네요. 내 것을 다 잃더라도 저 놈한테 회사를 뺏길 수는 없지 않습니까?"

"그렇다고 더 이상 담보로 걸 것도 없지 않습니까?"

"경영권방어에 성공하면 내 지분 절반을 주죠. 이 정도면 괜찮은 거래 아닙니까?"

그 동안 지분매입에 쓴 대출금에다가 지분의 절반을 주겠다니…. 이제 정 사장은 돈 따위는 안중에도 없어진 것이 분명하다. 오로지 악에 받친 감정만이 남아있어 보였다.

"그럽시다. 그 정도면 최대한 성의를 보인 것 같으니 경영권을 저쪽에게 넘어가는 일은 없게 해드리죠."

"믿겠습니다. 그럼 다음에 뵙죠."

"걱정 마세요."

정 사장이 나가고 장운과 단 둘이 남았다. 이제 현수가 저 쪽에서 모은 지분을 나한테 넘기면 저쪽 지분은 줄고 우리 쪽 지분이 늘게 된다. 하지만 그래도 이길 수가 없다. 장내매수로 주식을 매수한다면 주가가 치솟아서 돈만 쏟아 붓는 꼴이 될 수도 있다. 결국 해결책은 누군가의 물량을 뺏어 오는 것이다. 그러나 뺏어 와야 한다는 것은 알았지만 뺏어올 곳이 없었다.

"현수가 지분을 들고 와도 아직 저쪽이 더 유리해. 장내매수를 하기에는 주가가 너무 올라가 버리고, 이렇게 많은 물량을 어디서 구해오면 좋을까?"

"방법이 아주 없는 것은 아닙니다. 형님."

"응?"

"모든 구역마다 그 곳을 나와바리로 하는 조폭들이 있지 않습니까? 주식도 마찬가지로 각 종목마다 그 종목을 관리하는 큰 손 세력들이 있지요. 이 세력들의 지분을 흡수해 오면 이길 수 있습니다. 형님."

장운의 말은 일리가 있었다. 모든 종목에는 모든 주포 세력이 붙어 있다. 주포세력들은 지분을 매입하며 주가를 올렸다 내렸다를 반복하며 수익을 낸다. 큰 종목이든 작은 종목이든 이렇게 주포들은 모든 종목에 있다. 다만 큰 종목에는 큰 주포들이 있을 뿐이고, 작은 종목에는 잔챙이들이 장악하고 있을 뿐이다. 보통 주포들은 돈을 대는 전주와 대주주가 서로 연결되어 있는 경우가 많고, 대주주의 뒷돈을 만들어주는 역할을 하기도 한다. 그리고 돈이 가는 곳에는 주먹들도 따라붙기 마련이다. 아마도 피를 보지 않고서 지분을 가져오기란 쉽지 않을 것이다. 시간도 부족하다.

"주주총회가 얼마 남지 않았는데 가능할까?"

"마포 쪽 애들이 여기 주포라고 들었는데 DY파트너스 쪽에 붙어있다고 들었습니다. 마포 쪽 애들 쳐서 빨리 뺏어 와야 합니다. 주포 지분마저 저쪽으로 붙으면 못 이깁니다."

"마포 애들 어디에 숨어있는지 찾아봐. 찾는 즉시 공격 간다."

"당장 찾아보겠습니다."

*

이제 현수를 불러들일 시간이 되었다. 오늘이 주주총회를 위해 주식명부를 폐쇄하는 전날이기 때문이다. 오늘 안으로 모든 것을 끝내면 살아남는 것이고, 하나라도 실패하면 몰락하는 갈림길이었다. 그 갈림길에 선 나는 담담했고, 또 두려웠다. 현수가 위험할지도 모른다. 그들은 현수를 감시하고 있을 것이고, 나는 현수를 구해야 한다. 내가 구하려고 한다고 해서 구할 수 있다는 보장은 없었다. 현수의 목숨이 여기서 끝이 아니라면 살아남을 것이다. 그러하길 신께 기도하며 전화를 건다.

"어, 그래. 영두야."

"현수야. 오늘이 디데이다. 지분 넘기고 도망쳐. 오늘 14시 49분에 전량 매도시켜. 여기서 20만주 매수 걸어놓을 테니까 바로 던져."

"알았어. 그런데 여기 밖에 감시가 심해서 빠져나갈 수가 없어."

"몇 층이지?"

"4층"

"뛰어내려. 밑에 트럭이 대기하고 있을 거야. 49분에 매도 걸고 매수 체결되는 즉시 창문으로 뛰어내리는 거야. 그 방법밖에 없다."

"알았어. 믿는다."

14시 48분, 현수가 곧 매도를 할 것이다. 나는 건물 밑에 트럭을 대기시켜 놓고 나의 신에게 이번 일이 성공하길 기도하고 있었다. 실패하면 현수의 목숨도 나의 인생도 여기서 끝이다. 스마트폰으로 주식호가 창을 쳐다본다. 내가 걸어놓은 매수 주문으로 아무도 팔지 않았다. 제발 현수가 20만주를 던지기를 침을 꼴딱 삼키며 기다리고 있다. 14시 49분이 되었으나 아직 아무 반응이 없다. 불안감이 엄습해왔다. 나의 불안함은 미안함과 분노로 차오르려고 하였다. 분노는 이내 행동으로 옮겨지려고 하는 참이었다. 그리고 동시호가가 되기 직전에 내가 걸어놓은 20만주는 사라졌다. 그리고 20만주 매수체결완료라는 문자가 떴다. 그리고 창문이 깨지는 소리가 났다. 곧이어 시커먼 무언가가 떨어졌다. 다행히 정확히 매트 위로 떨어졌다. 나는 자세히 확인할 틈도 없이 트럭을 달렸다. 그리고 코너를 몇 개 꺾었다. 잠시 차를 세우고 트럭 뒤로 가보았다. 피는 흘리지 않으나 현수는 누워있었다. 나는 현수를 흔들었다.

"매트 좀 더 깔지. 아우 아퍼."

다행히 이상은 없어 보였다. 그러나 저 멀리서 거센 자동차 소리가 들렸다. 우릴 쫓아오는 차의 소리 같았다. 서둘러야 했다.

"쫓아온다. 빨리 앞으로 타."

급하게 엑셀을 밟는다. 검은 승용차가 대략 300m 뒤까지 따라 왔다. 바로 우회전을 한다. 도심이라 속도를 낼 수가 없었다. 물론 저들도 따라오기만 할 뿐 달려들지는 못할 것이다. 신호를 받기가 어려워 직진과 우회전을 반복했다. 운 좋게 강변북로를 탈 수 있었다. 엑셀을 끝까지 밟는다. 이리저리 차들을 헤친다. 그래도 끝까지 따라온다. 간격 200m, 트럭으로 달리기에 핸들을 꺾을 때마다 차의 중심이 크게 흔들린다. 도로 위에서 최후를 맞을지도 모를 만큼의 흔들림이었다. 간격 100m, 상대가 끈질기게 따라붙는다. 트럭과 버스가 비슷한 속도로 달려 길이 막혔다. 간격 70m, 방법이 보이지 않았다. 간격 50m, 트럭과 버스의 벽에 부딪힐 것 같았다. 간격 30m, 버스와 트럭 사이에 빠져나갈만한 틈이 벌어졌다. 엑셀을 더욱 밟았다. 왼쪽에서는 트럭을 오른쪽에서는 버스를 스치는 듯한 소리가 났다. 나는 더욱 엑셀을 밟았다. 어차피 멈추어도 죽고, 좌우 어디로 가도 죽는다. 앞으로 가면 살 수 있다. 다행히 잠시 벌어진 틈을 타 내 트럭은 빠져 나왔고, 트럭과 버스가 느리게 간 사이 앞에는 뻥 뚫려 있었다. 한숨 돌리고 사무실로 들어가려고 방향을 틀었다. 순간 전화가 왔다. 장운이다.

"형님, 마포놈들 위치 찾았습니다. 지금 칠까요?"

"기다려! 지금 갈게. 합류해서 같이 친다. 위치는?"

"마포구청 옆 골목입니다. 그럼 기다리고 있겠습니다."

현수를 태우고 그대로 쉴 틈도 없이 성산대교로 내닫는다. 마포구청에 다 와서 골목길로 들어선다. 골목에 도착해보니 수하들이 기다리고 있었다. 차에서 내리고 담배 한 개비를 깊게 폈다. 깊은 에스프레소를 한잔 마시고 싶었으나 시간이 내게 허락하지 않았다. 고개를 들어 녀석들의 은신처를 세밀히 쳐다본다. 허름한 4층 건물, 3층과 4층이 녀석들의 은신처다. 다행히 오래 걸리지 않을 것 같다. 각 층마다 2명씩 배치해서 녀석들의 출구를 봉쇄시켰다. 나머지를 데리고 문을 걷어찼다. 마포 녀석들이 꽤 많이 있었다. 한쪽은 포커를 치고 있었고, 다른 한쪽은 자장면을 먹고 있었다. 담배연기는 자욱했고, 저들은 준비 되지 않아 있었다.

"머야?"

상대의 질문에 나는 응하지 않았다. 몸을 날려 상대의

질문에 몸으로 응하였다. 나의 발은 그대로 상대의 턱을 향했고, 상대는 그대로 고꾸라졌다. 나의 선제공격은 담배 연기 속의 하이에나들에게 내가 온 이유를 말했고, 하이에나들은 모두 일어나 달려들기 시작했다.

"악!"

"엎어!"

한바탕 피 튀기는 싸움이 시작됐다. 저쪽은 20명, 우리는 10명 정도였다. 수적으로 불리했다. 하지만 우리는 급습을 했고, 저들은 급습을 당했다. 우리는 무기를 준비했고, 저들은 준비되지 않았다. 숫자가 중요하지 않다. 기선 제압에 성공했고, 적들은 당황했다. 나머지 하이에나들은 뒤에 맡기고 나는 몸을 또 한 번 힘껏 날렸다. 대장으로 보이는 놈의 머리를 향해 나의 발이 날아갔다. 하나, 둘, 셋. 오른 발이 녀석의 머리에 맞았다. 나도 넘어지고 녀석도 넘어졌다. 본능적으로 파이프를 힘껏 휘두른다. 툭하고 둔탁한 소리가 났다. 대장을 맞추었다. 파이프로 대장의 머리를 하염없이 쳐댔다. 하이에나들이 대장을 구하기 위해 나를 향해 달려들었다. 파이프를 버리고 종아리에 있던 칼을 꺼냈다. 하나, 둘, 셋, 나를 둘러싼 하이에나들을 향해 다리, 팔 어깨죽지, 옆구리 등 내 칼이 가는 곳은 저들의 몸을 찔러댔다. 하나에 베었고, 둘에 찔렀다. 그리고 셋에

뽑았다. 깊게 찌르지는 않았다. 누군가를 죽이러 여기에
온 것이 아니라 나는 이 싸움을 끝내기 위해 여기에 왔다.
나의 칼은 춤을 추었고, 칼춤이 멈출 때 쯤, 저들을 모두
제압했다. 대장의 머리를 위로 젖히며 물었다.

"조폭이면 조폭답게 놀아. 주먹은 주먹으로 먹고 사는
거야. 무슨 주식이야!"

"누구냐. 누가 보낸 거냐?"

"명동이다. 도장 찍어! 위임장이다."

"핫바지로 보이나. 안 찍는다."

녀석은 완강했고, 나는 조급했다. 칼을 꺼내려고 하였
다. 칼춤을 추기 전에 마지막으로 자비를 한 번 더 베풀
었다.

"지분 매입에 얼마 들었나?"

"20억."

"5억 더 얹어줄게. 지분 다 넘겨라. 그 정도면 병원비
는 될 거다."

저들의 대장도 손해 볼 이유가 없었다. 나 또한 시간을
끌지 않아도 되었다. 5억을 더 들여서 잡음 없이 마포 쪽
지분을 합칠 수 가 있었다. 현수가 넘겨온 지분과 마포의
지분을 합치면 충분히 이길 수 있다. 곧 열리는 주주총회
에서 승자는 정 사장이 될 것이다. 이제 정 사장과의 한 번

의 싸움이 남았다.

마무리를 맡기고 홀로 1층으로 내려왔다. 편의점에가 캔커피를 한 잔 따서 마셨다. 초조하게 기다리고 있던 현수가 다가온다. 현수는 이런 모습을 본 적이 없다. 현수의 표정은 굳어 있었다. 놀랐을 것이나 보지 않았으니 그리 놀라지는 않았을 것이다. 나도 무사하고 현수도 무사했다. 우리의 목숨이 짧지는 않았다.

"영두야. 무슨 일이야?"

"아무 일 아니야. 이권싸움이 다 그렇지. 잘 해결했어."

"걱정 했어."

"괜찮다. 오랜만에 소영이나 보러가자."

흑석동으로 간다. 강변북로 밑으로 펼쳐진 강을 보며 달렸다. 강은 잔잔하고 고요했다. 그리고 멈추지 않고 계속 흘렀다. 방금 본 강의 물과 이전의 강의 물은 다른 물이었지만 강은 계속 흘렀다. 나의 표정은 강과 같이 흘러가고 있었으나 현수의 표정은 강을 거슬러 오르는 것 같았다. 결과로는 나는 승리했으나 기뻐해 주는 사람은 곁에 없었다.

"영두야, 다시 한 번 물을게. 무슨 일이야?"

"지분에서 밀렸어. 다행히 마포 쪽 녀석들의 물량을 뺏어 온 거야. 현수야. 여긴 전쟁터야. 나 여기에 모든 돈을 걸었다. 지면 나는 죽는 거야. 죽지 않으려면 어떻게 해서든 이겨야 해."

"영두야, 이렇게 살다가는 언제 죽을지 몰라. 얼마나 위험했다고! 소영이는 알고 있니?"

소영은 아무것도 모른다. 나의 직업이 그냥 할 일 없는 백수 같은 회사원으로 알고 있다. 나로서도 그 편이 훨씬 낫다. 소영에게 나의 직업을 알리고 싶지 않았다.

"소영이는 아무 것도 몰라."

동물의 세계 같은 곳이 인생이다. 살아남기 위해서 상대에게 잡아먹히지 않기 위해서는 닥치는 대로 잡아먹으며 힘을 키워야 한다. 지금 이 순간에도 누군가가 내가 방심하거나 힘이 떨어지기만을 기다리며 노리고 있고 나 또한 상대가 방심하거나 힘이 떨어지기만을 노리고 있다.

*

흑석동 카페에 도착했다. 현수와 같이 카페에 들어간다. 머리가 아프려고 하기 전에 먼저 소영을 볼 수 있어서 다행이었다. 소영은 특유의 항상 밝은 표정으로 맞아주었다. 그의 미소가 나보다 현수에게 먼저 향하는 것을 알았지만 나는 나의 미소로 소영의 미소를 받으려고 애썼다.

"현수야. 잘 지냈어? 어째 이리도 연락이 없었어?"

"야, 야, 또 현수타령이야? 나는?"

"너는 자주 보는데 머! 현수 얼굴보기가 이리도 어렵네. 현수야 요새 일이 많이 바쁜가봐? 얼마나 보고 싶었는데?"

"영두 삐지겠다야. 영두 좀 챙겨줘."

"이 놈은 툭하면 가게 와서 셔터 내리자고 놀리기나 하지. 봐라. 오늘도 손님이 이리 없는데 내가 셔터 내리게 생겼나?"

"그래 그래. 셔터 마음껏 올리세요. 24시간 편의점 해드릴걸 그랬어요. 평생 셔터 안 내리게. 응?"

"치. 오늘 그래 현수도 왔으니 우리끼리 놀자. 현수야 셔터 좀 내려줘. 나 냉장고서 맥주 좀 꺼내올게."

"커피 집에 맥주가 있어?"

"맥주도 팔거든!"

간만에 셋이 모여 맥주를 마셨다. 20년 전에는 셋이서 사이다에 빨대 3개를 꽂아 마시고는 했었다. 시간은 덧없이 빨랐고, 우리 셋의 청춘도 종착역을 향해 가고 있었다. 나는 우리의 종착역이 우리가 원하던 종착역이길 바랬다. 이야기를 하다보면 외로웠던 시절이 기억나고 그 시절을 생각하는 지금은 그 시절을 행복한 순간으로 기억하고 있었다. 그럼 지금 힘든 이 순간은 또 다시 시간이 흐르고 난 후에 지금에의 이 순간이 행복한 순간으로 기억될 것이다.

각자 부모를 잃었고, 셋이 모였다. 그리고 다시 헤어졌고, 다시 셋이 모여서 이야기를 나누고 있었다. 강물은 조용히 흘렀다. 이전의 강물과 지금의 강물이 같지는 않지만 강물은 항상 아름답게 흐르고 있었다. 그러나 강물은 거꾸로 흐르지는 못했다.

3. 재앙의 태동

주주총회에서 정 사장은 결국 승리했고 경영권을 지켰다. 그러나 승리했다고 해서 모든 것이 잘 되고 있지는 않았다. 후유증이 존재했다. 명동에서 너무 많은 자금을 끌어들였고, 그 이자도 빠른 속도로 불어나고 있었다. 다행스럽게도 정 사장의 빚은 나의 빚 보다 더 빠른 속도로 불어나고 있었다. 나는 비싼 금리로 돈을 빌렸고 정 사장은 더 비싼 금리로 나에게 빌렸다. 그에게 돈을 갚을 방법은 보이지 않았고, 약속된 시간은 다 되어가고 있었다. 나는 나의 방법대로 그에게서 기업을 받아오기 위한 준비를 해나갔다.

　"정 사장님, 축하합니다."

　"감사합니다. 덕분에 경영권을 지킬 수 있었소."

　"그럼요. 얼마나 고생했는데요. 상대 지분 뺏어오고, 우호 지분 만들고, 명동에서 얼마나 돈을 들여 지킨 회사입니까? 이제 아무도 정 사장님한테 대항 못합니다."

"고맙소."

"대출 만기는 알고 계시죠?"

"이자가 너무 센 것이 아니요? 좀 봐주시오."

정 사장도 다른 이들과 똑같은 말을 내뱉고 있었다. 비싼 이자라는 것을 알면서도 돈을 빌릴 때는 언제고, 이제는 급한 불을 껐으니 이자를 낮추어 달라고 조른다. 그들은 항상 그들의 방식대로 나에게 졸랐고, 나는 나의 방식대로 돈을 받아 내었다.

"우리도 정 사장님 살리려고 명동서 사채 끌어 왔습니다. 내가 산타입니까? 다 서로 먹고 살기 위해서 시작한 것입니다. 지분 넘기세요."

어차피 정 사장은 돈으로 줄 수도 없다. 지분을 시중에 매도하면 주가가 폭락할 것은 뻔하다. 그 보다는 담보 걸린 지분을 나에게 넘기는 것이 더 현명한 판단일 것이다. 결국 그의 방법은 한 가지 뿐이었고, 나는 그 한 가지의 방법을 단도직입적으로 말했다. 서로가 힘들어지기 전에 윈윈하는 것이 나의 방식이다.

"지분을 이렇게 넘길 수는 없소. 어떻게 키운 회사인데…."

"사장님, 대신 좋은 제안을 하죠. 서로 윈윈합시다 우리. 윈윈 말이요."

"말해보시요."

"어차피 담보 걸린 지분 다 넘겨도 남은 지분으로는 사장님 경영권 못 지킵니다. 그리고 내가 보유한 지분이 사장님보다 많아요. 버텨봤자 꼴만 사나워지는 겁니다. 남은 지분 다 파세요. 그리고 미국으로 건너가세요."

"왜 미국으로 가라고 하는 거요? 어차피 거래 끝났으면 내가 미국에 있든 천국에 있든 당신이 알바 아니잖소."

"조만간 큰 판이 벌어질 겁니다. 괜히 엮이기 싫으면 주는 돈 받고 곱게 미국에 가서 지내는 게 좋을 거요. 절대 한국에 들어오지 마세요. 사장님을 위해서 드리는 말입니다."

"알겠소. 원하는 대로 하시오."

"빚 퉁치는 것으로 하고, 거기에 10억 더 드리겠습니다. 그리고 지분 인수방식은 모양새 나게 합시다. 파인트리라는 회사가 300억에 인수하는 걸로요. 사채업자가 지분을 뺏어갔다고 하면 거 남들 보기 그렇지 않습니까? 그렇게 끝냅시다. 사장님."

정 사장은 말이 없었다. 자신이 청춘을 다 바쳐 키운 회사였다. 그 회사가 창업주와 싸우다 엉뚱한 자들에게 떨어졌다. 자신이 우리를 불러들였고, 회사를 우리에게 넘겨주는 꼴이 되었다. 그들이 땀 흘려 일해서 드디어 돈을 버는 회사가 되었을 때, 우리는 돈의 힘으로 그들의 회사를 뺏어갔다. 그들은 땀 흘린 만큼 회사를 소중히 여겼다. 우리는 쉽게 얻은 만큼 회사를 중요시 여기지 않았다. 필요한 단물을 빼먹고 나면 버렸다. 그렇게 회사들은 하나씩 사라졌고, 직원들을 직장을 잃었다. 그들에게는 기업이었고, 우리에게는 먹잇감일 뿐이었다. 정 사장이라는 기업가는 그렇게 도장을 찍고 미국으로 떠났다.

＊

제로테크는 파인트리라는 회사에 인수되었다. 100억으로 1000억짜리 회사를 삼켰다. 숫자로는 이해할 수 없는 일을 해냈다. 돈의 힘은 무서웠다. 100억으로 1000억을 얻은 자가 있는 반면 1000억짜리 회사를 100억에 넘겨버리는 자도 있었다. 영악한 자들은 돈으로 돈을 벌었고, 무지한 자들은 돈으로 돈을 잃었다. 파인트리는 내가 가지고 있는 회사다. 이 회장은 파인트리를 보유하기를 꺼려했다. 그는 나를 통해서 파인트리를 지배했다.

"영두야. 어서와라. 이번에 제로테크 인수하느라 수고 많았지? 정말 고생 많았다. 지분정리도 깔끔하게 했더라.

이 정도면 이제 영두한테 더 큰 일을 맡겨도 되겠어."

"아닙니다. 형님. 도와주신 덕분에 가능했습니다. 그런데 이제 저 기업으로 무엇을 하시려는 건지요?"

"맞아. 물론 우리가 저 회사를 먹었지만 저 회사는 내 것도 아니고 동생 것도 아니야. 만약에 동생과 내가 마음대로 할 수는 없는 회사라는 거지."

"그게 무슨 소리입니까? 형님?"

"지금 우리가 하는 일이 우리 단 둘이 하는 일이 아니라는 거야."

이 회장은 더 이상 언급하기를 꺼려하는 모양새였다. 우리의 것이지만 우리의 것이 아니다. 단 둘의 것이 아니라면 누군가의 것이라는 말이기도 했다. 나는 더 이상 묻지 않았다.

"알겠습니다. 형님. 형님만 믿고 가는 길 아닙니까? 그런데 이번에 100억 쓴 것은 다시 명동에 갚아야 합니다. 이자까지 합치면 150억입니다."

사채이자는 정말 무섭다. 사람들은 가장 먼저 은행에서 돈을 빌린다. 하지만 은행은 아무에게나 돈을 빌려주지 않는다. 신용이 아주 확실한 사람들 또는 돈을 떼이지 않을 수 있는 담보를 원한다. 그래서 은행에서 돈을 빌릴 수 없는 사람들이 은행을 이용할 수 있는 사람들보다 더 많다.

이들은 다시 저축은행, 새마을금고 등에서 돈을 빌려보려한다. 여기서도 돈을 못 빌리면 살인적인 이자를 내야하는 사채에 손을 댄다. 1억을 연 30%로 빌리면 30년 뒤에는 2700억을 갚아야 한다. 사채까지 손댄 사람이 이렇게 무서운 속도로 불어나는 빚을 감당하기란 불가능하다. 결국 그들은 부족한 돈을 채우기 위해 돈을 빌리다 나중에는 빌린 돈을 갚기 위해 모든 것을 채운다.

명동도 사채시장이다. 전주들한테 빌려온 돈이지만 애당초 이자가 높아 짧게 빌리고 빨리 갚는 것이 상책이다. 이번에도 100억을 빌렸는데 이자만 50억이다. 운 좋게 낭떠러지로 떨어지지는 않았지만 성공해도 살인적인 이자는 갚아야 했다. 이 회장은 돈 한 푼 안들이고 기업을 인수한다고 했다. 나는 아직 그의 말이 이해가 가지 않았다.

"우리가 투자한 만큼 회수하면 돼. 그래서 성화종을 영입한 거야."

"성화종이요? 성화종이라고 해봤자 사기꾼에 가까운데 누가 믿고 따라주겠습니까?"

"성화종 껍데기는 그렇지. 그런데 성화종의 배경을 봐야지."

그는 실력은 인정을 받지 못했으나 그의 장인은 무시할 수 없었다. 이 나라를 좌지우지할 수 있는 실세 중에서도

실세였다. 그는 그런 장인을 둔 사위였다. 충분히 얼굴마
담으로 쓸 만했다.

"그 정도 배경이면 해볼 만하겠네요."

"그래서 얼굴마담으로 성화종을 쓴 거야. 성화종이 얼
굴마담을 맡고 현수가 기업을 운영하고 자네가 자금을 조
절하는 거지. 3박자만 맞는다면 이번 일을 완성할 수 있
을 것이네."

"그런데 성화종으로 어떻게 빚을 갚는다는 겁니까? 형
님."

"유상증자."

"네? 유상증자[1]요?"

유상증자라…. 유상증자에 성화종을 얼굴마담으로 쓴다
는 것은 정말 신의 한수라는 생각이 든다. 아마도 어떤 일
을 벌이기 위해 유상증자를 하는 것으로 보였다.

이 회장은 이번 유상증자를 통해 우리의 사채 빚을 갚
으려고 했다. 우리가 인수하기 위해 쓴 돈은 우리들의 빚
이다. 회사의 빚이 아니었다. 그러나 회사의 돈으로 우리
들의 빚을 갚을 것이다. 금융감독원에서는 우리가 빚으
로 기업을 인수했다는 것을 알았으면 인수허가하지 않았

---

1) 유상증자 : 기존 주주들 또는 제 3자를 통해 자금을 받아 자본금을
늘리는 것

을 것이다.

유상증자한 돈으로 사채를 갚는다는 것은 엄연한 공금횡령이다. 악질 범죄 중 하나로 무거운 징역형을 피할 수 없을 것이다. 나는 이 회장의 생각을 이해할 수 없었다. 그가 했던 말들은 퍼즐처럼 알 수 없는 말들이었고, 나는 그 퍼즐을 맞추지 못하고 있었다. 하지만 두려움은 느낄 수 있었다. 나는 그 두려움을 멀리 하고 싶었다.

"성화종을 앞세워서 유상증자를 할 거야. 성화종이 회사를 인수했다는 뉴스가 나오겠지. 사람들은 이렇게 생각할 거야. 갑자기 왜? 그리고 추측을 하겠지. 정부의 특혜를 받겠구나 하고 말이야. 당연히 주가도 슬슬 오르겠지. 이럴 때 유상증자를 할 거야. 그럼 사람들은 어떻게 생각하겠나? 추측이 확신이 되겠지. 이 말에 올라타려고 하겠지. 여기에 조금만 주가를 건드려 주면 유상증자를 크게 성공시킬 수 있을 거야. 그 돈으로 사채 빚은 충분히 갚을 수 있어."

"회장님. 아니 형님. 하지만 유상증자한 돈으로 이런 데에 쓰면 이건 횡령에다가 배임입니다. 아시지 않습니까? 꽤 오랫동안 감방에서 썩어야 합니다."

나의 말은 틀리지 않았으나, 이 회장의 눈빛도 흔들리지 않았다. 그는 그만의 언어로 된 확신을 가지고 있었다.

그의 언어를 나는 이해하지 못했으나, 그의 언어는 논리적이었다.

"영두야, 정말 바닥부터 올라왔다. 그런데 이제 이 바닥도 오래 못 간다. 정부에서 사채시장을 대대적으로 압박할 거야. 예전처럼 좋은 시절은 다 끝나겠지. 스무 번을 빌려 줘도 한번만 떼이면 손해야. 기업은 더 많이 도산할거고, 떼이는 돈은 더 늘어 날거야. 이제 사채로 먹고 살기 어려워진다. 죽지 않으려면 여기서 한 번 더 모험을 해야 해."

솔개는 수명이 70년까지 살 수 있지만 보통 40년이라고 한다. 수명이 끝나가는 40년이 되면 부리는 길게 구부러져서 자신의 가슴을 향하고 발톱은 노화되고 깃털도 무거워져 날기도 어려워진다고 한다. 이 때 목숨을 건 도전을 하면 70년까지 수명을 연장시킬 수 있다. 자신의 부리로 바위를 쪼아 부리를 부수고, 부리가 다시 날 때까지 먹이를 먹지 못하며 고통을 견딘 다음 부리가 새로 나면 자신의 발톱을 부리로 하나씩 뽑아내고, 깃털도 부리로 하나씩 뽑아낸다. 그러면 새로운 발톱과 새로운 깃털이 나면서 예전처럼 날쌔게 사냥을 할 수 있어 수명이 30년이 더 늘어난다고 한다. 지금 이러한 선택을 해야 하는 기로에 놓인 것이다.

"하지만 징역을 피할 수는 없습니다."

"괜히 성화종을 넣은 게 아니지. 이번 사건에 성화종과 우리가 같이 연루가 되어 있어. 우리를 처벌하려면 성화종도 같이 처벌을 해야 해. 쉽게 처벌이 어려울 거야. 이번 사건을 무마시켜줄 분들도 있네. 잠시 시끄럽다가도 조금 지나면 흐지부지하다 풀려나겠지. 영두야, 겁먹지 말고 한번 가보자. 제로테크 다음에 회사 하나 더 먹고 그 다음은 은행을 먹을 거야. 은행만 손에 쥐면 아무도 우릴 함부로 못 건드린다. 같이 가자, 영두야."

이 회장의 목소리에는 인생의 모든 것이 담겨있었다. 나는 이 회장이 하려는 일을 이해할 수 없었고, 위험한 일이라는 것을 알았다. 하지만 그는 나에게 지푸라기를 던져 주었던 은인이었고, 나는 그를 위해서 갚아야 할 것들이 많이 있었다.

"형님. 저 겁먹고 일 했으면 지금 여기까지 오지도 못했습니다. 한 번 가봅시다."

"그래 은행까지만 먹자. 회사 하나 챙겨 줄게. 일 년이면 끝난다."

그 일 년은 꽤나 긴 일 년이 될 것 같았다.

4. 횡령의 시작

성화종은 파인트리의 대표이사로 취임했다. 얼굴마담으로 세상에 얼굴을 드러낸 것이다. 그리고 일주일 뒤 파인트리는 제로테크를 인수했다. 전 경영자인 정현태 사장은 약속대로 미국으로 이민을 갔다. 그리고 한국으로 돌아오지 않기로 했다.

현수는 이 회장의 배려로 제로테크의 대표이사가 되었고, 성화종이 부사장을 맡았다. 제로테크의 실질적인 경영은 경영전문가인 현수가 꾸리고, 자금을 끌어오는 홍보활동은 얼굴마담인 성화종이 담당했다.

앞으로 어떻게 일을 진행될지 기대 반 우려 반이었다. 이렇게 기업 몇 개만 더 따내면 이제 이 생활도 끝낼 수 있을 것이다. 그래서인지 가을 치고 썩 나쁘지 않은 기분이었다. 바쁜 상황이었으나 내가 할 일은 없었다. 창문으로 들어오는 가을바람이 내 옷깃을 끌어당겼다. 가을바람에는 건조한 커피원두 냄새가 섞여 있었다. 가을 냄새는 소영을 생각나게 했다. 아마도 이 날씨에 안에서 커피콩을 볶고 있을 것이다. 기분을 내러 소영의 가게로 갔다.

"나가자. 오늘 데이트 한 번 하자."

"응? 갑자기? 어디로?"

"나와. 가자."

차를 몰고 올림픽대로를 달린다. 창문을 여니 가을바람이 선선하게 불어온다. 창문 사이로 가을의 냄새와 소영의 몸에 베인 커피 냄새가 뒤섞인다. 뒤섞인 향기는 또 다른 새로운 향기를 만들어 냈고, 그 향기는 기분을 취하게 만들었다. 서쪽을 향해 달렸다. 오른쪽 차창너머로 한강이 보였다. 강변에 뛰어노는 사람들도 보이고, 데이트를 하는 커플들도 보인다. 이 순간만큼은 저들도 행복했고, 나도 행복했다. 저들의 행복이 무엇인지 나는 그 행복을 느낄 수 있었다. 내가 이 순간을 처음 느끼는 것이라면 나는 그동안 행복의 반대인 불행한 인생을 살아온 것이다. 나는 그 불행의 끝에서 행복을 건져내었고, 가을 향기에 취해 있었다.

"소영아. 저기 커플들 보이지?"

"응. 보기 좋네."

"우리도 커플 할까?"

"쯤. 낯부끄럽게 우리사이에 무슨 커플? 우린 친구다 친구!"

"그래. 친구 맞다. 그런 친구가 커플도 되고 커플이 여보 되는 거다."

혼자서 미소를 지었다. 계속 차를 몬다. 어디쯤 달렸을까? 계속 달리다 보니 서울을 벗어나 버렸다. 잠시 한적한 강변에 차를 세우고 지는 해를 바라보았다. 해가 지면서 강물을 붉게 물들였다. 붉은 물이 반사되며 강변의 땅들과 공기들도 붉게 물들였다. 붉은 불빛이 나와 소영에게도 다가왔다. 다가오는 불빛처럼 소영이의 손을 자연스레 잡았다. 어떤 말도 생각나지 않았다. 심장이 마구 춤을 추었다. 그러나 잡고 있는 손은 평온함을 유지하려고 했으나 미세하게 떨렸다. 이 떨림이 들키기 전에 먼저 솔직하게 말을 하는 것이 좋을 것 같았다.

"나 좋아해도 될까?"

"응? 뭘?"

소영이의 말에도 떨림이 있었다. 그 떨림에서 우리 둘 다 긴장을 하고 있다는 것을 느꼈다. 잡은 손을 좀 더 꼭 쥐었다. 천천히 소영이 입술에 다가간다. 나를 밀치지 않았다. 서서히 입술이 닿았다. 포근하고 촉촉한 느낌이 내 입술로 전해졌다. 매우 부드럽고 살짝 따뜻한 입술이 닿

앉다. 혀가 떨렸고, 심장에 전율이 흘렀다. 서로의 입술이 닿고 서로의 키스가 조금씩 진행되고 있을 무렵 소영이 나를 밀쳐낸다.

"앞으로는 이러지 마라."

소영의 갑작스런 태도에 당황하였으나, 나의 기쁨은 가시지가 않았다.

"그래. 그래."

"오늘 일은 네가 무안할까봐 여기까지만 봐 준거야. 진짜 앞으로는 혼나!"

소영의 말에는 악의가 없었다. 무안함을 스스로 보호하기 위한 말처럼 들려왔다. 돌아가는 순간에도 입술의 촉감이 가시지 않았다. 행복이라는 것을 처음 느꼈고, 불행했던 순간들을 끝내고 싶어졌다. 도착한 뒤에도 서로 말은 없었지만 야릇한 긴장감이 흘렀다.

"나 간다."

"그래. 잘가."

"그런데 소영아."

"응?"

소영이의 손을 잡아본다. 소영은 손을 피하지 않았다. 손을 잡았을 뿐인데도 심장이 떨렸다. 알 수 없는 전율이 느껴졌고, 그 이유를 알 수 없었다. 서른 중반에 이런 감정을 느꼈으나 부끄럽지는 않았다. 왜 내 손을 피하지 않을까? 고백을 할까 잠시 고민했으나 다시 손을 놓았다. 아직은 아니라고 생각했다. 멋진 모습을 보여줄 수 있을 때 그때 고백을 하는 것이 나을 것 같았다.

"조심히 들어가."

"응. 오늘 덕분에 즐거웠어. 영두야."

*

다음날 아침, 이 회장의 부름으로 성화종과 사무실로 갔다. 유상증자 건 때문일 것이다. 유상증자를 얼마나 성공시키느냐에 따라 인수에 들어간 비용을 갚고 그 다음을 기약할 수 있다. 유상증자로 들어온 돈은 회사를 위해 써야 한다. 그러나 우리는 우리를 위해 쓰려고 하고 있고, 아마도 다시 되돌려 놓지 못한다면 횡령죄를 피하기는 어려울 것이다. 누군가의 피 같은 돈을 모아 호주머니 돈처럼 쓰려니 내키지가 않는 걸음이었다.

사무실에 들어가고 자리에 앉자 여비서가 커피를 내온다. 잠시 뜨거운 커피를 목구멍으로 한 모금 마신 뒤, 이상철 회장이 입을 연다.

"유상증자를 시작하지."

"언제 하면 좋겠습니까?"

"지금이 12월이니 내년 1월에 하는 걸로 하고 목표액은 250억 정도는 나와야 할 거 같아. 성 부사장, 그렇게 해줄 수 있나?"

"불가능한 것은 아닙니다. 다만…. 밑밥도 깔아야하고 실력 좋은 애들로다가 주가도 조금 띄워야 합니다."

"그 쪽은 자네 전문이니 알아서 해주게. 그리고 파인트리 대표직은 물러나고 영두가 맡도록 해."

"회장님. 굳이 그렇게 해주시지 않으셔도 괜찮습니다. 저는 딱히 직책 없이 일해도 상관없습니다."

"아니야, 아니야. 자네도 직책이 하나는 있어야지. 어차피 파인트리 지분이 영두 것이니까 영두가 대표를 맡는 것이 좋을 것 같아. 어차피 제로테크 인수도 끝이 나서 성 부사장이 그 자리에 있을 필요도 없고, 그렇게 하지."

"네. 알겠습니다."

덕분에 졸지에 파인트리 대표직에 올라앉았다. 페이퍼 컴퍼니에 불과한 회사지만 몇 백 억짜리 회사를 내 밑으로 둔 셈이다. 이 회장은 전혀 직책도 지분도 없이 나를 통해 사업에 관여했다. 이유를 알 수 없었으나 나쁘지는 않았다.

유상증자를 위해서는 주가를 가장 높이 띄워놓아야 했다. 주가가 가장 높아야 유상증자를 통해서 많은 현금을 끌어올 수 있기 때문이다. 그러기 위해서 먼저 언론을 장악하기로 했다. 잘나가는 애널리스트들에게 돈을 쥐어주고 구워삶았다. 덕분에 제로테크를 전망이 밝은 회사로 방송에 띄웠다. 신문에도 제로테크가 유망한 회사이고, 실적이 좋은 상태에다가 이번에 성화종이라는 인물이 부사장으로 있어서 국가 정책 수혜를 받을 수 있는 기업이라고 홍보했다. 계속 언론 플레이를 하다 보니 슬슬 피라미들이 그물 속으로 들어왔다. 유상증자를 시작해도 좋을 타이밍이 오고 있었다.

*

잘 올라가던 주가는 갑자기 하락했다. 유상증자를 발표하기도 전인데 주가가 하락을 하고 있었다. 이렇게 되면 충분한 자금 유입을 기대하기가 어려워진다. 나는 그 이유를 알 수 없었다. 다만 매우 안 좋은 신호임이 틀림없음은 알 수 있었다. 유상증자를 추진 중인 성화종을 급하게 불러 들였다.

"주가가 떨어지지 않소. 왜 이러는 겁니까?"

"소문이 샜거나 일부세력이 털고 나가는 거 같아요."

"실패하면 전멸입니다. 어떻게든 방법을 세우세요."

그러나 주가가 떨어지는 것은 돈을 풀어 떨어지는 주식

을 다 사들이는 수밖에 없었다. 성화종 또한 그 방법밖에 없다는 것을 알고 있었다.

"주가를 조작해야겠네요."

"그 방법밖에는 없겠네요."

나 또한 성화종의 말에 수긍할 수밖에 없었다. 그는 말을 더 이어갔다.

"이참에 유상증자 때도 청약률을 끌어올리겠습니다. 그래야 유증 후에도 주가가 안 떨어져요."

그는 애널리스트[2]였다. 주식에 대해서는 전문가였다. 나의 지식이 그보다 뛰어나지는 않았으나 그 방법이 최선이라는 것은 나 또한 알고 있었다. 다만 주가를 조작하고, 청약률을 조작하는 것은 범죄라는 사실에 망설였던 것이다. 그러나 수단과 방법을 가리지 말고 나는 나의 일을 성공시키는 것이 임무였고, 그것이 이 회장의 선택을 받은 이유였다.

"그럽시다. 한 번 실력 좀 보여주쇼. 같이 죽고 싶지 않으면."

*

2) 애널리스트 : 기업들의 정보를 수집하고, 방송 등을 통해 주식을 추천하는 직업

작전은 시작 되었다. 인수 대금을 갚기 위해 벌써 죄목만 3가지가 생겼다. 죄목은 개의치 않았다. 내가 해야 할 일이 더 중요했고, 처벌은 약했다. 솜방망이가 무서워 나의 일을 그르치고 싶지는 않았다. 주가를 조작하고, 청약률을 올리기 위해 다시 자금을 투입했다. 명동사무실의 돈과 제로테크의 현금을 사용했다. 제로테크의 금고는 호주머니와 같았다. 얼마든지 써도 상관이 없었다. 회계감사를 받을 때 다시 채워놓으면 아무 문제 없는 것이고, 채워놓지 못하면 횡령이 되는 것이다.

　회사의 돈을 빼내 쓰는 것에 대한 죄책감이 무뎌질 때쯤 유상증자를 실시했고, 주가도 많이 올려놓았다. 청약률도 높은 인기를 기록했다. 투자자들도 희망에 부풀어 있었고, 그 들의 돈을 받은 나도 희망에 가득 찼다. 인수를 위해 빌렸던 돈을 다시 명동사채업자들에게 돌려주고도 100억이 남았다. 횡령한 돈은 278억이나 되었다. 언젠가는 다시 이 돈을 채워놓으면 되는 일이었으나 나에게는 어떠한 전략도 없었다. 회계감사 전까지 이 돈이 다시 채워지기를 바랄뿐이다. 이 회장의 전략대로 은행까지 인수를 한다면 괜찮을지도 모른다. 감사 때 은행돈을 채워 넣으면 모두 사는 것이고, 은행을 인수하지 못해 돈을 채워놓지 못하면 전멸하는 것이다. 결국, 1고를 해도 죽고, 2고를 해도 죽는다. 3고뿐이었다.

현수가 이를 알았는지 내 사무실로 급하게 달려왔다. 그대로 사무실 문을 벌컥 열고 달려와 내 멱살을 잡는다. 멱살을 잡는 순간 나도 그 팔을 뿌리친다.

"영두야, 이건 아니지. 어떻게 회사 돈을 빼내가! 이건 횡령이야. 횡령!"

현수에게는 아무 것도 말하지 않았다. 나 또한 현수가 아무 것도 모르기를 원했다. 현수는 회사를 사랑하고 키워가는 전문경영인이었고, 나와 이 회장은 기업사냥꾼이었다. 현수는 회사를 자식처럼 아꼈고, 나는 회사를 호주머니로 보았다. 방향이 달랐고, 이념이 달랐다. 어떠한 설명으로도 설득되지 않을 것이고, 반대로 나의 생각도 바뀌지 않을 것이다. 대화로 해결될 수가 없었다. 나의 마음에서 나오는 가장 쉽고 솔직한 말로 현수에게 전해줄 수밖에 없었다.

"이 회사를 무슨 돈으로 인수했겠냐? 우리는 돈 한 푼 안들이고 회사를 삼킨 거야. 사채로 인수한 기업인데 빚부터 갚아야 당연한 거 아니야?"

"횡령은 안 되지. 회사 돈을 빼 쓰면 무너지는 거 한순간인거 몰라?"

"다음에 회계감사 받을 때까지 버텨주면 돼. 은행만 인수하면 다 메꿀 수 있다. 그 때까지만 참자. 너는 사장이야. 그게 너의 임무야."

"그럼 너의 임무는?"

"내 임무는 이 돈으로 다른 기업을 더 인수하는 거야. 은행을 인수하면 내 일은 끝이야."

"회사가 견뎌낼 수 있을 것 같아?"

"현수야. 만약 어떤 일이 있더라도 제로테크는 네 회사다. 네가 꼭 지켜야한다."

화가 난 현수는 다시 자기 회사로 돌아갔다. 화가 나도 현수는 이를 막을 권한이 없었다. 그는 이 회장이 세운 사람일 뿐이다. 언제든지 고장나면 건전지 바꾸듯 바꿀 수 있는 자리였다. 현수는 사장이지만 사장의 권한이 없었다. 회사 돈은 내가 좌지우지 했고, 나는 이 회장의 지시를 받을 뿐이었다.

이번 유상증자로 300억에 가까운 돈이 들어왔고, 이 회사의 지분이 17%로 늘어나게 되었다. 공식적으로 보유한 지분은 17%였으나 차명지분까지 포함하면 30%가 넘었다. 상당히 많은 지분이었고, 이 지분들을 매각해서 현금화 하는 작업이 필요했다. 그러기 위해서는 주가를 부양시켜야 했고, 그럴만한 재료가 필요했다. 그러나 나는 어떤 재료가 필요한지는 알 수 없었다.

5. 또 다른 재물

성화종은 3달 뒤, 파인트리 이사직에서 물러났다. 어차피 파인트리는 제로테크를 인수하기 위한 페이퍼컴퍼니였기 때문에 파인트리에서 물러나고 안 나고는 크게 의미는 없다. 결국 파인트리는 내가 혼자 가지게 되었고, 책임도 권한도 다 내 것이 되어 버렸다. 하지만 이 회장 밑에서 바지사장이란 것은 변함이 없었다.

어쨌든 봄은 와버렸고, 벚꽃이 활짝 핀 화창한 날이 지속되고 있었다. 잠시 연락이 뜸했던 이상철 회장이 다시 일을 시작하려는지 사무실로 오라는 전화가 왔다. 간만에 듣는 그의 목소리는 여전히 묵직했다.

"요새 연애한다고 바쁘다고 들었다."

"예. 이번 일 끝나면 결혼을 할까합니다."

봄날의 벚꽃처럼 내 사랑의 결실도 피고 있었다. 첫 키스를 한 이후로 내 마음이 소영에게 서서히 전해져 갔고, 언제인지 모르게 연애라는 것을 하고 있었다. 연애는 달콤했으나 일이 항상 신경 쓰였다. 소영은 나의 일을 알지 못했고, 알아서도 안 됐다. 결혼을 하고 싶었으나 소영에게 나의 일을 알려줄 수 없었고, 나는 어떠한 선택도 할 수가 없었다. 현재로서는 이번 일을 완전히 끝내는 것이 가장 좋은 선택일 것이다.

"두 시까지 내 사무실로 와라. 성화종도 함께."

"현수도 데려가는 것이 낫지 않겠습니까?"

"사장이라고 해도 자금운용권은 너한테 다 있으니 불러도 쓸모가 없어."

"알겠습니다. 형님."

현수와는 자꾸 거리가 생기고 있었다. 이 회장은 이를 몰랐다. 중요한 이야기를 할 때에도 현수를 부르지 않았다. 사장이 모르게 사장이 해야 할 일들을 우리가 결정하였다. 나는 현수를 회의에 부르고 싶었다. 그러나 이 회장은 이를 원하지 않았다. 이 회장은 현수에게 계속 거리를 두고 있었다. 그 거리는 가깝지도 않고, 멀지도 않은 거리였으나 그 거리를 유지해주는 줄은 점점 가늘어지고 있었다. 나는 그 줄이 끊어지기 전에 모든 일이 끝나기를 원했다.

이 회장 사무실에 도착하니 성화종이 먼저 이 회장과 이야기를 하고 있었다. 성화종은 이 회장의 말대로 이번 작전의 가장 큰 핵심이었다. 혹시나 다른 마음을 먹으면 모든 일은 끝날 것이다. 장운을 시켜 감시를 붙여놓았다. 감시를 붙여 보아도 크게 이상이 있는 점은 없었다. 이상하리만치 집 이외에는 가지 않았고, 주말에 가족들과 근교를 다녀오는 일 외에는 일체의 움직임이 없었다. 그 또한 이번 일에 집중하고 있는 듯 보였다.

"영두야. 어서와 앉아라."

"예. 형님. 그동안 건강하셨습니까?"

"그래. 요새 마음이 편해지니 살만 찌고 있다. 이게 다 영두가 일을 잘해준 덕분이야."

"감사합니다. 형님. 이번에 집도 선물로 주시고, 감사합니다."

"요새 강남 아파트 가격이 많이 떨어져서 그리 비싸지도 않아. 넓은 집은 아니지만 강이 보이는 아파트이니 만나는 아가씨가 좋아할 거야. 잘 꼬셔봐. 결혼도 좀 하고."

"감사합니다. 그런데 어쩐 일이십니까?"

이유를 물으며 성화종을 보니 안색이 그다지 좋아 보이지 않았다. 성화종의 안색은 우리 작전의 일기예보와도 같았다. 그의 표정과 나의 표정이 처음에는 일치한 적이 없었으나 이내 곧 같은 표정을 짓게 만들었다. 이번에도 어떤 먹구름이 다가왔다는 것을 예감했다.

"최근에 저축은행들이 매우 어려워졌다고 하는군."

"서브프라임[3] 때문에 건설이 싹 다 죽지 않았습니까? 요새 아파트 지으면 미친 놈 소리 듣습니다. 정말 건설 일 하는 사람들 죽을상이에요. 저축은행들이야 아파트 지을 때 건설사들한테 고리대에 가까운 이자 받아가며 잘 먹고 잘 살다가 갑자기 건설경기가 죽으니 그럴 만도 합니다."

"우리가 저축은행들을 좀 도와줘야겠어."

"네? 우리가 왜 저축은행을 도와줘야합니까?"

"영두야. 너는 내가 키운 것 맞지?"

"네. 형님. 형님이 저 안 거둬줬으면 이렇게 못 컸습니다. 저는 평생 형님 편 아닙니까?"

"나를 키워준 분들도 있어. 그 분들이 아니었으면 나도 이렇게 크지 못했어. 그냥 명동에 이름 없는 사채업자로 살다가 죽었겠지."

이 회장도 한 때는 사채업자였다. 카드사태로 명동도 엄청난 도산위기에 처해 있을 때쯤 이 회장은 수명을 다한 독수리처럼 온 힘을 다해 정권 쪽에 줄을 댔다. 그 결과 많

---

3) 서브프라임 사태 : 2008년에 발생한 미국 초대형 모기지론업체들이 파산하며 국제금융시장에 충격을 준 사건

은 콩고물을 먹을 수 있었다. 그 콩고물을 먹어가며 몸집을 키워갔다. 그렇게 죽을 고비를 면한 사채업자는 여러 기업을 인수하고 버리기를 반복하며, 은행까지도 노리는 거물이 되었다.

"Give & Take. 정치인의 힘을 받아 성공했으니 받은 만큼 갚아야겠지. 비자금을 세탁해줘야 해."

이 회장의 말과 성화종의 표정을 통해 그 이유를 이해할 수 있었다. 우리는 성화종을 그들에게서 빌려왔고, 그들은 성화종을 빌려준 몸값을 요구하고 있었다. 세상에는 공짜가 없었다. 성화종 자체의 몸값은 없었으나 그의 후광을 빌린 가격은 지불해야했다.

"우리가 재주부려서 우려 뺀 기업인데 아니 그 놈들은 왜 우리한테 숟가락을 얹는답니까? 성화종! 당신이 벌인 일 아냐? 우리가 그렇게 호구로 보여?"

울컥 솟은 화를 참지 못하고 바로 성화종의 멱살부터 잡았다. 힘들게 차려놓은 밥상에 숟가락을 얹는 그의 사람들에게 혐오감을 느꼈다. 당장이라도 한 대 치고 싶었으나 그의 잘못이 아니었다. 단지 세상의 이치에 화가 나는 것을 나는 허상에 대고 화를 낼 수는 없었을 뿐이었다. 이 회장은 나를 제지했다.

"영두! 그만해. 부사장은 잘못이 없어. 비자금을 세탁해주는 대신 그 이상의 선물을 받기로 했다."

"무슨 선물입니까?"

멱살을 서서히 풀자 성화종이 옷맵시를 다시 정돈하며 말한다.

"그분께서 4이동통신 사업자로 선정되게 해주겠다고 약속하셨소."

"4이동통신?"

이동통신 시장은 국가산업의 한 기둥이었다. 매출이 20조가 넘고, 가입자만 3000만 명이 넘는다. 우리나라 국민이라면 휴대전화가 다 있다고 봐도 무방하다. 그런 엄청난 시장을 우리나라는 3개 업체가 나눠가지고 있는 과독점체제다. 그 시장에 한 개의 업체가 더 뛰어드는 것이다. 이것이 4이동통신 사업이다. 우리 같은 잔챙이가 받아먹을 수 있는 사업은 아니었다. 아무리 통신기술을 보유한 제로테크를 가지고 있다고 해도 이렇게 큰 사업권을 따내기에 우리는 무리가 있었다.

성화종은 느리게 말을 이어갔다.

"알다시피 통신시장은 세 기업이 모두 차지하고 있어요. 하지만 국가에서 정책적으로 밀어주는 네 번째 통신회사가 곧 생겨날 거요. 대기업이 들어가면 국민들 반대가 심할 터이니, 중소기업들 위주로 컨소시엄을 구성해서 만들겠지. 이 회사는 기존 통신요금보다 30% 저렴한 요금이 책정 될 것입니다."

통신시장을 장악한 3개 업체가 정부의 말을 잘 안 듣자, 정부가 밀어주는 4번째 회사를 만들어 3개의 대기업을 압박하겠다는 의도일 것이다. 당연히 서민들은 요금이 저렴한 통신사로 옮길 것이고, 통신료를 주도할 수 있는 것은 이제 대기업이 아닌 정부가 될 것이다. 서민들의 물가도 잡고, 대기업도 잡을 수 있는 일석이조의 포석인 셈이다. 알뜰주유소처럼 다른 정유사들의 가격결정권을 뺏어오는 것과 같은 역할이 될 것이다. 국가에서 밀어주는 사업이라면 충분히 승산은 있었으나, 우리가 이 사업을 받아내기에는 역부족이었다.

"부사장. 말이 되는 소리를 해요. 저 3개회사 모두 국내 열손가락 안에 드는 그룹의 회사들입니다. 어떻게 저 회사들이랑 우리랑 어깨를 나란히 한단 말입니까? 아무리 우리가 지금 잘나가는 회사를 인수했다고 해도 공유기나 파는 회사가 어떻게 저 공룡들이랑 경쟁을 하냐 이 말이요. 통신사를 설립하는 작업이에요. 엄청난 돈이 필요합니다. 어떻게 그 돈을 마련합니까? 이 회사를 갖다 바쳐도 그 돈이 안 나옵니다."

성 부사장의 말에 내 목소리가 점점 거칠어졌다. 그에

대한 분노라기보다 입 크기보다 큰 음식을 주며 놀리는 느낌에 대한 분노였다. 나의 분노는 실체에 대한 분노가 아닌 허상에 대한 분노였다. 이 회장이 나를 보며 진정하라는 듯이 손짓으로 나를 제지시켰다. 그는 알면서도 분노하지 않았고 차분하였다. 그의 차분함은 나를 진정시켰다.

"영두야. 걱정마라. 우리 혼자 먹는 사업이 아니야. 4이동통신을 운영할 컨소시엄[4]을 구성할거야. 기술력이 있는 중소기업들이 자본을 모아서 컨소시엄을 구성하는 거지. 여기에 지분을 많이 가질수록 나중에 나오는 이익도 커질 것이고, 나중에 4이동통신이 성공하고 났을 때 지분싸움이 벌어지면 소수지분들을 규합시켜 대주주가 될 수도 있어. 그럼 우리는 재벌그룹과 어깨를 나란히 하게 되는거야."

"형님 그렇다고 해도 컨소시엄에 우리가 얼마나 지분을 받는지 모르지 않습니까?"

"두 번째로 많은 지분을 받기로 약속했다. 물론 그 지분을 받으려면 우리가 은행을 인수하지 못하면 불가능한 일이 돼. 엄청난 돈을 은행자금으로 받아만 내면 우리도 대기업이 되는 거다."

---

4) 컨소시엄 : 여러 기업이 공동으로 입찰에 참여하는 방식

이 회장의 생각은 간단했고, 정확했으나 옳은 길은 아니었다. 하지만 그의 판단이 가장 최선이었다.

"알겠습니다. 어차피 형님 가는 길이 제가 가는 길 아닙니까? 어떻게 자금을 넘겨주면 됩니까?"

"성 부사장이 영두에게 설명해주게. 복잡하게 설명하지 말고 쉽게 설명해줘."

"김 사장, 간단하게 말하면 신주인수권부사채(BW)[5]를 발행할 겁니다. 그리고 그 BW를 저축은행 3군데서 투자할 것입니다."

신주인수권부사채라…. BW라 불리는 이 채권은 묘한 매력을 가지고 있는 채권이다. 일반 회사채보다는 이자가 약간 낮은 편이지만 꽤 훌륭한 옵션을 가지고 있다. 정해진 가격에 주식을 매입할 수 있는 권리가 있다. 차후에 주가가 오르면 주식을 매입해서 비싼 가격에 되팔아 이익을 남길 수도 있고, 주가가 내리면 주식을 매입하지 않아도 되니 채권자가 절대 유리한 채권이다.

"저축은행이 투자하면 그 돈을 다시 저축은행에 돌려줘라 이 말인가요?"

"일종의 리베이트 거래를 하자는 거지요. 150억을 발행

---

5) 신주인수권부사채(BW) : 발행기업의 주식을 특정가격으로 매입할 권리를 부여한 사채

하면 100억을 리베이트로 주는 겁니다. 즉, 100억이 비자금으로 들어가는 거죠. 그리고 4이동통신 호재로 제로테크 주가도 상당히 올라갈 테니 BW에 투자한 저축은행들도 주식차익만 몇 배가 될 겁니다. 그 돈으로 비자금도 만들고 저축은행도 살리고 1석 2조가 되는 셈이요."

"형님. 대신 회사금고가 엄청나게 비는 것 아닙니까? 이건 횡령죄입니다. 죄는 우리가 짓고, 돈은 안전하게 지들이 먹고, 이거 잘못하면 우리가 총알받이가 되는 수가 있어요."

"걱정마라. 대신 선물을 하나 더 받기로 했다. 그거면 제로테크 금고도 기간 안에 맞춰 넣을 수 있을 거야."

제로테크 하나만으로 지금 일을 벌이기에는 총알이 너무 부족했다. 여기에 좀 더 자금이 충족되어야 4이동통신을 받을 수 있다. 그러나 이 회장은 설레지 않았다. 10년을 넘게 함께 한 사람이었다. 눈빛과 말투만 들어도 어떤 기분인지를 대충 알 수 있었으나 이 회장의 목소리는 설렘이 없었다. 그의 표정과 목소리는 나의 설렘을 꺾어버렸다. 그는 자신이 알고 있는 계획을 나에게 모두 말해 주지 않았다. 나 또한 묻지 않았다. 그러나 그의 표정과 목소리를 듣고 나름대로 추측해서 나아갔다.

"어떤 선물입니까?"

"그건 나중에 말해줄게."

이 회장은 또 다음을 말해주지 않았다. 굳이 더 이상 물어보고 싶지 않았다. 혼란스러운 상황에 더 혼란이 가중되는 일을 알고 싶지 않았다. 혼란스러운 일이 생길 때마다 죄목도 늘어나고 있었다. 유상증자 대금도 횡령했고, 신주인수권부사채 발행자금도 횡령을 할 것이다. 이제 횡령자금만 400억이 넘었다. 얼마나 큰 죄 값을 받을지 알 수 없었다. 이 회장은 은행만 인수하면 해결가능하다고 하였으나 나의 혼란한 머리는 그 말을 전부 믿지 않았다. 죄를 지은 만큼 죄 값을 치르는 것이 인생이다. 이 죄 많은 인생에서 빨리 빠져 나오는 것이 내가 할 수 있는 가장 최선일 것이라는 생각뿐이 안 들었다.

"영두가 고생 좀 해줘야겠어. 계속 일이 많아져서 미안해."

미안한 듯한 표정으로 말하는 이 회장이었으나 진심은 다가오지 않았다. 의례적인 인사말처럼 들렸다. 그저 빨리 마무리 짓고 쉬고 싶을 뿐이다. 나 또한 의례적인 인사말로 대답하였다.

"아닙니다. 형님. 중요한 일을 저에게 맡겨주시니 항상 감사드립니다."

"그래. BW 발행하고 회사계좌에 입금되는 대로 나한테

보내. 5만원권으로 골프가방 몇 개 만들어 놓으면 다 들어
갈 수 있을 거다."

"예. 형님. 걱정마십쇼. 그럼 이만 가보겠습니다."

5만원권이 나온 뒤로 이젠 돈세탁이 간편해졌다. 1억을
넣으려면 사과박스가 한 상자 필요했었다. 이제는 한 상자
에 5억이 들어간다. 트렁크에 골프가방 2개, 뒷자석에 한
개를 넣으면 차 한 대에 15억이 들어간다. 그 차를 몰고 골
프장에서 만나 서로의 골프가방을 바꿔서 돌아가면 누구
도 알 수가 없다.

그러나 이 돈을 누구에게 주어야 하는지 왜 주어야하는
지는 알 수 없었다. 단지 이번 일에 이 돈을 요구한 사람
들이고, 저축은행을 마음대로 주무르는 사람들일 것이다.
나는 이 사실에 대해 알 필요도 없었고, 알 이유도 없었다.
다만 내가 가고 있는 길이 달 뒤편의 어느 곳 같았다. 사람
들은 그 곳을 본 적도 들은 적도 없는 아주 어두운 암흑의
세계였다. 이런 암흑에서 나중에 빛으로 나오려고 할 때
암흑에 있는 자들이 나를 곱게 보내줄지 의문이 들었다.

*

사무실을 나와 1층 커피숍으로 들른다. 머리가 아파온
다. 가장 진한 커피인 에스프레소를 시킨다. 에스프레소를

110

한 잔 삼키며 이 쓰디쓴 원액이 내 식도와 위와 장을 지나가며 내 몸속을 청결하게 해주었으면 한다. 결국 내 속만 지나갈 뿐 머릿속까지 맑게 해주지는 못한다. 이 일을 빨리 끝내는 것이 가장 머리가 시원해지는 방법일 것이다.

쓰디 쓴 커피를 두 번 정도 걸쳐 목에 털어놓고 다시 차를 몰아 청담동으로 향한다. 드레스샵에서 소영이가 기다리고 있었다.

"아이 왜 이렇게 늦게 오는 거야? 요새 일없어 매일 논다며! 어제 또 술 마신 거야?"

"아니야. 잠시 이 회장님 좀 만나고 오는 거야. 옷은 골랐어?"

소영이 이유도 없이 이 장소에서 나를 불렀다. 옷을 고른다고 해서 그냥 옷인 줄 알았으나 그냥 옷이 아니었다. 소영은 웨딩드레스를 고르고 있었고, 나는 그녀의 마음을 알 수 있었다. 결혼을 할 수는 없었으나 그렇다고 그녀의 마음까지 상처를 주고 싶지 않았다.

"이 옷을 어떻게 혼자 고르냐? 네가 봐줘야지!"

"그래. 어디 얼마나 예쁜지 한 번 보자."

소영이가 웨딩드레스로 갈아입고 나온다. 흰 옷이 등장하는 순간 하얀 빛으로 주변이 번져 보이면서 드레스 위에 소영이의 얼굴이 빛을 내며 웃고 있다. 이래서 드레스를 입는다는 말이 실감되기 시작한다. 이대로 결혼식장으로 데려가고 싶지만 아직 결혼을 할 수 없는 상황에 입가에 실소를 조금 머금는다. 다시 들어간 뒤 두 번째 드레스를 입고 나온 소영이를 본다. 이쁘다. 이쁘지만 아까 옷과의 차이를 잘 모르겠다. 하지만 환하게 웃는다. 어떤 옷이 이쁘냐고 묻는 물음에 잠시 머뭇거리다가 이전 옷이 더 이쁘다고 대답한다. 왜 머뭇거리냐고 다그치는 모습이 참 예쁘다. 다시 들어가고 세 번째 드레스를 입고 나온다. 드레스를 갈아입는 시간이 길어서 인지 잠시 피곤이 몰려와 눈을 감고 고개를 살짝 젖힌다. 눈 깜짝 할 사이에 옷을 갈아입고 온 것일까 아님 정말 깜빡 잠이 든 것일까? 이전의 드레스와 약간의 차이만 있을 뿐 흰 색이라는 것은 똑같고, 어떤 이유에서 이 드레스가 더 이쁜 드레스인지를 알 수가 없다. 그저 소영이 이쁘다고 하는 드레스가 내 눈에도 가장 이쁜 드레스이고 그래야만 한다. 긴 웨딩드레스 선정을 마치고 돌아오는 저녁, 레스토랑에서 폼 나게 스테이크를 썰고 내려와 1층의 카페에서 또 짙은 커피를 한 잔 마신다. 웨딩드레스를 입고 나니 결혼을 빨리 하고 싶어 보이는 눈치였으나 이 일이 언제 끝날지 모르고 아직 소영이 가장 증오하는 직업을 하고 있는 나로서는 어떠한 확답도 해줄 수가 없다. 아직 꽃샘추위가 가시지 않은 3월이었으나 아이스커피를 마셨다. 얼음을 하나씩 골라 씹어 삼켰다.

소영의 부모님은 소영도 얼굴은 모른다. 워낙 어릴 적에 고아원으로 왔기 때문에 대부분 자신의 부모님의 얼굴을 기억하는 아이들은 없다. 그건 나도 그렇고 현수도 그렇다. 다만 소영의 경우 부모님이 옆집에 맡기고 부모님이 돌아가신 아니 사라지신 경우라 부모님이 어떤 경위로 소영을 버리게 됐는지는 알 수 있었다. 소영의 부모는 시장에서 장사를 하였다. 장사하는 사람들이야 하루 벌어 하루 먹고 사는 사람들이고 하루 매상이 좋을 때도 있고 나쁠 때도 있다 보니 장사하는 사람들끼리 서로 돈을 빌려주고 받는 경우가 많았다. 소영의 부모도 마찬가지로 돈을 빌려 쓰는 경우도 있었는데 어느덧 사채업자가 이 시장에 와서 싼 이자로 돈을 빌려 주다보니 시장사람들끼리 돈을 빌리는 일이 사라지게 되었다. 그러다 이 사채업자가 점차 이자를 올려도 시장상인들끼리 돈을 빌려주는 일을 할 수가 없게 되었다. 사채업자가 서로 돈을 빌려주는 일을 하는 상인들에게는 일절 돈을 빌려주지 않는 보복을 하였기 때문이다.

결국 하루 벌어 하루 먹고 사는 이들은 은행 같은 곳에서는 돈을 빌릴 꿈도 못 꾸기에 이 사채업자에게 고리대로 돈을 빌려 썼고, 점차 버는 돈의 대부분을 이자를 갚는데 썼는데도 빚은 자꾸 늘게 되었다. 빚을 갚는데도 빚이 계속 늘어난다. 이러한 사채의 덫에 걸린 상인들은 삶의 터전마저 빼앗기고 사채업자 아래의 일수꾼들에게 얻어맞거나 어딘가로 팔려갔다. 소영의 부모도 일수꾼들에게 맞서 크게 저항하였으나 어느 날부터 가게 문도 열리지 않았고, 집에 들어오지도 않았다. 장사하러 나가는 아침마다 옆집에 맡겨졌던 소영은 한 달이 지나도 부모님에게서 연락이 없자 결국 고아원으로 보내졌다. 친척들이 있었으나 소영을 떠맡는 것을 싫어했고, 이를 알게 된 소영이도 친척들을 싫어했다. 차라리 친척이 없었으면 상처가 덜 하였겠으나, 더 큰 상처를 가진 소영은 고아원에서 오히려 더 밝게 생활했다. 본디 밝은 얼굴을 하고 있는 사람일수록 본인에게 있는 상처를 감추기 위해 더 많이 밝게 행동한다. 그것을 알기에 소영의 밝은 얼굴을 볼 때마다 마음이 아팠다. 그런 일을 겪은 소영이기에 사채업자도 조폭도 아주 싫어한다. 아니 경멸한다. 신랑이 될 사람의 직업이 자신의 부모님을 행방불명으로 만들어버린 직업이라는 것을 안다면 소영은 나를 떠날 것이 분명하다. 조금만 더 버텨준다면 소영과 나 둘 다 모두 행복할 수 있다.

그렇게 커피를 마신 후 소영을 보내고 집으로 돌아온 뒤 잠을 청해보았다. 커피를 두 잔이나 마셨음에도 잠이 쏟아

졌다. 정신은 멀쩡하고 마음은 무거웠으나 무거운 만큼 눈
꺼풀도 무거워지고 있었다.

6. 비자금 조성

날이 밝고 오전부터 일찍 사무실로 나왔다. 신주인수권 부사채를 발행하려면 해야 할 일이 많기 때문이다. 우선은 천천히 그림을 그려본다. 실타래가 얽히듯 복잡한 일을 눈을 감고 천천히 생각해보며 하나씩 하나씩 순서를 풀어본다. 총 발행할 돈은 150억이고 이중에서 왕관저축은행이 60억, 영인저축은행이 40억, OK캐피탈이 50억을 내놓을 것이다. 이렇게 받은 돈 중에서 100억은 위에다 보내야 한다. 그렇게 남은 돈 50억에 저번에 유증으로 사채 갚고 난 돈까지 하면 200억 가량이 나온다. 1년도 안 되는 기간에 이렇게 200억을 만지다니 참 이 나라는 돈 벌기가 너무 쉬운 나라다. 앞으로 이렇게 회사 몇 개만 더 먹으면 그룹총수들도 부럽지 않게 살 수 있을 것이다. 다만 회계감사를 받고 나면 젊은 시절 내내 콩밥을 먹거나 해외로 나가 다시는 한국으로 돌아오지 못할 수도 있다. 다행인 것은 내가 일을 저지르는 순간 이후에 조사가 시작되기에 나는 무사할 수 있다는 것이다. 그러나 현수는 나랑 같은 타이밍에 빠져나오지 못하면 감옥에 있어야 한다.

현수랑 나랑 이렇게 인연을 맺은 것은 같은 고아원일 때부터이지만 진짜로 둘도 없는 친구가 된 것은 고등학교 때 같은 반을 하고 나서부터다. 현수는 항상 공부를 잘 했고, 반에서 1등을 놓치지 않았다. 나는 항상 공부를 못 했고, 아니 관심이 없었고, 싸움 1등을 놓친 적이 없다. 어릴 적 짝사랑인 소영이가 현수를 좋아하는 것을 알고 있었기에 나는 현수에게 그리 잘해준 적이 없다. 고등학교에 올라가서도 같은 반에 돼서도 나랑 걷는 길이 너무도 달랐기에 친하게 지내기는 어려웠다. 현수는 올바르고 정의로웠지만 용기가 없었고, 나는 용기가 있었지만 정의롭지 않았다.

그러던 어느 날, 학교 선배들 몇 명과 크게 몸싸움을 벌인 일이 있었고, 운 좋게도 혼자서 다 때려눕히고 밤늦게 고아원으로 돌아가는 길이었다. 낮에 있었던 싸움에 앙심을 품은 선배 몇 명이 내가 집에 가는 길에서 숨어 있었고, 그것도 모르는 나는 길을 걷고 있었다. 뒤에서 벽돌을 들고 내 머리를 향해 서서히 다가오고 있는 녀석들을 우연히 본 현수는 뒤에서 내 쪽으로 소리를 지르며 달려들었고, 나를 향해 달려오던 녀석들은 다시 방향을 틀어 뒤로 도망쳤다. 그리고 도망치며 손에 쥔 벽돌을 현수에게 갈기고 달아났다. 그 일로 머리를 크게 다친 현수는 병원에 있느라 학교를 1년 더 늦게 졸업하였고, 현수에 대한 복수심으로 선배들을 반병신 만들어 놓은 나는 소년원에서 1년을 있었다. 결국 같이 졸업했고, 우리는 부모는 다르지만 성은 같으니 의형제를 하기로 했다.

며칠 전 알게 된 이야기지만 이 바보가 파인트리 대표까지 맡았다. 이 회장이 성화종이 하고 있던 파인트리 대표직을 나에게 넘기려고 했는데 이 바보가 자신이 하겠다고 이 회장을 찾아가 말하여 파인트리 대표직까지 맡고 있다. 파인트리에도 제로테크에도 현수가 대표이다. 대표라면 권한이 커야 하는데 자금운용권은 내가 좌지우지하고 있으니 허수아비에 불과한데도 기분 나빠하지 않고 직원들을 잘 달래주며 사장으로서의 역할을 잘 수행하고 있었다. 나는 파인트리와 제로테크 어디에도 내 이름이 올라가 있지 않다. 쉽게 말하면 현수는 책임만 있고 권한은 없었고, 나는 책임은 없고 권한만 있었다. 그 말은 내가 짓는 죄를 현수가 모두 떠 앉게 생겼다는 일이다. 이런 일이 벌어지고 있는지도 잘 모를 터인데 왜 현수는 굳이 내가 맡을 십자가마저 자기가 떠 앉는 것일까?

장운이가 사무실로 들어온다. 같이 일한지 꽤 된 녀석이다. 제법 똑똑하고 명석하다. 이 녀석도 집안이 불우하지만 않았다면 꽤나 공부를 잘 했을 법한데…. 사람의 인생은 작은 날개 짓 하나에도 태풍이 되어 바뀌고는 한다. 어쨌든 나는 주로 몸 쓰는 일이 천직이라면 장운이는 머리를 쓰는 것이 천직이다. 가끔 잔인한 면이 보일 때가 있어 걱정이 되지만 그래도 내 말을 잘 따르고 있어 여러모로 요긴하게 쓰이고 있다.

"형님. 무슨 걱정이 이리 많아 보이십니까?"

"잘 왔다. 안 그래도 부르려고 했는데, 일 하나 맡아줘야겠어."

"아따, 잡일은 항상 맡아주고 있는데 일이 언제 하나였습니까? 두 개 시켜도 됩니다. 형님."

무의식적으로 툭 튀어나온 말이었다. 아직 머릿속이 정리가 되지 않아 어떤 일을 먼저 해야 할지 잘 모르는 상태였다. 이 녀석에게 고민을 해보는 것도 나쁘지 않다. 최소한 나보다는 머리가 좋은 녀석이니 나보다 좋은 판단을 할 것이다.

"신주인수권부사채 150억을 발행할거다. 나는 다른 쪽에 신경을 써야하니까 우선 제로테크에서 한 달 안에 발행할 수 있도록 서둘러라."

"아니 형님, 유상증자를 300억씩이나 한지 얼마나 지났다고 또 150억을 발행합니까? 소주에 물 타는 것도 정도가 있지 이렇게 급하게 많은 물을 타면 탈납니다. 형님."

틀린 말도 아니다. 3달 만에 또 150억을 끌어모으니 우리 쪽 지분율이 자꾸 낮아질 수밖에 없다. 경영권에도 위협이 가고, 자꾸 유증과 채권을 발행하는 기업이라는 소문이 나면 가지고 있는 주가가 폭락할 수도 있다.

"벌이는 일은 급박하고, 돈은 당장 부족하니 명동 돈도 쓰고, 회사 돈도 빼 쓰고 있는 상황인 것 잘 알지 않냐. 어쩔 수 없는 상황이다."

"그나저나 형님. 성화종이 낌새가 조금 수상합니다."

"말해봐."

"주식호가 창을 보면 제로테크 쪽에 강한 매집세력이 계속 꾸준히 주식을 매입하고 있어서 뒤를 캐보니 한 때 성화종 밑에서 일하던 주식꾼이더라구요. 성화종이가 몰래 주식을 매입하고 있는 것 아닙니까?"

성화종이가 무슨 일로 제로테크 주식을 사들이는 것일까? 한 때 애널리스트였고, 한 때 코스닥 상장사를 가졌던 사장이었고, 그 때 루머를 퍼트려 수많은 개미투자자들을 끌어들여 이득을 본 자였다. 그런 자가 우리 몰래 제로테크 주식을 사들인다면 필시 이 회사 가지고 장난을 치겠다는 것 아닌가?

이번 일이 끝나면 본격적으로 4이동통신에 선두주자로 나설 것이고, 제로테크의 주가는 몇 배로 올라갈지 모르게 된다. 그 때 주식을 팔고 빠지면 엄청난 수익을 얻을 수 있을 것이고, 성화종에게 이번 일이 끝나고 주기로 한 보수나 비자금보다 더 많은 이득을 챙길 것이다. 결국 우리 몰래 딴 주머니를 챙기려고 하는 것이다. 지금 칠까? 아니다. 성화종이 없으면 이번 작전은 수포로 돌아간다. 녀석이 우리 작전의 핵심이다. 말해서 포기하게 할까? 어차피 포기해도 다른 녀석을 통해 매집을 할 것이다. 어떻게 처리할까?

"형님. 그냥 지금 처리해버립니까?"

"아니다. 우선은 매집하게 기다려두자. 지금은 성화종을 건드려서는 안 돼."

단독으로 성화종을 쳐서는 안 된다. 한 주먹거리도 안 되는 인간 말종의 양아치지만 눈에 보이는 바다 위 작은 얼음덩어리 아래는 거대한 빙산이 숨어있다. 내 혼자 힘으로 칠 수는 있다. 하지만 나 또한 누군가에 의해 쳐내질 것이다. 같이 죽는 것이 사는 것이 아니라 적이 죽고 내가 살아야 사는 것이다.

"우선은 신주인수권부사채 발행에만 집중해. 최대한 가

능한 빨리."

"네. 알겠습니다. 형님."

요 며칠 동안 여러 저축은행장들과 캐피탈 사장들을 만났다. 실제로는 특정 세 사람만 만나면 되는 일이지만 채권발행을 위해 여러 은행장들을 만나 설득하고 있는 연기가 필요했기 때문이다. 이미 이 회장이 다 섭외를 해놓은 은행장들이기에 대화는 빨리 진행되었고 생각했던 시간대로 일을 진행할 수 있을 것 같았다.

그렇게 일은 빠르게 진행되었고, 시간도 빠르게 지나갔다. 신주인수권부사채가 150억 원어치 발행되었고, 행사가격은 4천 원대로 정해졌다. 주가가 3천 원대이니 저들은 주가가 오르지 않는 한 권리를 행사하지는 못할 것이다. 하지만 얼마 안 있어 4이동통신으로 주가가 폭등한다면 행사권리를 가진 3개의 투자기관은 대박을 맞을 것이다. 이 회장이 그리고 내가 짓는 집에 거지들이 몰려와 돈을 뜯어가는 기분이다. 돈이 되는 모든 곳에 저들은 아프리카 초원의 하이에나처럼 먼저 돈 냄새를 맡고 달려온다. 내가 사냥해서 내가 잡은 고기를 내가 마음껏 먹을 수가 없다. 사냥으로 지친 몸으로는 다수의 하이에나와 싸울 수가 없고, 나는 눈치껏 고기를 몇 점 집어먹고는 내가 잡은 사냥감을 하이에나와 공유해야 했다. 이것이 자연의 법칙이다.

신주인수권부사채 자금이 회사에 입금되었다. 입금즉시 나는 회사 돈을 인출하여 사무실로 가져왔다. 총 150억, 그 중에서 골프가방에 담아야할 돈이 100억, 골프가방 하나에 들어가는 돈이 5만 원권으로 5억, 필요한 가방은 20 개, 필요한 차는 3개씩 해서 7대, 다만 나는 이 돈을 누구에게 주어야 할지 모른다. 내가 알고 있는 것은 만나는 날짜와 시간 그리고 골프장만 주어졌을 뿐, 이 회장이 연결해주는 사람과 만나 골프장 9라운드를 돌고 차에 있는 골프가방을 그저 바꾼 뒤 다시 내 차에 타면 되는 것이다.

골프장은 겉보기에는 참 아름다운 곳이다. 봄날의 골프장은 더욱이 아름답다. 겨울에 노랗게 익었던 잔디는 다시 푸르른 녹색 빛을 띠고 봄날의 따스한 하늘에서 내려와 산을 거쳐 오는 바람은 시원하고 싱그럽다. 신선하고 푸르른 젊음의 바람을 받으며 드넓은 잔디를 보며 나의 골프공을 햇빛으로 반사되어 보이지 않는 반짝이는 곳까지 보내는 기쁨은 그 어느 스포츠로도 만끽 할 수 없는 골프만의 기쁨이 있다. 그렇기에 누군지도 모르는 사람과 자연을 대화하고 서로의 기쁨을 대화하다 보면 남정네들도 연인처럼 다정하게 되고 초면인 사람과 미래를 이야기해도 전혀 거리낌이 없어지는 곳이다.

이 회장은 허리가 아프다는 이유로 이러한 부킹을 내가

다 대신 나가도록 했다. 골프실력이 준수한 편은 아니지만 접대를 위해 배워둔 터라 적당히 잃어줄 정도는 된다. 이 하이에나들은 초원에서 온 습성 때문인지 골프를 매우 잘 친다. 골프를 좋아하고 골프를 잘 친다. 초원을 보며 달리던 본능을 기억하는지 드라이버로 때린 골프공은 끝을 모르고 날아간다. 초원을 한 바퀴 달리고 난 하이에나들은 체력이 달리는지 이제 고기를 원한다. 내가 막 잡아온 신선한 피가 철철 흐르는 싱싱한 고기를 원한다. 그 고기는 원산지를 알 수 없게 잘 포장 되어 있었고, 주차장에서 고기를 넘겨받은 그들의 표정은 전혀 미동도 하지 않고, 서둘러 시동을 걸고 떠난다. 애써 힘들게 잡은 사냥감을 하이에나에게 나누어 주는 내 심정은 막차를 놓친 가난한 대학생처럼 서럽고 허무하다.

그렇게 잡은 사냥감을 열 등분으로 해체하여 큰 고깃덩어리는 힘 있는 하이에나에게 주고 작은 고깃덩어리는 힘 있는 하이에나를 보좌하는 하이에나들에게 넘겨준다. 그래도 나에게 어느 정도의 고깃덩어리가 떨어졌다는 것에 심심한 위로를 보낸다. 어쨌든 내가 해야 할 역할을 마치고 난 뒤, 나에게 고기 심부름을 시킨 이 회장을 찾아간다. 이 회장은 어쩐 일인지 사무실로 오라하지 않고 나를 룸으로 부른다. 양주와 과일안주 그리고 여자들이 펼쳐진 가운데 이 회장이 화룡점정을 찍고 있었다. 다가가니 술을 한잔 따라준다.

"영두야. 수고했다."

"아닙니다. 형님. 잘 끝내고 왔습니다."

나의 안색에 나의 생각이 드러났는지 이 회장이 묻는다.

"허무하냐?"

"네. 조금 허무합니다."

"내 딸아이가 한 때 가수가 된다고 아주 고집을 부렸지. 그래서 결국 하자는 대로 하게 해줬다. 음반을 하나 내더군. 나름 애비라고 알게 모르게 내가 많이 사줬다. 나중에 음반이 팔려서 돈이 들어왔다고 통장을 보여주더군. 그냥 알바를 하는 것이 더 많이 벌겠더라. 왜 이리 적게 버느냐고 했더니 기획사에서 수익의 대부분을 가져간다는 거야. 기획사를 쫓아가서 따졌지. 이게 뭐하는 짓이냐고 말이야. 그런데 그 녀석들의 변명도 설득력이 있었어. 그동안 가수한테 투자한 비용, 매니저, 백댄서, 코디, 밴 운영비, 기획사 운영비 등 빼고 나면 자기들도 남는 것이 없다더군. 결국 우리 딸 하나로 여러 명이 먹고 사는 시스템이었던 거야. 영두야. 우리가 아무리 재주가 좋아서 날 뛰어도 혼자서 날 뛸 수가 없는 세상이다. 저들에게 하나를 주고, 하나를 받아오면 그만이야. 너무 아깝게 생각하지 마라."

술에 취한 듯 긴 대사를 읊조리듯 알듯말듯한 말들로 나를 달랜다. 저렇게 취한 모습을 거의 본적이 없는 나로서는 이 회장도 속이 많이 상했던 것을 알 것 같다. 태어나서 저렇게 영특한 사람은 처음 봤다. 맨손으로 시작해서 일수를 찍으며 악착같이 돈을 모아 결국 명동의 한 자리를 차지했고, 나중에는 정치인들과도 많은 인맥을 넓혀 브로커 역할을 자처하고 떡고물을 먹으며 살아남았다. 그러다 이제는 직접 떡을 찧는 사람이 되었다. 성장속도만 보면 충분히 나중에는 그룹 하나를 손에 쥘만한 인물이었다. 그러나 빠르게 솟아오르는 새는 사냥꾼들의 화살도 가장 많이 따라온다. 많은 화살이 날아 왔지만 영리한 탓인지 운이 좋은 탓인지 잘 피해왔으나 상처받고 외로운 마음은 치료가 되지 않을 것이다.

술에 취한 이 회장과 몇 잔을 주고받은 후 이 회장을 집으로 데려주고 난 뒤 피곤한 몸을 이끌고 집에 들어온다. 침대에 옷도 벗지 않고 그대로 눕는다. 누워서 본 창 넘어 서울의 야경이 아직도 반짝인다. 이놈의 서울은 새벽이 되어도 불이 꺼지지가 않는다. 24시간 불이 꺼지지 않아서 여기서 보면 참 서울은 외롭지 않은 도시라고 생각된다. 그 외롭지 않은 도시로 가까이 다가갔을 때는 발 한 자국 내딛기도 어려운 갈 곳 없는 도시 속의 미아가 되어버리는

곳이 서울이다. 빨리 끝내자. 빨리 끝내고 이 서울을 떠나
자고 다짐하며 잠이 든다.

7. 또 다른 희생양

기업을 인수하려면 두 가지, 자금계획과 운영계획 필요하다. 한마디로 어떻게 이 회사를 인수할 것인가 자금 출처를 밝히고 인수하고 어떻게 할 것인지 멋들어지는 청사진을 발표하는 것이다. 보통 가장 비싸게 사겠다는 기업이 인수하는 경우가 많으나 가격차이가 크지 않을 경우 청사진을 멋지게 그린 쪽이 인수에 성공하는 경우도 있다. 그래서 이 두 가지가 모두 중요하다. 몸집이 큰 코끼리를 아무리 힘센 맹수라도 혼자서 사냥할 수는 없는 노릇이다. 그래서 여러 하이에나들끼리 힘을 합쳐 큰 사냥감을 사냥한 후 고기를 갈기갈기 찢어 나누어 갖는다. 이것이 컨소시엄이다. 혼자 사력을 다해 사냥을 한다면 실패할 확률도 높고 사냥에 성공하더라도 먹이를 먹기 전에 힘이 다 빠져 다른 맹수의 공격에 죽을 수도 있는 것이 기업이다. 전

력투구를 안 하면서도 사냥감을 얻을 수 있는 것이 컨소시엄이다. 서로가 힘을 합쳐 돈을 모아 규모의 컨소시엄을 설립하고 대형기업을 인수하여 차후에 그 이익을 나눈다.

다음날 아침, 이 회장에게서 연락을 받고 사무실로 가니 이 회장은 소파에서 등을 편히 기댄 채 신문을 읽고 있었다. 나를 보고 신문을 천천히 내려놓는다.

"형님. 어제 술을 많이 드셨는데 괜찮으십니까?"

아무렇지 않은 듯 이 회장은 팔을 저으며 말한다.

"어어 괜찮아. 요새 골프를 좀 쳤더니 술을 먹어도 다음날 숙취가 없어. 역시 나이 먹으면 운동을 해야 해."

그래도 이렇게 술을 먹은 다음날 불렀다는 것은 어떤 중요한 일이 있다는 뜻이다. 나쁜 일을 하고 있는 것이 분명하지만 모든 것은 순조롭게 진행되고 있었다. 바람을 등지고 가는 배는 노를 젓지 않아도 앞으로 나아갈 수 있다. 지금 우리는 위험한 일이지만 정치권의 비호 아래 큰 파도 없이 순항하고 있는 배와 같다. 여비서가 커피를 놓고 가자 이 회장이 서서히 운을 뗀다.

"제로테크만으로는 어려워. 단물이 다 빠졌어. 새로운 기업을 인수해야겠다. 영두야."

"맞습니다. 유증에 BW에 너무 많은 물을 탔습니다. 여기서 돈을 더 뽑아내기는 무리인 것 같습니다."

"하이컴이라고 들어봤나?"

하이컴이라…. 통신업체면서도 신약연구를 하는 독특한 회사다. 통신관련 장비를 만드는 회사가 몇 년 전 신약개발을 하는 기업을 흡수했다. 왜 흡수 했을까? 어떤 회사인지는 모르겠으나 대충 이 회사 사장이 어떤 사람인지는 알 것 같다. 신약개발은 신기루와도 같은 사업이다. 성공만 한다면 엄청난 수익을 얻을 수 있다. 하지만 신기루 속에 보이는 오아시스를 향해서 멀고 먼 사막을 건너야한다. 사막을 건너려면 엄청난 체력을 소진하게 된다. 뜨거운 태양과 뜨거운 모래를 밟고 또 밟아가며 멀리서 보이는 저 신기루를 향해 걸어가야 한다. 신기루 속의 오아시스에 당도하기 전에 체력을 다 소진하면 탈진하여 쓰러지거나 보충할 물마저 다 떨어지고 나면 사막에서 죽을 수도 있다. 물론 성공만 한다면 저 신기루 속의 오아시스에서 마음껏 달콤한 물로 목을 축이고 마음껏 마시고 씻을 수 있다. 하지만 신약개발을 성공해서 부를 축적한 기업은 거의 없고, 신약개발을 미끼로 투자자들에게 신기루를 씌운 뒤 주가를 폭등시킨 뒤 팔아서 돈을 챙기는 대주주와 작전세력만 있을 뿐이다. 그것도 모른 채 순진한 누군가는 신약개발이라는 신기루에 씌워져 사막을 건너고 있다.

"통신장비를 생산하는 업체인데 신약개발도 연구한다

고 들었습니다. 이런 기업이라면 경영자가 기업을 키우는 데 관심이 있다기보다는 투자자들 돈을 빼먹는 것에 더 관심이 많았을 회사입니다. 저희한테 팔아봤자 쓸 만한 자산은 다 빼먹고 난 다음 껍데기를 팔려는 것일지도 모릅니다. 반대입니다."

생각과는 반대로 이 회장은 침착한 표정을 그대로 짓고 있었다.

"걱정 말아. 그 정도는 나도 알고 있다. 하지만 곧 4이동통신 사업이 시작 될 거야. 제로테크와 하이컴 두 개를 보유한다면 우리 회사가 주식시장에서 테마주를 이끄는 주도주가 될 거야. 투자자들이 우리 회사 주식을 사기 위해 돈을 싸가지고 올 것이고, 주가는 몇 배로 뛰겠지. 그 때 우리가 가지고 있는 지분을 타 털어버릴 거다. 그리고 잠시 해외로 가서 몇 년 쉬다오면 한국에서 몇 백억을 떵떵거리며 살 수 있다. 영두야."

이 회장은 자신감이 넘치는 말투로 나에게 강하게 설득하고 있다. 불끈 쥔 주먹과 자신의 부리를 쪼개고 발톱과 털을 뽑아내며 살기 위해 몸부림치던 그 처절한 눈빛으로 다시 보고 있다. 그 눈빛 속에서 배고픔을 보았고, 간절함을 보았으며, 확신을 보았다. 그리고 그 눈빛에서 두려움을 보았고, 탐욕을 보았으며, 악마를 보았다.

"그런데 많은 통신업체 중에 왜 꼭 하이컴인지는 이해가 안 갑니다."

"신약개발을 하고 있는 회사야. 4이동통신 테마가 끝나도 한 탕 더 해먹을 수 있는 테마가 하나 더 있는 회사라는 뜻이지. 우리가 해먹고 난 다음에 이 회사로 재활용 해먹으려는 놈들한테 팔수도 있다는 거지. 우리에게 나쁠 것이 없네."

"알겠습니다. 무난하게 인수 한 번 해보겠습니다."

"그래. 그 쪽 사장이랑은 약속장소랑 시간을 잡아놨으니까 잘 추진해봐. 너무 비싸게 사지 말고."

"걱정 마십쇼. 우리 기업사냥꾼 아닙니까? 싸게 사서 비싸게 팔 겁니다."

물론 주특기가 하나 더 있다. 단돈 한 푼 없이 기업들을 인수한다는 것이다. 잠시 사채업자에게 돈을 빌려 기업을 인수하고 인수한 기업의 현금이나 자산, 유상증자 등으로 갚는 수법이다. 여러 사람이 주인인 주식회사의 돈을 대주주가 마음대로 빼서 개인 빚을 갚는 것이기에 결국 처벌을 피할 수는 없다. 그래서 국내에서는 금지된 방법이지만 이런 방법을 썼는지 안 썼는지 남들은 알 수가 없고 행여나 감사가 들어왔을 쯤에 인수당한 기업은 현금을 다 빨리고 껍데기만 남은 상태인 경우다. 하지만 그것도 모르는 개미

들은 속이 빈 껍데기인줄도 모르고 그 껍데기에서 기적이
나오기를 바란다.

*

사무실로 돌아와서 현수와 장운이를 부른다. 제로테크
를 먹을 때처럼 손쉽게 대주주를 협박해서 기업을 우려빼
기에는 이번 하이컴은 접근이 쉽지 않다. 그렇다고 그 쪽
에서 달라는 금액을 순순히 다 줄 수는 없다. 저들이 감추
려고 하는 약점이 있을 것이고, 그 약점을 찾는 것이 나의
공격이다. 그 공격이 성공하면 나는 싸게 사서 비싸게 팔
수 있을 것이고, 실패한다면 비싸게 사서 비싸게 팔아야
할 것이다. 통신장비업체가 신약개발이라니 너무도 맞지
않는 옷이다. 분명 어딘가 구린 곳이 있을 것이다.

장운이가 현수를 데리고 오며 나에게 말한다.

"부르셨습니까?"

"응, 현수야, 장운아. 둘 다 앉아봐라. 고민이 있다."

그리고 다시 말을 이었다.

"다른 것은 아니고, 기업을 하나 더 인수할 거야."

현수가 바로 말을 낚아챈다.

"무슨 돈으로? 또 사채로 살려고?"

질색하는 현수의 표정을 보며 말을 받는다.

"돈은 내가 책임진다. 걱정마라. 현수야."

또 다시 말을 이어간다.

"이번에는 사채를 쓰지 않을 거야. 그러니 현수는 회사 현금을 최대한 모아줘. 대금결재는 최대한 뒤로 미루고, 은행에서 대출을 최대한 끌어와 줘. 가능한 200억 가까이 모아야 할 거야."

"영두야. 200억은 무리다. 회사 현금도 거의 남아있지 않고, 저번에 BW발행건으로 대출도 쉽지 않아. 100억도 모으기 어렵다."

걱정하는 현수를 보며 살짝 미소를 지어보이며 말을 한다.

"그래 100억이라도 만들면 된다. 나머지 돈은 내가 알아서 할게. 걱정 말고 최대한 현금을 모아줘. 이번 인수는 사채 없이 제로테크 돈으로 인수해야 네가 안 다친다. 현수야."

대화를 듣고 있던 장운이 묻는다.

"형님. 그럼 인수하는 기업은 누가 사장을 맡는 겁니까?"

누가 사장을 맡을 것이냐는 질문은 독이 든 잔을 누가 마실 것이냐 같은 질문이었다. 분명 하이컴에 있는 자금을 다 빼내어갈 것이고, 횡령죄를 피할 수 없을 것이다. 제로테크의 사장이 되면서 독이 든 잔을 이미 한 잔 마신 현수가 한 잔 더 마신다면 현수를 살려낼 수 있는 방법이 없다. 그렇다고 장운이 이 잔을 마시게 되면 두 명이 죽을 수도 있다. 쓰디쓴 에스프레소 한 모금 마신다 생각하고 내가 이 독이든 축배를 마시는 것이 나을지도 모른다. 독이 든 술을 만든 자가 독이든 술을 마시는 것이 죄를 지은 자가 죄를 갚는 것과 같은 이치일 것이다. 저 잔은 나의 잔이다. 내가 마셔야 이 두 사람을 살릴 수 있다.

"그건 나중에 말할게. 현수야 그럼 그렇게 추진해줘."

현수는 내가 장운이와 할 이야기가 더 남았다는 것을 알고 먼저 자리를 비켜준다. 이제 장운이와 나 단 둘이 사무실에 남아있다.

장운이 묻는다.

"형님. 따로 시키실 일이라도 있으십니까?"

"그래. 저번에 파인트리 만들던 것처럼 페이퍼컴퍼니 하나 만들어줘야겠다."

장운이 다시 묻는다.

"페이퍼컴퍼니는 어디에 쓰실 겁니까? 제로테크로 직접 인수하셔도 될 터인데."

내 커피 잔과 장운의 커피 잔, 그리고 아까 현수가 마시던 커피 잔 세 개를 가지런히 일렬로 놓는다. 그리고 천천히 설명을 해준다.

"이 첫 잔이 우리 제로테크다. 그리고 끝에 있는 세 번째 잔이 우리가 인수할 기업인 하이컴이야. 그런데 이 첫 잔으로 세 번째 잔을 인수하면 어떻게 될까? 하이컴의 대주주가 제로테크가 되었다는 것이 알려지게 된다. 하지만 둘째 잔으로 셋째 잔을 인수하고 둘째 잔을 첫째 잔에다가 넘기면?"

장운이 말을 받는다.

"아하. 사람들이 제로테크가 하이컴을 인수했는지 모르겠군요."

"그래. 당장은 사람들 모르게 할 수 있지. 하지만 그리 오래 숨길 수는 없을 거야. 어쨌든 우리가 주가를 띄울 시기에 맞춰서 이 사실을 흘리면 주가가 폭등할 수 있을 거야."

다시 장운이 묻는다.

"그럼 제로테크의 사장은 김현수 사장이 하는 겁니까?"

나는 다시 커피 잔을 만지며 대답한다.

"현수가 하이컴 사장까지 하면 페이퍼컴퍼니를 만드는 의미도 사라진다. 첫째 잔이 곧 셋째 잔이 되는 것 아니냐. 다른 이가 셋째 잔을 해야 첫째 잔과 셋째 잔이 다른 잔이 된다."

하이컴의 사장이 현수가 되면 결국 페이퍼컴퍼니를 사용했다는 비난만 받게 될 뿐 얻는 것이 하나도 없게 된다. 최소한 다른 이가 하이컴의 사장이 되어야만 현수를 지킬 수 있다. 현수가 하이컴 사장을 하지 못함으로써 현수를 보호하고 공시를 피하는 두 가지 효과를 모두 보려는 것이다. 하지만 200억이 넘는 셋째 잔의 주인을 아무에게나 맡길 수는 없는 노릇이다. 만약 회사 돈을 가지고 도망친다면 이번 계획은 모든 것이 수포로 돌아가기 때문이다. 결국 내가 믿을 수 있는 사람은 현수 아니면 나뿐이지만 현수는 불가능하다. 결국 독이 든 커피를 탄 내가 셋째 잔을 마심으로써 모든 일을 마무리 짓는 것이 가장 옳은 일일 것이다.

장운이 한참을 고심하는듯하다 나에게 말한다.

"형님. 하이컴 사장하다 만약에라도 잘못되면 흰머리 나기 전까지는 빛을 못 보십니다. 절대 그렇게 만들 수는 없습니다."

그리고 잠시 말을 멈추었다. 두 손을 꽉 쥐며 다시 말을 잇는다.

"제가 맡겠습니다. 그동안 손에 피 묻히며 살았는데 어차피 죄 값 한 번 치를 때도 됐습니다. 형님 없으면 우리

조직 다 무너집니다. 제가 하겠습니다."

커피 잔을 들어 잔으로 얼굴을 가렸다. 눈시울이 뜨거워지려는 것을 커피를 마시며 눈에 힘을 좀 더 주어 막아보려 했으나 눈물을 참기 어려웠다. 독이 든 커피를 탄 사람은 자신이 가장 아끼는 사람 두 명에게 독이 든 커피를 한 잔씩 나누어 주었다. 독을 탄 사람은 독을 마시지 않고, 사랑하는 사람은 그 독을 마심으로써 독을 탄 사람이 독을 마시지 못하도록 한다.

간신히 감정을 추스른 후, 커피를 내려놓으며 장운에게 나직이 말한다.

"그럴 필요까지는 없다. 그리 알고 너는 페이퍼 컴퍼니 하나 인수해라. 저번에는 조금 어설펐고, 이번에는 강남에다 사무실도 하나 차려놓고, 사업목적도 멋있게 기업인수, 합병 및 컨설팅으로 해서 좀 폼 나게 하나 만들어 봐. 우리 성공할 거다. 성공하면 아무도 안 다친다. 성공해서 우리도 이제 조폭이니 사채꾼이니 사람들 손가락질 받는 일 말고, 멋있게 회사 사장실에서 폼나게 일해보자. 걱정마라."

애써 장운이를 달래고 사무실 밖으로 보낸다. 이 회장이 말해준 계획대로 성공한다면 아무도 다치지 않을 것이다. 이 회장은 그룹을 경영하게 될 것이고 나도 회사 한 두 개는 맡을 것이다. 정치권 또한 돈을 먹은 만큼 우리를 비호

해 줄 것이고, 앞으로 나는 아무도 다치게 하지 않고 평생
떵떵거리며 행복하게 살 수 있을 것이다. 그렇게 나를 달
랬고, 장운을 달랬다.

*

  장운의 일처리 솜씨는 언제나 뛰어났다. 우선은 그 동안
빼돌린 자금과 명동에서 빌려온 돈을 합쳐 230억을 자본
으로 끌어왔고, 브로커와 연결하여 자본금 5천만 원짜리
페이퍼컴퍼니를 사들였다. 그리고 차명을 사용하여 이사
진을 채우고 도장을 만들었다. 대표가 허수아비뿐인 이사
진의 도장을 모두 가지고 있는 회사다. 이 페이퍼컴퍼니를
통해서 곧 하이컴을 인수할 것이고, 하이컴의 주인은 누구
인지 실체를 알 수 없게 된다. 그 실체를 알 수 없는 주인
은 다시 제로테크가 될 것이고, 그 제로테크의 주인은 실
체를 알 수 없다. 실체를 알 수 없는 무엇인가가 다시 실체
가 없는 무엇인가를 움직이고 있다. 실체가 실체를 움직이
는 것이 아니라 허상이 허상을 움직이고 있다. 그 허상의
허상을 쫓기 위해 사람들은 자신이 인생을 살며 번 돈을
허상에 투자하고 그 돈은 다시 허상 속으로 사라진다. 나
는 그 허상을 만들고 있는 것이다. 그리고 나는 그 허상의
이름을 HS홀딩스라고 지었다. 허상이라는 단어의 한 글

자씩 따서 H와 S를 붙였다. 그렇게 허상은 실체로 탄생했고, 그 실체가 된 허상은 실체를 삼킬 준비가 되어있었다.

하이컴을 본격적으로 인수하기 위해 나는 하이컴 대회의실로 찾아갔다. 기업의 회계장부와 실사를 확인하기 위해서는 혼자서 할 수 있는 일이 아니기에 회계사에 부탁하여 실사팀을 꾸려 동행하였다. 하이컴측 대표단과 만나 인사를 하고 각자 길게 늘어진 테이블에서 마주보며 앉았다. 하이컴 측에서 준 자료를 우리는 검토하고 실사를 담당하는 직원은 회계수치와 자산이 일치하는지 확인을 위해 회사 전반을 둘러보았고, 나는 회계를 분석하는 직원들과 회계자료를 보며 자산 및 부채가 얼마나 되는지 이 회사를 얼마에 사들여야 하는지에 대해 이야기를 나누었다.

우리 측 회계팀장이 나에게 물었다.

"보시기에 어떠하십니까?"

썩 내키지 않는 표정으로 나는 되물었다.

"팀장님이 보기에는 어떻습니까?"

팀장은 내 표정과 반대로 미소를 지으며 말했다.

"매출과 이익은 그저그런 코스닥기업입니다. 부채도 있어 매력적인 회사가 아닌 것처럼 보이시기겠지만 꽤 괜찮은 자산을 가지고 있습니다."

나는 의아하다는 듯이 물었다.

"회계장부에는 나타나지가 않는데 어떤 자산 말입니까?"

팀장은 회계장부 한 부분을 짚어주며 말했다.

"하이컴이 자회사를 하나 가지고 있습니다. 이 자회사가 우리나라 최고 제약회사인 표준제약 지분 3%를 가지고 있습니다. 얼추 자산이 합치면 800억 가량 됩니다."

800억이나 되는 기업이라는 사실은 나에게는 호재였고 악재였다. 아프리카 초원에 맹수들은 자신이 필요한 만큼 이상의 사냥감을 물지 않는다. 큰 사냥감을 사냥하기 위해서는 더 많은 체력이 소모되고, 잘못하다가는 다칠 수도 있기 때문이다. 그래서 자신이 먹을 만큼의 사냥감을 고른다. 그 이상의 먹잇감을 사냥해보았자 자신이 먹을 수 있는 양은 항상 정해져 있고, 남긴 고깃덩어리는 하이에나의 몫이 되기 때문이다. 나는 내가 가진 200억 만큼의 기업을 원하지 800억짜리 기업을 원하지 않는다. 제로테크처럼 내가 잡은 하이컴에 하이에나가 들어오는 것을 원하지 않는다. 800억에 인수하기 위해서는 600억을 가진 명동의 하이에나들에게도 고기를 떼 주어야 한다. 나는 나의 힘으로서 나홀로 사냥하고 싶었다.

나는 팀장에게 힘을 주어 말했다.

"나는 이 회사를 200억 이상 주고 사지 않을 것입니다."

팀장은 의아한 듯 나를 보았다.

"저쪽도 200억에 내주지는 않을 것입니다."

나는 하이컴 측 대표에게 독대를 요청했다. 대표도 이에 응했고, 측근들을 모두 물리쳤다. 나 또한 우리 측 사람들을 모두 물렸다.

대표가 나에게 이유를 물었다.

"독대를 요청하신 이유가 무엇입니까?"

나는 단호하게 말했다.

"우리 측이 동원할 수 있는 돈은 200억뿐입니다. 얼마에 파시겠소?"

대표는 실소를 머금으며 조롱하듯 말했다.

"이 회사 자산이 얼마인지나 알고 말하시오. 택도 없는 소리요. 없던 일로 합시다."

대표는 자리에서 일어나려고 했다. 그 때 나는 다시 대표에게 말했다.

"200억도 많은 돈이라고 생각합니다만…. 제 제의를 듣고 나면 나쁜 거래는 아닐 겁니다."

대표는 듣는 척도 안하고 회의실 문으로 향해 걸어갔다. 다시 나는 소리쳤다.

"그 문 나가시면 횡령죄로 콩밥 좀 드실 겁니다. 나가세요."

대표는 뒤를 돌아보면 나에게 다가오면 소리쳤다.

"무슨 말인가?"

나는 앉으라는 손짓을 하며 나직이 말했다.

"앉으세요. 앉아서 이야기 합니다."

대표가 자리에 앉자 나는 다시 말을 이어갔다.

"사장님 작년에 해외투자 전액 손실처리 하셨더군요. 2년 만에 200억 가까이 되는 돈을 모두 손실처리 한다? 이게 말이 됩니까? 그래서 제가 조사 좀 해봤습니다."

대표의 표정이 멈칫거렸다. 손은 테이블에 가려 떠는 것처럼 보이지 않았지만 미세하게 양복의 끝단이 떨리는 것이 보였다. 이에 확신을 가지고 말을 이어갔다.

"왜 그러셨습니까? 하려면 좀 더 완벽하게 하셨어야죠. 해외에 투자한 기업이 말레이시아에 있는 유령회사더군요. 그런데 그 기업을 보니까 실제 주인이 따로 있던데? 실제로 돈이 입금되고도 사업을 안 하고 있다가 어느 계좌로 송금을 했고 그 돈이 돌고 돌아 한국으로 다시 돌아 온 것으로 알고 있는데 어떻게 나머지는 검찰에 가서 더 이야기해드립니까?"

하이컴 대표의 얼굴은 이미 하얗게 질려 있었다. 사실 완벽한 물증은 내가 가지고 있지 않다. 다만 미리 매수해

둔 실세들에게서 얻은 정보이다. 이 회장은 이미 회사의 중진들을 매수해 놓았고, 그들은 이미 나의 사람이었다. 대표보다도 실무를 진두지휘한 중진들이 회사에 대해 더 많이 알고 있었고, 나는 이 회사의 자산이 실제로 얼마인지 저 회계서류 종이보다 더 정확히 알고 있었다. 회계는 숫자놀음에 불과했다. 이 회의실의 의자를 만원으로 볼지 10만원으로 볼지에 따라 자산은 달라졌다. 800억이라는 자산은 회계상에 부풀려진 수치일 뿐 실제로 쓸 만한 자산은 500억 가량 되었고, 우리가 빼 갈만한 현금이 되는 자산은 그마저도 온전하지 않았다. 대표는 해외투자형식으로 돈을 빼내는 최신기법을 실행할 만큼 탐욕에 눈이 멀었고, 탐욕만큼 두려움을 가지고 있었다. 그 두려움을 나는 알고 있었고, 물증은 없었다. 하지만 두려움을 가진 대표는 심증만으로도 공포를 느끼고 있었고, 이제 돈의 액수는 의미가 없어져버렸다.

나는 대표에게 다시 말했다.

"제 입이 조금 가볍습니다. 근데요. 입에다가 돈 좀 물려주시면 무거운 입이 됩니다. 서로 돈 되자고 하는 일 아닙니까? 같이 나눠가집시다."

대표는 긴장을 애써 누르는 표정으로 나에게 말했다.

"얼마를 원하쇼? 하지만 절대 200억에는 줄 수 없소."

나는 껄껄껄 웃으며 대답했다.

"맞습니다. 같이 나눠 갖자고 했지. 혼자 가진다는 말은 안했습니다. 230억 드리고, 가실 때 회사 돈 조금 챙겨가세요. 얼추 300억 드시는 겁니다. 아니지. 200억도 해외에서 돌고 돌아 지금쯤이면 통장으로 돌아왔겠네요. 500억 먹고 감방 안가는 거면 사장님도 득보는 장사 아닙니까?"

대표는 고민을 하였고, 나는 성공할 것임을 직감했다. 상대에게는 약간의 이익이 날 정도만 주고 가격을 깎는다. 이것이 협상의 기술이다. 상대가 손해를 보는 가격을 부르면 상대는 독을 품고 달려든다. 하지만 상대에게 이득을 보는 범위 내에서 가격을 깎으면 상대는 수락하는 경우가 많다. 수많은 기업가를 협박하면서 몸으로 체득한 것이기에 나에게는 성공률이 높은 전략이다.

대표는 고개를 끄덕였고 나직이 나에게 물었다.

"내가 회사 돈을 가져가면 김 사장이 횡령죄를 쓰는 건데 괜찮겠소?"

아무렇지 않다는 표정으로 나는 대답했다.

"괜찮을 리가 있겠습니까? 안 괜찮겠죠. 하지만 그 부분은 내가 해결할 일입니다. 그것까지 신경 쓰지 않아도 됩니다. 다시 사람들 부르고 계약하시죠."

대표는 벨을 눌렀고, 하이컴 측 측근들이 들어와 앉았

다. 나 또한 벨을 눌러 우리 측 사람들을 자리에 앉혔다. 그리고 내가 먼저 입을 꺼냈다.

"그럼 230억에 하이컴을 인수하는 것으로 하시겠습니까?"

대표는 시간을 끌지 않고 대답했다.

"그럽시다."

대표 측과 우리 측 측근들 모두 술렁였고, 나와 대표는 아무렇지 않은 듯 서로 계약서를 교환했다. 나는 서명하지 않았고, HS홀딩스 염장운 대표가 서명하였다. 서명은 간결하였고, 거래는 그렇게 끝이 났다. 나는 미리 매수한 중진들을 시켜 대표가 회사 돈을 함부로 꺼내지 못하게 지시하였고, 대표는 230억 외에 10원 한 푼도 회사 돈을 가져가지 못했다. 하이컴을 인수하고 난 후, 매수한 중진 외에 나머지 실세들은 위로금을 주고 강제퇴직을 시켰고, 그 자리에는 명동에서 일한 수하들을 넣거나 매수한 중진들의 사람들을 심어 놓았다. 회사는 완전히 장악되었고, 경리부서는 내 사람들로 심어 놓아 회사 돈은 나 외에는 아무도 건들지 못하게 하였다.

그 후 얼마 뒤, HS홀딩스는 다시 제로테크에 260억에 팔렸다. 결국 제로테크가 HS홀딩스를 인수하고, HS홀딩스는 하이컴을 인수한 셈이었다. 그래서 우리는 HS홀딩스에 투자한 투자금에 30억을 더 얹어 비자금을 확보하였고, 제로테크는 보유한 모든 현금이 거의 다 사라졌고, 빚더미의 기업이 되어버렸다. 이제 주가를 올려 우리가 보유한 제로테크 주식마저 처분해 버리는 마지막 일만 남았다. 한 때 화려했던 기업이 단물을 다 빨린 채 버림을 받는 데는 1년이 채 걸리지 않았다.

8. 컨소시엄

8. 컨소시엄

하이컴 인수가 마무리되고 나서 보니 무일푼으로 두 기업을 인수하고도 200억이 남았다. 대동강 물을 판 봉이 김선달과 우리는 크게 다르지 않았다. 그저 여기의 돈을 빌려 기업을 인수하고 그곳의 돈으로 빚을 갚았다. 주가를 띄어 시세차익을 챙겼고, 차후에 회사 돈을 채워 넣으면 나는 아무 처벌도 받지 않을 것이다. 이런 간단한 작업들을 반복할 때마다 회사가 늘어나는 숫자와 돈이 쌓이는 숫자는 정비례할 것이다.

간단하게 돈을 버는 것에 대한 죄책감과 이제야 이런 방법을 알았다는 것에 대한 자책이 한데 뒤엉켜 싸웠다. 그러나 이에 대한 판단은 나의 몫이 아니었다. 사채꾼들이 기업을 삼키면 속가락질을 받으나 대기업들이 인수를 통해 몸집을 불리고 주식상장으로 시세차익을 내면 기업경영을 잘한다고 칭송받는다. 사람들은 옳음과 그름을 구분하지 않았고, 거대한 힘을 숭상해 하는 듯했다. 나의 단순한 이 작업이 반복되어 어느덧 힘의 규모를 이루면 사람들은 나를 우러러 볼 것이다. 이렇듯 내가 생각하는 도덕과 대중들이 생각하는 도덕은 같으면서도 같지 않았다.

도덕은 변하지 않았다. 대동강 물을 팔던 시절의 도덕과 공자와 맹자가 있던 시절의 도덕은 다르지 않았다. 도덕을 따라야하는 자들에게는 도덕이 닿았으나 도덕을 만든 자들에게 도덕은 닿지 않았다.

다만 내가 기업을 늘리고 돈을 늘리는 속도만큼 세상도 빠르게 변화하고 있었다. 통화만 되던 흑백 휴대폰이 칼라가 되고, DMB가 나오고 인터넷이 되더니 얼마 안 있어 아이폰이 서울에서부터 유행을 타기 시작했다. 그들의 속도에 뒤질세라 국내에서도 스마트폰을 출시했다. 이미 스마트폰은 더 이상 발전할 것이 없을 정도로 완벽했다. 그런데도 그들은 완벽한 것을 더 완벽하게 하고자 연구했다. 그들이 발전시키는 만큼 기계 값도 빠르게 올라갔고 통신료도 이를 쫓아갔다. 한 가족이 내는 통신료가 자동차 할부금에 육박했다. 이동통신사들의 수익성은 급속도로 좋아졌고, 4이동통신이 등장할 환경이 익어가고 있었다. 4이동통신은 시중 통신료보다 30%이상 싸게 책정될 것이다.

정부는 가격으로 그들의 고삐를 잡기를 원했고, 대중들은 이를 원하고 있었다. 대중들의 관심은 언제 4이동통신사가 생기는 것인가 이었고, 우리의 관심은 누가 4이동통신사의 주인이 되는 것인가 이였다. 우리는 그 사업권에 가장 가까이 가 있었고, 그 시기도 가까이 다가오고 있었다.

이 회장은 이 사업권을 따내기 위해 혈안이 되어 있었다. 무엇에 쫓기는 사람처럼 행동도 눈빛도 말도 항상 다급해 보였다. 그들과의 구두약속만으로는 불안했었는지 문서로 확약을 받고 싶어 하였고, 문서로 보장을 받고 싶어 했으나 그들은 문서로 확신을 주지 않았다. 그저 기다려보라는 알 수 없는 대답만 돌아올 뿐이었다. 이 회장은 성화종을 압박하여 이 문제를 풀기를 종용했고, 성화종은 이 압박에서 해방되고 싶어 했다.

그러던 어느 날 성화종이 나를 찾아왔다.

"어서 오시오. 안 그래도 커피 한 잔 하려고 그랬는데 같이 마실 사람이 없어서 적적했습니다. 같이 한 잔 마십시다."

성화종의 눈빛은 매우 신경질적이었고, 눈빛은 햇빛에 양옆으로 반사되고 있었다. 비서가 커피를 내왔다. 나는 평소처럼 에스프레소를 마셨고, 성화종은 카푸치노를 마셨다.

성화종이 내 에스프레소 잔을 보며 말했다.

"에스프레소를 마시는 사람은 흔치 않는데, 원액을 그대로 마시면 쓰지 않습니까?"

나는 에스프레소를 한 모금 마시며 대답했다.

"써봤자 제 인생만큼 쓰겠습니까?"

성화종의 카푸치노 잔이 살짝 넘쳐흐르려고 하자 성화종은 위의 거품을 마시며 말했다.

"거품이 넘치려고 하네요. 아무리 좋아도 과한 것은 좋지 않죠."

성화종의 말은 뼈가 있었다. 그의 셔츠는 넥타이를 꽉 조였고, 허리띠도 여유가 없이 꽉 조였다. 중대한 결심을 한 듯 보였고, 그의 풍기는 기운에서 빈틈이 보이지 않았다.

"그런데 어쩐 일입니까? 연락하지 않으면 먼저 오는 법은 없었는데."

"제로테크 말입니다. 이제 단물은 다 빠진 상태더군요."

성화종은 이미 다 안다는 말투였다. 나 또한 숨기고 싶지 않았다.

"마지막 일만 남았죠. 주가만 띄우면 이제 끝나는 일입니다. 힘 좀 써주세요. 충분히 그럴만한 힘이 있는 분 아닙니까?"

성화종은 알 수 없는 미소를 지으며 답한다.

"그럴 힘을 가진 분과 가깝다는 것일 뿐 그럴 힘은 없습니다. 요새 여론이 안 좋아서 어르신이 쉽게 움직이려 하시지 않습니다."

"어차피 진행할 일 빨리 진행하자는 것입니다. 우리도 빨리 정리하고 빠져나와야 다음 일을 할 수 있으니까요."

성화종은 또 알 수 없는 미소를 지으며 물었다.

"김 사장님은 이 회장님을 얼마나 믿고 있습니까?"

왜 이런 질문을 하는 것일까? 이 자는 아까부터 무엇인가 다 안다는 말투로 나에게 말하고 있었다. 무언가를 다 아는 사람처럼 보이기도 하고 무언가를 다 포기하는 사람처럼 보이기도 하였다. 다 아는 것과 다 포기하는 모습은 같았고, 어쩌면 다 알고 다 포기하는 것일 수도 있다는 생각이 들었다.

"무슨 뜻으로 그런 말을 하는 것인지 모르겠습니다. 저와 이 회장님 사이는 잘 알지 않습니까?"

"떠나기 전에 마지막으로 조언 하나하고 갑니다. 이 회장을 너무 믿지는 마세요. 같은 처지로서 말하는 겁니다."

떠난다는 말은 무엇이고, 이 회장을 믿지 말라는 것은

무슨 말인가? 같은 처지는 또 무슨 말인가? 이 자는 계속 이상한 말을 하였고, 나는 하나씩 물어보았다.

"떠난다는 것은 무슨 말이요? 당신 약점 내가 다 잡고 있는데 어딜 떠나려고 합니까?"

"이 회장이 오늘부로 더 이상 약점을 묻지 않고 보내주기로 했소. 방금 이 회장을 만나고 오는 길이요. 가기 전에 김 사장 얼굴 좀 보고 가려고 여기에 들린 거요."

나는 무엇인가 내가 모르는 상황으로 흘러가고 있다는 것을 느꼈다. 성화종에게 재차 물었다.

"이 회장이 그럴 사람이 아닌데 갑자기 왜 그런다는 것이요?"

"이번 4이동통신 사업자 선정을 앞당길 것입니다. 그 조건으로 나를 이번 일에서 손 떼 주기로 했소. 그리고 이번 일에 내가 개입되어 있다는 것을 그 분께서 알고 매우 불쾌해 하셨소. 덕분에 나 또한 그 분과의 관계를 잃었고, 이번 일에서 손 떼라는 엄명대로 나오는 것이요. 4이동통신 사업자 선정을 당기는 것에는 힘쓸 것입니다. 이것이 내가 이 회장과 인연을 끊는 조건이 될 겁니다."

그랬구나. 그래서 성화종은 모든 것을 잃은 사람의 표정을 지었던 것이다. 모든 것을 잃은 표정에는 편안한 표정도 숨겨져 있었다. 모든 것을 잃으면서 편안한 마음을 얻었으니 그 표정이 우울해 보이지 않았던 것이다. 어쨌든 성화종이 손을 뗀 이상 우리는 윗선의 비호를 받지 못한다는 뜻이기도 했다. 비를 막아줄 우산이 없는 상황에서는 비를 최대한 덜 맞게 빨리 뛰는 것이 차선이었다. 그러나 빨리 뛰거나 걷거나 멈추는 것은 나의 소관은 아니었다.

나는 성화종에게 계속 물었다.

"이 회장을 믿지 말라는 것은 무엇입니까?"

"당신은 주먹치고는 머리가 꽤 좋은 사람입니다. 하지만 이 회장은 당신이 상대할 수 있는 사람이 아니오. 절대 맞서지 마시오. 그리고 그 누구도 믿지 마시오."

이런 말을 왜 나에게 하는 것일까? 나는 이해가 가지 않는다. 다시 성화종에게 질문한다.

"왜 나에게 이런 말을 해주는 겁니까?"

"당신과 나는 같은 처지가 아니면서도 같은 처지니까요. 커피 잘 마셨습니다. 커피 값은 충분히 된 것 같네요. 하나만 부탁하죠. 나는 당신이 원하는 일은 다 해주었소. 나는 내 역할 충실히 다 하고 은퇴하는 거니 나에게도 어떤 피해도 주지 않았으면 합니다."

나에게 부탁하는 것이 아니라 이 회장에게 하는 것이라고 보는 것이 더 옳을 일이었다. 그러나 나는 그의 말에 거절하지 않았다. 작별인사를 하려던 차에 나는 궁금했던 한

가지를 마지막으로 물어보았다.

"알겠습니다. 하나 물어볼 것이 있습니다."

"어떤 겁니까?"

"제로테크 주식을 왜 몰래 매집하고 있습니까?"

성화종이 조용하면서도 호탕하게 소리 내며 웃었다. 그러나 그의 웃음소리는 바람이 흐르는 방향처럼 부드럽게 들렸다.

"어떻게 알았는지 모르겠지만 이제는 나한테 없습니다. 자유롭기 위한 내 몸값이라고 해두지요."

알아들을 듯한 말이었지만 그는 명쾌하게 말해주지는 않았다. 그도 그만의 살 길을 찾기 위해 부단히 노력했었다는 것과 이 회장과 같은 길을 가는 것을 싫어했다는 것은 알 수 있었다. 그에게 더 이상 물어도 돌아올 대답이 없을 것이라고 느껴졌다.

성화종이 떠나고 빈 사무실에 앉아 마저 남은 에스프레소를 한 번에 털어 넣는다. 쓴 맛이 혀에서부터 턱을 지나 뇌까지 전달된다. 이 쓴 커피를 삼킴으로써 나의 죄가 씻기길 바란다. 죄가 씻겨갈 때쯤 나는 또 다른 죄를 지었고, 또 쓴 커피를 삼켰다. 파도가 해안가 모래를 때리듯 나는 죄를 짓는 일과 커피를 마시는 일을 반복적으로 하였다. 나는 죄를 더 이상 짓지 않기 위해 마지막으로 치닫는 이 일을 더 빨리 재촉했다. 아마도 마지막 죄를 짓고 난 뒤에는 이 커피도 끊을 수 있을 것이다.

*

얼마 안 있어 4이동통신관련 정부계획이 발표되었고, 이를 축하하기 위해 나는 이 회장 사무실로 찾아갔다. 제로테크 사장인 현수와 하이컴 사장인 장운이도 같이 데려갔다.

"어서 와라. 현수와 장운이도 어서 와. 셋 다 수고가 많았어. 덕분에 4이동통신 사업에 우리가 뛰어들 수 있을 것 같다. 어서 앉아."

셋이 자리에 낮아 이 회장은 다시 말을 이었다.

"4이동통신 사업이 시작되는 것은 모두가 알고 있었고 다만 언제 시작되느냐가 관건이었지. 컨소시엄 구성은 이전부터 계속 논의되고 있었다. 이번에 구성되는 컨소시엄에 10% 정도를 우리가 투자할 거 같다."

이 회장의 말에 내가 먼저 응했다.

"축하드립니다. 회장님. 10%면 상당히 많은 지분 아닙니까? 지분이 조금만 더 많았으면 좋겠지만 이 정도여도 충분히 괜찮은 것 같습니다."

내 말을 장운이가 받았다.

"명동에서도 이번 컨소시엄에 관심이 많은가 봅니다. 벌써 큰 손들이 관련기업이다 싶으면 주식을 선매집하고 있답니다. 명동 돈이 이번에 이쪽으로 쏠리고 있습니다. 큰 판이 벌어질 것 같습니다."

이 회장이 장운이의 말을 듣고 말했다.

"맞다. 이번 4이동통신은 엄청난 테마주가 될 거야. 그냥 지나가는 바람이 아니라 실제로 엄청난 수익을 얻을 수 있는 사업이기 때문이지. 관련종목들 주가는 엄청 오를 거다."

실제로 4이동통신계획이 발표되자 가장 많은 지분을 투자하기로 한 모 기업의 주가는 만원에서 10만원으로 두 달도 안 되는 기간에 열배나 올랐다. 1억을 투자한 사람은 10억이 되었고, 10억을 투자한 사람은 두 달도 안 되어 100억을 벌었을 것이다. 4이동통신은 황금알을 낳는 거위로 여겨졌고, 주식게시판 및 동호회에서는 이번 4이동통신 컨소시엄에 어떤 기업이 얼마나 참여하는 것인가에 대한 열띤 토론이 이어졌다.

나는 이 회장에게 물었다.

"그럼 제로테크와 하이컴 중 누가 참여하는 겁니까?"

"둘 다 참여할 거다. 그래야 둘 다 주가를 띄울 수 있지."

나는 다시 묻는다.

"한 종목 주가만 올리는 것도 쉬운 일이 아닙니다. 그런데 동시에 두 회사 주가를 컨트롤 한다는 것은 쉽지가 않습니다. 한 회사에 몰아주는 것이 좋지 않겠습니까?"

이 회장은 손사래를 치며 답한다.

"이번 테마는 아주 강한 바람 같은 테마야. 돛을 한 개 달던 두 개 달던 잘 나갈 수 있는 바람이야. 지금은 컨트롤이 중요한 것이 아니라 타이밍이 중요한 시기야. 이번에 지분을 다 팔고 빠져나올 거다."

현수가 목소리에 힘을 주어 이 회장에게 묻는다.

"그럼 제로테크 지분이 없으면 제로테크는 어떻게 되는 겁니까? 하이컴은 또 어떻게 되는 겁니까?"

이 회장은 침착하게 대답했다.

"주가가 비쌀 때 팔아서 주가가 다시 내렸을 때 다시 지분을 매입하면 된다. 그리고 그 차액으로 제로테크에서 잠시 뺐던 돈을 메울 거야. 너무 걱정 말게. 김현수 사장."

그리고 다시 말을 이어간다.

"어쨌든 우리는 우리가 계획한대로 모든 것이 이뤄지고 있어. 모두들 이렇게 열심히 잘 해준 덕분이야. 비록 성화종이가 손을 떼고 나갔지만 이렇게. 영두, 현수, 장운 세 사람이 힘을 모아주고 있으니 좋은 결과가 있을 걸세. 마지막이다 생각하고 조금만 더 힘내게. 이번 일에 성공하면 제로테크는 현수가, 하이컴은 장운이가 계속 맡아주면 좋겠어. 이제 그만 가보게."

셋이 같이 인사를 드리고 사무실을 나가려고 하는데 이 회장이 나에게만 잠시 눈짓을 한다. 둘을 보내고 나는 사무실에 다시 앉는다.

내가 먼저 이 회장에게 묻는다.

"형님. 시키실 일이라도?"

"성화종이 말이야."

성화종이라는 이름을 꺼내는 순간 안 좋은 느낌이 왔다. 이 회장이 이미 떠난 성화종 이름을 꺼냈을까? 성화종은 떠나고 나서도 마지막으로 한 약속을 지켰다.

이 회장이 다시 말을 잇는다.

"성화종이가 너무 많은 것을 알고 떠나버렸어."

나는 애써 대답한다.

"그래도 자기 몫은 다하고 떠났습니다. 쓸 만큼 쓰고 버렸으니 아쉬울 것이 없습니다."

이 회장은 좀 더 목소리에 힘을 주어 다시 나에게 말을 한다.

"괘씸하기도 하지만 그래도 너무 많은 것을 알고 있네.

우리의 계획을 다 아는 사람은 자네와 나 그리고 성화종이야. 성화종을 없애는 편이 좋을 것 같아. 영두야."

나는 단 한 번도 이 회장의 말을 어겨본 적이 없다. 어기고 싶은 적도 없었고, 어길 이유 또한 나에게 있지 않았다. 이 회장의 말이 법이었고, 곧 내 생각이었다. 그렇게 꽤 오랜 기간 같은 길을 걸었고, 이제 와서야 이 회장은 나와 다른 생각을 말했다. 나는 이 회장이 왜 이런 말을 하는지 어느 정도 이해는 하였으나 제거하는 것이 더 위험하다고 생각하였다. 행여라도 제거를 시도하다가 실패하고 우리 쪽에서 성화종의 목숨을 노린다는 것을 성화종이 안다면 우리가 무사하지 못할 것이다. 단 한 번에 성화종을 사고사로 둔갑시켜야 아무 탈 없이 일을 끝낼 수 있다. 하지만 나는 성화종의 당부를 들어주기로 약속하였고, 성화종을 제거하라는 명령을 받았다. 성화종은 살고자 하는 자이면서도 누군가에게 죽음을 위협받는 자였다. 나는 그 자를 죽일 수도 있고 살릴 수도 있다. 그 자는 살기를 원하고 누군가는 그 자가 죽기를 원한다. 대답을 하지는 않았다. 그저 인사를 하고 사무실을 나와 나를 기다리고 있던 장운을 만난다.

장운이 나를 보며 말은 건넨다.

"형님. 회장님이 어떤 말을 하셨기에 안색이 별로 좋지 않으십니다."

손수건으로 얼굴을 한 번 훔치며, 장운에게 말을 한다.

"성화종을 제거하라는군."

같이 차에 타며 계속 대화를 이어간다.

"잘못 제거하면 진짜 위험해 집니다. 형님. 성화종을 비호해주는 곳이 어딘지 아시지 않습니까?"

"외통수에 걸린 것 같구나. 성화종을 죽여도 우리가 죽고, 안 죽여도 우리가 죽는다."

장운이 나에게 묻는다.

"어떻게 하시겠습니까?"

나는 손에 쥔 라이터를 켰다 껐다를 반복하면서 대답을 하지 못한다. 해줄 수 있는 대답도 없고, 어떠한 선택을 하더라도 그 곳이 사지가 될 것이라는 대답도 해줄 수가 없었다. 성화종의 일은 성화종의 운명에 달린 것이다. 나는 내가 해야 하는 일을 할 뿐이다.

장운에게 대답대신 지시를 한다.

"저번에 제로테크 주가 올리던 기술자들 좀 다시 불러들여라."

"요새 걔네들 명동에서 오라는 데가 많습니다. 요새 명동도 테마주 작전 친다고 기술자들이 씨가 말랐습니다."

나는 다시 라이터를 켰다 껐다를 반복하며 말한다.

"돈은 가장 최고로 줄 테니 어떻게 해서든 데려와. 명동에서 가장 뛰어난 기술자여야 이번 싸움에서 이긴다. 최근에 4이동통신 테마로 주가 열배로 띄운 애들 걔네들을 한번 찾아봐라. 그 녀석들이면 제로테크와 하이컴 둘 다 주가를 띄울 수 있을 거야."

*

집으로 들어온 뒤, 나는 깊은 에스프레소를 한 잔 내려 마셨다. 아주 진한 향만큼 에스프레소가 내 혀에 닿을 때 고통은 아주 찌릿하게 느껴졌다. 액체가 목을 흐르며 그 고통은 혀에서 입안 전체로 다시 식도를 지나 위로 넘어갔다. 그 고통이 사라졌을 때 쯤 나는 남은 잔을 다시 입으로 가져댔다. 이런 두 번의 고통스런 과정을 거친 후 에스프레소 잔은 말끔히 비워졌고, 나는 침대에 누울 수 있었다. 잠은 쉽게 오지 않았고, 열대야 탓인지 이마에서는 땀이 났다. 이리 뒤척이고 저리 뒤척여도 잠이 오지 않아 거실의 소파에 누워 잠을 청했다.

9. 제거

성화종은 죄가 없었다. 시킨 일을 시키는 대로 했을 뿐이다. 그러나 시킨 일을 너무도 완벽히 잘 해내었기 때문에 성화종은 죄가 있다. 이 회장은 죄가 있으나 성화종에게 지시한 죄만 있을 뿐 본인이 하지 않았기에 죄가 없다. 죄를 지은 자가 죄를 없는 자를 심판하려 했고, 죄가 없는 자가 죄를 지인 자를 심판하려고 했다.

나는 죄가 있다. 죄를 짓도록 지시한 죄가 있다. 게다가 지시를 받은 일을 수행하여 죄를 지었다. 죄가 없는 자가 죄 지은 자에게 죄를 지은 자를 심판하라고 했고, 마찬가지로 죄가 있는 자가 죄 지은 자에게 죄가 없는 자를 심판하라고 했다. 어느 것이 옳은 것이고, 어느 것이 그른 것인지, 어디가 태양이고 어디가 어둠인지 구별이 가지 않았다. 흘러가는 시간의 방향으로 가면 나는 계속 죄를 지어가고 있었고, 시간의 반대방향으로 가도 나는 계속 죄를 짓고 있었다.

성화종은 제로테크의 부사장 직을 사임한 뒤로 어떠한 직책도 가지지 않고 있다. 애초에 지분도 있을 리 없었고, 직책만 있었다. 파인트리 대표직도, 파인트리 이사직도, 제로테크 부사장직도 모두 버리고 떠났다. 역설적이게도 모든 자리를 버리고 떠난 자에게서 가장 평온한 얼굴이 나타났다. 우리 중 가장 평온한 얼굴을 가진 자를 가장 평온한 나라로 보내야 한다.

수하 두 명을 시켜 성화종이 머무는 잠실 집에 잠복을 시켜놓았다. 서울 한복판에서 그것도 사람들이 가장 붐비는 지역인 잠실에서 인적도 많은 아파트에서 그를 제거하기란 쉽지 않았다. 수하들이 보내오는 연락을 받다 성화종이 교외로 나갈 때 나는 성화종을 제거할 것이다.

성화종은 부사장직을 내려놓은 후, 집 밖을 나서지 않았다. 가택연금이 되어 있는 것도 아닌데 두문불출하지 않았다. 지하통로가 따로 있지도 않은 아파트에 살고 있음에도 집 밖에 나올 생각이 전혀 없어 보였다. 오직 자녀들과 부인만 이따금 집을 왔다 갔다 할 뿐이다.

잠복을 시작한지 일주일 후, 성화종이 가족들과 교외로 나선다는 연락을 받았다. 일요일. 가족들을 데리고 교외로 나섰다는 것은 저녁 안으로 다시 서울로 돌아온다는 뜻일 것이다. 해가 진 후 그를 제거할 기회는 없다는 신호와도 같았다. 해가 바라보는 멀건 대낮에 나는 그를 깔끔하게 없애야 한다. 가족들을 따돌리고 그를 대낮에 제거할 방법이 나에게는 없었다. 하지만 그를 미행하는 수하들의 연락을 받아가며 그가 있는 곳으로 나도 쫓아가고 있을 뿐이다.

그가 도착한 곳은 어느 교외의 산에 있는 절이었다. 삶과 죽음, 욕심과 비움이 교차되는 가장 경건한 곳으로 그는 나를 데려왔다. 산이 깊고, 외진 곳에 있어 일을 도모하기에도 좋았고, 가장 경건한 곳이어서 일을 도모하기에 꺼림칙하였다.

그는 불공을 드리고 있었고, 가족들은 잠시 사찰을 벗어나 산책을 하고 있었다. 가족이 보지 않는 곳에서 그를 마지막으로 배려할 수 있는 기회가 생겼고 아무것도 모르고 불상 앞에 엎드렸다 일어서기를 반복하는 그 뒤로 가까이 다가갔다. 대략 세 걸음 정도의 거리까지 다가갔고, 나는 안주머니에서 나의 칼을 만지고 있었다. 마음속으로 하나, 둘, 셋 박자를 세며 칼춤을 출 준비를 하고 칼에 손을 대려는 순간, 불상이 있는 방 옆에서 꼬마 여자아이가 새초롬하게 나를 쳐다보고 있었다.

순간 나는 칼을 쥔 오른손에서 힘이 풀렸다. 인기척을

느낀 성화종은 나를 쳐다보기 위해 고개를 돌렸고 그 순간 나는 안주머니에서 손을 빼냈다. 빼낸 손은 땀에 젖어 있었고, 나는 손을 뒤로 하여 내 바지 뒷주머니에 급히 땀을 닦았다.

성화종은 나를 보며 아무렇지 않은 듯 말을 되뇌었다.

"죽기에는 참 좋은 자리지요."

죽기에는 참 좋은 자리라니…. 예전에도 그렇고 지금도 그렇고 모든 것을 포기한 사람 같이 그는 죽기에는 참 좋은 자리라는 말을 되뇌었다. 산 좋고 물 좋고, 더운 여름이지만 산에서 흐르는 바람은 아주 맑고 풀냄새와 섞여 신선하며 시원했다. 그 말뜻을 알 듯도 싶지만 이렇게 죽음 앞에서도 초연한 한 남자의 모습을 보면서 나는 내 등 뒤가 시원해졌다. 나는 죽음 앞에서 초연하지 못했다. 쉬고 싶었으나 살고 싶었고, 살기 위해서 죽음을 피해 다녔다. 죽음을 피해 다니기 위해서 두려움을 느꼈고, 두려움을 피하려 다른 이에게 두려움을 주었다. 그 두려움을 만나고도 두려워하지 않는 이를 만났기에 나는 두려움을 느꼈고, 내 등 뒤는 산기슭의 바람이 지나듯 시원함을 느꼈다.

내 등 뒤를 흐르는 바람은 다시 성화종의 몸을 한 바퀴 휘감고 돌아 다시 새초롬한 여자아이에게 흘러갔다. 그 여자아이는 내 등 뒤에서 불어온 시원한 바람을 느낀 듯 바람을 쫓아 아장걸음으로 내 다리를 부여잡았고, 나는 아이가 잡지 않은 다리의 무릎을 꿇어 아이와 눈높이를 맞추었다. 새초롬하게 쳐다보았던 그 아이는 다시 새초롬하게 내 눈을 쳐다보았고, 내 볼을 잡고 웃었다. 그 알 수 없는 웃음은 내 머릿속의 혼돈을 멀리 내쫓았고, 내쫓은 혼돈을 다시 거두어 갔다. 나는 아이의 머리를 한 번 쓰다듬은 뒤 다시 일어나 성화종에게 살짝 목례를 했다. 그는 아이에게 일러 잠시 밖으로 보냈다.

"저 아이를 아십니까?"

그는 모를 듯한 말을 계속 하였다. 아이의 얼굴을 보아도 기억이 나지 않았고, 아이의 얼굴을 또 보아도 부모의 얼굴이 기억나지 않았다.

"모르는 아이입니다. 누굽니까?"

"나와 당신 때문에 부모를 잃은 아이요."

"나는 사람을 죽인 적이 없소."

"칼로만 사람을 죽이는 것이 아닙니다."

그는 숨을 길게 내쉬고 잠시 눈을 감았다. 칼로만 사람을 죽이는 것이 아니라는 말은 다시 칼이 되어 내 심장을 휘저었다. 사람이 사람을 죽이는 데는 칼이 필요 없다. 돈이 칼이 되고, 입이 칼이 되고, 권력이 칼이 된다. 칼이 아닌 칼에 사람들은 죽어갔다.

"친구의 딸입니다."

친구의 딸이라는 말은 성화종의 행동이 변한 이유와
도 같았다. 그는 갑작스럽게 변했고, 갑작스럽게 손을 떼
고 나갔다. 그의 욕심은 칼이 되어 친구를 죽였다. 그리
고 친구가 남긴 딸은 다시 성화종에게 칼이 되어 목을 조
여왔다.

"우리가 제로테크 주가를 조작할 때, 나는 그에게 손 떼
라고 말했소. 근데 주가가 계속 오르니 내 말을 절대 듣지
않더군요. 사업실패하고 대출받아 마지막 밑천으로 투자
했다더군. 그 친구에게 진실을 말해주고 싶었지만 일이 새
어 나갈까봐 말하지 못했습니다. 그렇게 전 재산 다 잃고
죽음을 택한 거요."

"그래서 이 절에 온 겁니까?"

"절간에서 딸을 키워주고 있다기에 거두려고 했으나,
상황이 여의치가 않아 보육원에 보내야 할 듯 싶습니다."

다시 아이가 다가왔다. 아이 앞에서 더 이상 아이의 아
버지를 말할 수가 없었다. 성화종을 위해서가 아니라 아이
를 위해서 성화종이 밖으로 돌아다니는 것은 좋지 않았다.

"아이는 제가 데려다 주겠습니다. 그리고 당분간은 집
밖으로 나오시지 않는 것이 좋습니다. 저번에 힌트를 하나
받았으니 저도 힌트를 하나 드리는 것입니다."

성화종의 표정은 말없이 고개를 끄덕이며, 나를 보았다. 그의 표정에는 여러 감정이 섞여 있었으나 뒤섞인 그의 감정을 실을 뽑아내듯 하나씩 풀어낼 수는 없었다. 알 수 없는 표정을 보며 나는 뒤돌아서며 걸어갔고, 성화종은 다시 알 수 없는 말을 되뇌며, 들릴락 말락 한 목소리로 무언가를 말하였다.

절을 나오며 수하들을 돌려보내면서 더 이상 성화종을 미행하지 말고 원위치로 복귀할 것을 명했다. 수하들의 차가 먼저 서울을 향해 출발하고 나는 이 회장에게 전화를 걸어 보고를 하였다.

"그래. 영두야. 어쩐 일이냐."

"성화종을 추적했습니다. 성화종도 눈치를 챈 상태였는지 기회를 주지 않습니다. 쉽지 않을 것 같습니다. 성화종을 제거하는 것은 포기해야겠습니다. 형님."

"성화종이 너무 많은 것을 알고 있어. 어제는 동지였지만 이제는 가장 위험한 인물이야. 제거하는 것이 좋다. 영두야."

"형님. 제가 입단속 단단히 시켜두겠습니다. 너무 걱정마시죠. 형님."

"어디냐."

"강원도 홍천쯤에 있습니다. 서울로 돌아가려면 일요일

이라 차가 많이 막혀서 해가 져야 도착할 것 같습니다."

"그래. 알았다."

이 회장은 냉랭했지만 애써 참는 목소리였다. 나는 이 회장의 지시를 모두 수행하였고, 이를 어겨본 적이 없었다. 항상 그가 그린 설계도대로 나는 한 치의 오차도 없이 집을 지어주었고, 그는 원하는 모든 집을 설계도대로 완성하여 이 자리까지 올랐다. 그는 쓸모가 없어진 기둥을 없애기를 원했고, 나는 그대로 두기를 원했다. 최소한 그가 원하는 집은 지어지기 어려웠다. 그는 화를 내지 않았으나 냉랭했다.

차에 아이를 태웠다. 아이는 순하고 착했으나 말이 없었다. 다만 말없이 나를 별을 세듯 집중해서 보았다. 그 아이의 눈빛을 나는 마주칠 수가 없었다.

"말을 할 줄 아느냐?"

"아저씨도 아빠 친구예요?"

아이의 첫마디는 뼈가 깊은 질문이었다. 나는 너의 아버지를 죽게 한 원인제공자란다…. 너의 아버지의 친구의 반대가 되는 사람이란다…. 아이의 질문은 간단했으나 나는 첫 대답부터 거짓을 말해주는 사람이 되었다.

"그래. 너를 친구들이 많은 곳에 데려다 주라고 하시더구나. 아버지가 데리러 올 때까지 그곳에서 친구들이랑 사이좋게 기다리고 있으렴."

성화종이 알려준 주소를 찾아 서울 근교의 한 보육원을 찾았다. 보육원장에게 아이를 인도하고 돌아섰다.

"아저씨! 우리 아빠는 언제와요?"

오지 않을 것이다. 너희 아버지는 돌아오지 못하는 곳에 있단다…. 아이는 말이 많지 않았지만 아이의 눈빛과 아이의 한마디 한마디는 나에게 칼이 되어 들어왔다. 깊은 칼과 짧은 칼이 번갈아 내 배를 찔러 댔고, 나는 그 칼을 막을 수가 없었다. 깊은 숨을 내쉬며 눈물이 나오는 것을 참고, 뒤로 돌아섰다.

"오래 걸리지 않을 것이야. 대신 아저씨가 자주 올게. 필요한 것 있으면 아저씨한테 언제든지 연락하렴. 아저씨가 서울에서 가장 좋은 것으로 사다줄게."

"약속!"

아이는 새끼손가락을 나에게 내밀었다. 동전만한 손가락과 나의 새끼손가락이 서로 얽혔다. 아이는 다시 한 번 더 나를 새초롬하게 쳐다보았다. 눈을 마주치기 어려워 시선을 새끼손가락에 집중했다. 어렵게 아이를 들여보낸 후 다시 서울로 출발했다.

*

밤 10시가 다 되어서야 서울에 도착할 수 있었다. 죽음 앞에 두려움을 느끼지 않는 성화종을 보며, 새초롬하게 나를 보는 아이를 보자 내 머릿속의 혼돈이 거두어지는 것을 보며, 나는 내 머릿속이 엉망이 되어가는 것을 느꼈다. 죄를 짓지 않았지만 내 머릿속은 진한 에스프레소가 쓰디 쓴 고통으로 덮여 주기를 원하고 있었다. 집에 들르지 않고 그대로 올림픽대로로 차를 몰아 흑석동에 도착했다.

소영의 카페는 불이 꺼져 있었다. 그리고 하루 종일 연락도 없었다. 문이 잠기지 않았기에 나는 천천히 들어가서 문에 가까이 설치된 전등을 켰다. 스위치를 올리는 플라스틱 소리가 경쾌하게 났음에도 불은 들어오지 않았다. 급한 대로 휴대폰을 이용하여 어두운 실내를 비춰보았다.

카페는 의자와 테이블이 온전한 것과 부서진 것이 규칙 없이 섞여 나뒹굴고 있었고, 천장에 가까운 전등들은 깨진 유리조각이 빗방울처럼 조금씩 떨어지고 있었다. 오래되지 않은 흔적이다. 소영의 신변이 위험하다는 생각이 문득 들어 카페를 샅샅이 뒤져보았으나 소영의 흔적은 보이지 않았다. 카운터 쪽에 있는 장식품이며 잔들은 아주 깨끗하게 온전히 제 자리에 있었다. 카페 강도를 들어본 적도 없고 더구나 카운터에 손도 대지 않는 강도는 본 적도 없다. 그들은 돈을 노린 것이 아니라 소영을 노린 것이라 생각했다. 가게 가운데 바닥을 비춰보니 소영의 액세서리가 달린 휴대폰이 깨진 상태로 놓여있었다.

가게를 빠져나와 급하게 달리며 소영의 집으로 갔다. 소영의 집은 가게와 가까운 곳에 있었다. 횡단보도를 넘고 골목길을 달려 4층 건물로 들어가 3층에 있는 소영의 문을 두드렸다. 문은 잠겨있었으나 나는 비밀번호를 알았고, 문을 열어 들어갈 수 있었다. 소영은 침대에 앉아 울고 있었다. 그녀의 울음소리는 낮고도 굵었다. 두려움에 대한 울음소리라기에는 낮고도 굵은 소리였다.

나는 소영을 향해 물었다.

"소영아. 무슨 일이야?"

그녀는 대답을 하지 않고 계속 울었다.

"소영아. 누구니? 누가 왜 카페를 그렇게 만든 거야?"

소영은 한참을 그렇게 더 운 뒤에야 말문을 열었다.

"영두야. 우리 헤어지자."

그제야 나는 소영의 울음소리가 두려움에 의한 울음이 아니라 분노에 의한 울음소리라는 것을 깨달았다. 낮고 굵은 울음소리는 나를 향한 울음소리였던 것이다. 하지만 나는 왜 소영이 나에게 분노를 하는지 알 수가 없었다.

"소영아. 무슨 일이니? 왜 갑자기 헤어지자는 거야?"

소영은 울음이 섞인 목소리로 다시 말했다.

"어떻게 나를 속였니? 사채업자에다가 깡패까지 하면서 어떻게 나를 속였니?"

울음이 섞인 목소리였지만 그 목소리는 차갑고도 날카로웠다. 한 여름에 차갑고 날카로운 목소리는 나의 마음을 크게 썰어냈고, 차디찬 칼에 썰린 나의 마음은 소영에게 어떤 말도 해줄 수가 없었다. 다만 그 울음과 목소리에는 나에 대한 사랑과 애정이 한 방울도 남아 있지 않았음을 알게 해주었고, 나는 미안하다는 말을 할 수가 없었다. 어떤 이가 왜 카페를 공격했는지 소영에게 물을 수가 없었고, 소영에게 어떠한 대답도 해줄 수가 없었다. 소영은 부모님을 실종시킨 사채꾼을 극도로 혐오했고, 나는 명동의 사채꾼이었다. 소영의 울음은 카페를 공격당해 두려움을 느낀 울음이 아니었고, 사채업자를 사랑했던 자신을 저주하는 울음이었다. 나는 어떤 말로도 소영을 달래줄 수가 없었다. 나는 사채꾼이었다.

장대비가 내리는 한여름 밤 나는 아무 말도 하지 못한 채 집으로 돌아왔고, 비가 내리는 서울의 밤 야경을 보면서 아무 말 없이 위스키를 따라 마셨다. 위스키가 다 떨어지자 냉장고를 열어 소주를 마셨고, 소주가 떨어지자 맥주를 마셨다. 서울의 건물들 불빛이 하나씩 줄어들었고, 내가 마신 빈 술병들은 늘어났다. 누가 왜 소영의 카페를 그렇게 만들었는지, 소영은 어떻게 내 직업을 알았는지 알수 없지만 나에게 중요한 것이 아니었다. 내가 가장 두려워하던 것이 나에게 다가왔고, 두려움을 맞닥뜨린 나는 가장 중요한 것을 잃었다. 가장 두려워하던 것이 가장 소중한 것을 가져갔다. 두려움은 소중한 것이었고, 성화종은 목숨을 두려워하지 않았다. 그는 소중한 것이 목숨이 아니어서 목숨을 지켰고, 나는 소중한 것이 소영이었기에 소중한 것을 잃었다.

다음날, 장운의 연락을 받고 장운의 사무실로 출근했다. 뛰어난 기술자들을 구했다는 연락이었다. 사무실에 도착하여 보니 기술자 둘이 장운과 함께 사무실에 일어서서 기다리고 있었다.

"형님. 안색이 날이 갈수록 안 좋아지십니다. 무슨 일 있으십니까?"

"괜찮다. 저 사람들인가?"

두 사람을 쳐다본다. 한 명은 키가 크고 훤칠하게 생겼으나 말라 왜소해 보였고, 한 명은 풍채가 좋으나 키가 작았다. 두 명 다 눈빛은 밝았으나 믿음이 가는 얼굴은 아니었다.

장운이 두 명을 설명했다.

"여기 키가 큰 사람이 기술자입니다. 저번 주가를 열배나 올릴 때 주가를 조작한 기술자입니다. 실력이 아주 뛰어나죠. 옆에 있는 사람은 바람잡이입니다."

나는 주식을 사고파는 것은 컴퓨터로 매매하는 세상인데 무슨 바람을 잡는단 말인지 이해가 가지 않아 다시 되물었다.

"바람잡이?"

"네. 인터넷 주식사이트 및 게시판 등을 돌아다니며 글을 작성해서 사람들이 주식을 사고 싶게 만드는 역할이죠. 인터넷 글을 보고 사람들이 주식을 살지 말지 판단하는 경우가 많기 때문에 개미들 꼬이게 하려면 이 작업이 매우 중요한 작업입니다."

소개를 마치자 둘은 나에게 머리를 숙여 인사를 했다. 나 또한 같이 인사를 했다. 인사를 마치고 다시 소파에 앉았다.

"선수끼리 서론은 빼고 본론부터 얘기합시다. 돈은 최고로 주겠소. 나도 그 회사처럼 열 배 좀 먹어봅시다."

키가 큰 자가 답했다.

"매수세만 몰린다면 불가능한 것은 아닙니다. 다만 이번에 구성한 컨소시엄의 사업자로 낙찰 되느냐가 중요합니다."

자신감과 걱정이 함께 섞여 있는 목소리였다. 나는 대

답해주었다.

"걱정마시구려. 사업자로 낙찰시키는 것은 당신들 몫이 아닙니다. 물론 저번 것처럼 열 배를 올린다는 것이 쉬운 일은 아니라는 것은 압니다. 다만 나는 당신들에게 최고의 대가를 제공하고 있습니다. 최고로 실력을 발휘해주시구려."

"그럼 바로 착수 들어가겠습니다."

기술자 두 명이 사무실을 나갔다. 술이 덜 깬 것인지 시련의 상처인지 일에 대한 의욕이 생기지 않았다. 배가 다닐 때 가장 중요한 것은 식량도 아니고 기름도 아니다. 이 배가 어디로 가야한다는 목적이 가장 중요하다. 목적지가 있는 배를 타면 멀미를 해도, 배가 고파도, 심지어 기름이 없더라도 어떻게든 노라도 저어서 목적지를 향해 갈 수가 있는 것이다. 목적지가 없는 배는 식량이 있어도, 기름이 있어도 죽은 것과 다름이 없다. 나의 목적지는 무엇일까? 모든 것을 버리고 나서 평온을 찾은 성화종과 달리 목적지를 잃은 나는 평온하지가 않다. 모든 것이 싫어진 것과 모든 것을 버린 것은 다른 것이다. 그저 모든 것이 귀찮아졌고, 싫어졌을 뿐 평온은 오지 않았다.

장운이 나에게 말을 건다.

"형님. 성화종은 제거하셨습니까?"

"아니. 제거하지 못했다."

"이 회장님이 아시면 진노하실 텐데…."

장운의 말끝은 흐렸으나 의도는 분명했다. 나는 힘주어 말했다.

"나서지 마라. 이것은 내 일이다. 너는 주가 올리는데 힘써라."

눈을 잠시 눈을 감았다. 장운도 힘주어 대답했다.

"네. 알겠습니다. 그런데 너무 피곤해 보이십니다. 무슨 일 있으십니까?"

"아니다. 괜찮다."

"오늘은 이만 들어가서 쉬시는 것이 어떻겠습니까?"

장운의 말에 남아 있던 힘마저 다 소진하는 느낌이었다.

"그러자. 기사한테 차 대놓으라고 전해라. 오늘은 이만 가야겠다. 주가 띄우는 것은 장운이 네가 알아서 잘 해놓고, 이상 있으면 바로 연락해라."

"네. 알겠습니다. 형님."

사무실 밖으로 나가자 장운이 자동차 타고 나가는 앞까지 나와 인사를 한다. 흔한 풍경이었으나 우리 둘 사이에서는 흔한 풍경은 아니었다. 흔한 풍경이 아니지만 신경은 쓰지 않았다.

10. 시세차익

10. 시세차익

장운이 고용한 기술자들은 지불한 금액만큼 능력도 뛰어났다. 작업에 착수한지 얼마 되지 않아 주가는 슬금슬금 일어나기 시작했다. 4이동통신 사업에 제로테크와 하이컴이 둘 다 가세한다는 소문이 돌았고, 4이동통신 사업의 청사진이 증권게시판을 도배하면서 형님격인 제로테크의 주가가 먼저 뜨기 시작했고, 아우격인 하이컴의 주가도 오르기 시작했다. 기술자들은 단기로 주가가 5배 이상은 오를 것을 약속했고, 사업권을 따냈다는 발표가 났을 경우 10배 이상은 주가가 오른다고 확신했다. 테마주의 주가는 특성상 급하게 올랐고, 사업권 발표까지 남은 기간도 그리 많이 남지 않았다. 그 동안 알게 모르게 매집했던 제로테크와 하이컴의 주식들을 팔아버리면 그 동안 길었던 여정이 끝나게 되는 것이다. 소영과의 결별 덕분에 이 여정이 끝난 후 나의 선택은 다양해졌다. 원래 목적지인 사장을 할 수도 있을 것이고, 계속 명동에 남을 수도 있을 것이고, 이 모든 것을 버리고 훨훨 떠나버릴 수도 있을 것이다.

제로테크의 주가는 하루가 다르게 급등하기 시작했고, 한 달이 안 되어 두 배나 오르기 시작했다. 사람들은 한방의 꿈을 가지고 불나방처럼 달려들기 시작했고, 불나방들의 매수세력으로 우리가 따로 컨트롤하지 않아도 상한가를 찍었다. 매수세가 약한 날은 우리가 매수에 가세해서 상한가를 만들어 주었고, 불나방들이 상한가를 찍어주는 날에는 우리가 조금씩 물량을 풀었다. 그렇게 상한가를 만들어 주며 주가를 올리면서 우리가 가진 주식은 조금씩 줄여 나갔다. 상한가가 3방이면 주가가 50%가 뛰고 상한가가 5방이면 주가가 2배가 된다. 상한가가 10방이면 주가는 4배가 되고, 15방이면 주가는 8배가 된다. 매일 상한가를 간다면 3주면 내 돈이 8배가 된다는 것이다. 이런 환상 속에 개미 투자자들은 날로 모여들었고, 자기들이 매수세력이 되어 주가를 또 끌어올렸다. 3천원 정도하던 주가가 만원 언저리쯤 갔을 때 우리는 차명으로 보유한 주식을 모두 팔았고, 공식적으로 보유한 주식의 일부도 정리해서 100억 가량의 차익을 얻을 수 있었다.

제로테크의 주가와 달리 하이컴의 주가는 제로테크만큼

따라오지 못했다. 개미투자자들의 입맛을 돋우기 위해 하이컴의 주가를 올릴만한 어떠한 호재를 만들어 줄 필요가 있다고 느꼈다.

*

장운을 사무실로 불렀다.

"찾으셨습니까?"

장운에게 단도직입적으로 간결하게 물었다.

"하이컴 주가가 오르지 못하고 있다. 왜 그러냐?"

장운이 말을 하지 못하고 쭈뼛하고 있다.

"말해봐라. 이유가 있을거 아냐?"

장운이 억울하다는 듯이 말한다.

"4이동통신 컨소시엄에 제로테크가 주력 투자자고 하이컴은 보조 투자자 아닙니까? 당연히 제로테크의 주가만큼 하이컴이 오를 수는 없습니다."

장운의 대답이 끝나자 나 또한 단호하게 말한다.

"틀린 말은 아니지. 그래 그런데 그래도 너무 차이 나잖아. 제로테크가 3배나 오를 동안 하이컴은 겨우 50%밖에 못 올랐다. 이래가지고는 지분 정리가 안 돼."

둘이 잠시 대화를 멈추고 한동안 침묵을 가졌다. 그리고 내가 다시 말을 이었다.

"주가를 올릴 방법은 없을까?"

장운도 고심 끝에 대답했다.

"하이컴이 가지고 있는 표준제약 주식을 매각하는 것은 어떻습니까? 그 정도면 200억은 들어옵니다."

내가 다시 물었다.

"그거 가지고 투자자들이 좋아할까?"

장운은 이전보다 목소리에 힘이 들어가며 대답했다.

"주식을 처분해서 현금화 했다는 공시가 뜨면 사람들은 총알을 장전한 하이컴이 본격적으로 4이동통신 사업에 뛰어든다고 생각할 것입니다. 어차피 남의 회사 주식 가지고 있어봤자 우리한테는 쓸모도 없지 않습니까?"

틀린 말은 아니다. 그런데 장운이 말한 것과는 이 문제가 단순하지는 않았다. 200억에 가까운 지분을 매각하려면 주식시장을 통해서는 불가능하다. 200억을 사줄만한 사람이 없기 때문이다. 사줄 사람이 있어야 물건도 파는 법인데, 그렇게 많은 주식을 누가 사줄 수 있을까? 하지만 어차피 팔아야하는 물건이다.

"백기사로 가지고 있던 지분이다. 하이컴은 표준제약의 지분을 가지고 표준제약은 하이컴의 지분을 가지고 있다가 서로 우호지분으로 활용하는 셈이지. 이 많은 지분을 팔기도 어렵고 판다고 하더라도 표준제약도 우리 지분을 바로 팔아버릴 것이다. 물량이 그렇게 많이 풀리면 주가를 올리기가 어려워져."

장운도 잠시 고민을 하다가 박수를 쳤다. 장운의 박수소리에 내 커피잔에 작은 물결파도가 생겼다.

"좋은 생각이 있습니다."

"무슨 생각?"

장운의 눈빛은 반짝였고, 목소리는 더욱 커졌다. 혹시라도 이야기가 새지 않도록 장운에게 목소리를 낮추라고 손짓을 했다. 장운은 다급한 마음을 애써 억누르며 나에게 말했다.

"형님. 표준제약 지분을 필요로 할 사람이 생각났습니다. 그 사람한테 팔아버리면 될 겁니다."

"누구?"

"들어보니 요새 표준제약 대주주 자리를 가지고 아버지와 아들의 싸움이 한창이라고 들었습니다. 아버지든 아들이든 3%의 지분이면 자리가 바뀔 수 있을만한 지분입니다. 비싼 값에 팔아버리면 어떻겠습니까?"

지분싸움에서 3%의 지분이면 승패를 좌우할 수도 있는 양이다. 아들이든 아버지든 상당히 사고 싶어 할 것이고 나는 그 중간에서 값을 올린 뒤 팔면 현금화 할 수 있다. 하지만 표준제약이 하이컴 주식을 팔아서 애써 올린 주가를 폭락시키게 하지 않으려면 결국 아버지의 손을 들어주는 것이 우리에게 유리하다. 하지만 주식을 사주는 가격이 나쁘지 않다면 아들에게 넘기는 것이 유리할 수도 있다. 이렇든 저렇든 우리가 꽃놀이패를 쥐고 있는 것은 분명하다.

"나쁘지 않구나. 내가 표준제약에 가서 주식을 팔아올 테니 장운이 넌 기술자들이 딴 짓 못하게 잘 감시해라. 저 놈들 방심하면 뒷주머니 챙길 수 있으니까 더 밀착해서 감시해."

"예. 알겠습니다. 형님. 다녀오십쇼."

*

표준제약 양 회장에게 만나자는 연락을 넣었고, 내일 이라도 가능하다는 답신을 받았다. 내일 낮에 찾아뵙기로 하고 나는 표준제약 회장 아들 양 사장에게 간단한 용건과 함께 오늘 저녁에 일식집에서 보자는 연락을 넣었다. 양 사장은 단 번에 수락했고, 한 달음에 강남의 일식집으로 달려왔다.

"반갑습니다. 양 사장님."

"아닙니다. 이렇게 먼저 연락을 주시니 감사합니다. 김 사장님."

양 사장은 최대한 예의를 갖추어 나에게 악수를 청했다.

나보다 연배가 많아 보였으니 악수를 받고 자리를 청했다.

"앉으시지요. 최고급 참돔으로 주문했습니다."

"감사합니다. 그럼 본론을 말씀해 주시죠."

기모노를 입고 서빙하는 여직원이 눈인사를 하고 자리를 물리자 나는 본격적으로 양 사장에게 제의를 했다.

"하이컴과 표준제약은 서로 지분을 보유하고 있는 우호 관계입니다. 그래서 저희는 표준제약 지분 3%를 보유하고 있지요. 그런데 듣기로 표준제약 지분이 필요하시다고 들었습니다. 양 사장님에게 이 지분이 힘을 보태드릴 수 있는가 해서 연락드렸습니다."

양 사장은 머리를 조아리며 기쁨을 감추지 못하고 답하였다.

"당연히 힘이 되고 말구요. 감사합니다. 이렇게 연락 주시니 힘이 될 수밖에요. 얼마를 드리면 되겠습니까?"

양 사장도 상당히 단도직입적으로 대답하였다. 나 또한 가식은 걷어치우고 단도직입적으로 답하였다.

"현재 시세로 200억입니다. 하지만 누구에게 이 지분을 팔지는 내일 양 회장님을 만나 뵙고 나서 결정할까 합니다. 얼마를 주실 수 있습니까?"

양 사장은 다시 되물었다.

"얼마를 원하십니까?"

보통 내기는 아닌 것 같다. 배짱이며 말투며 양 회장이 자기 아들을 감당해낼 수 있을지 걱정이 됐다.

"200억에 리베이트로 50억, 그리고 하이컴 지분매도를 유예시키는 조건입니다. 가능합니까?"

양 사장은 시원하게 웃으며 대답했다.

"가능한 조건입니다. 김 사장님 거래를 아주 잘하십니다. 제가 수용가능한 범위를 딱 맞췄구려. 하이컴 지분을 못 팔게는 할 수 없지만 당분간 팔지 못하게 이사회 의결을 방해할 수는 있습니다. 걱정 마시구려."

참으로 호탕한 사람이다. 마치 형제의 난으로 자기 형제들을 모두 죽이고 왕이 된 이방원과도 같아 보이는 기세였다. 나라를 세운 이성계도 뛰어난 인물이지만 그 형제들을 죽이고 왕좌에 오른 이방원도 만만치 않은 인물이다. 양 사장에게서 나는 이방원 같은 모습을 보았고, 양 회장이 쉽게 이길 것이라 생각했던 지분싸움은 안개 속으로 치달을 것으로 보였다.

"당장이라도 넘기고 싶지만 내일 양 회장님을 만나 뵙고 답을 드리겠습니다."

양 사장은 당황하는 기색 없이 호탕하게 고개를 끄덕였다.

"그러도록 하십시다. 오늘은 여기 있는 참돔 다 먹고 가도록 하지요. 드십시다."

*

그렇게 날이 저물고, 집으로 돌아왔다. 지치고 피곤했지만 지치고 피곤했기에 더 부지런히 움직였다. 조금이라도 빨리 이 일을 마치고 쉬고 싶었다. 또한 수하로부터 들려오는 소문도 있었기에 내가 이 서울에서 빨리 떠나주고 싶었다.

현수 밑에 붙인 수하들로부터 현수가 흑석동을 드나드는 횟수가 부쩍 늘었다는 보고였다. 그 보고를 듣고 그 얘기에 대해서는 더 이상 보고하지 말라고 일러두었다. 현수와 소영은 예전부터 서로를 좋아하던 사이였다. 소영에게 관심을 받고 싶었지만 현수보다 잘 하는 것이라고는 싸움밖에 없었다. 학창시절 내내 싸우며 소영의 관심을 좀 더 받아보려고 노력했으나 관심을 가져주는 것은 잠시, 소영은 항상 현수를 바라봤고, 현수 또한 은근히 소영을 챙겨주었다. 소영과 연락이 끊기고 현수가 미국에 있는 동안 나는 소영을 찾게 되었고, 소영에게 적극적으로 지원했다. 카페를 차려주고, 흑석동에 집도 구해주었다. 소영이 천천히 마음을 열던 그 순간 현수가 미국에서 돌아왔다. 소영은 흔들렸고, 현수의 눈빛도 흔들렸다. 불안했던 나는 끊

임없이 구애했다. 현수의 학비를 대고 회사까지 마련해준 것 때문인지 내가 더 좋아서 그랬던 것인지는 알 수 없지만 소영은 나를 선택하였고 나를 만나주었다. 아주 천천히 미래를 계획하고 있었을 무렵 소영은 내 정체를 알게 되었고, 나를 떠났다. 떠난 후에도 나는 소영의 카페를 초토화시키고 내 신분을 소영에게 말한 녀석들의 정체는 아직도 알지 못했다.

둘이 만나든 말든 어차피 내 범주에서 벗어난 일이지만 둘의 소식을 나는 듣고 싶지 않았다. 상처받은 소영을 현수가 달래준다는 것은 고맙지만 그 둘의 만남이 잦아졌다는 사실은 나도 불편하고, 소영도 불편하고, 현수도 불편할 것이다. 소영을 완전히 지워버리고 그 둘의 만남을 축하해 주거나 아니면 그 둘의 소식이 들리지 않는 곳으로 내가 떠나는 것이 정답일 것이다. 그래서 나는 지치고 의욕이 사라진 이 항해를 빨리 마치기 위해 방향도 모르는 곳으로 더 빨리 노를 저어가고 있었고, 어디로 가는 지 알 수 없는 배는 더 빠른 속도로 달려가기 시작했다.

*

다음날 양 회장을 만나기 위해 표준제약 본사로 향했다. 우리나라에서 제일가는 제약회사답게 화려했고 웅장했다.

회장실은 가장 좋은 층에 위치해 있었고, 비서의 안내를 따라 들어간 회장실 내부는 넓었으나 의외로 검소했다.

양 회장은 나를 보고 불편한 거동을 하며 다가왔다.

"어서오시게. 김 사장. 이렇게까지 친히 와주고 고마우이. 나이가 들어 거동이 편치가 않네."

나 역시 양 회장이 불편한 걸음을 한 걸음이라도 줄여줄 수 있도록 몇 걸음 더 다가가서 양 회장의 악수를 받았다.

"아닙니다. 회장님. 어른이 있는 곳으로 가는 것이 예의 아니겠습니까?"

"아니야. 아니야. 이렇게 반가운 손님이 오는데 정말 고맙네. 어서 앉게."

양 회장과 나는 응접실에 앉고 양 회장의 손녀쯤 되어 보이는 여비서가 차를 내왔다. 차를 한 잔 음미하고 나서 양 회장은 말을 이었다.

"아들 녀석이랑 지분싸움을 하다니 아주 망신스러워서 사람들 만나기도 부끄럽다네."

양 회장의 인사말 같은 탄식에 나는 얼른 말을 받았다.

"아닙니다. 다른 기업들도 이런 일 겪은 기업이 한 둘입니까? 그런 말씀 마십쇼."

양 회장은 내 의중을 떠 보았다.

"하이컴이 보유한 3%의 지분을 판다고 들었네."

나 또한 내 의중을 말하였다.

"산다는 사람은 여기저기 있으나 워낙 적은 지분이라 도움이 될지는 모르겠습니다."

양 회장은 다시 내게 물었다.

"다른 사람들은 얼마에 판다고 하던가?"

나는 자세히 답하지 않았다.

"시세보다는 좋은 조건으로 쳐준다고 했습니다."

양 회장은 의중을 걷어내고 천천히 본심을 말하였다.

"3%로면 시세로는 200억이군. 거기에 하나 더 얹어주지. 하이컴 주가가 폭등하고 있다고 들었네. 여기서 내가 보유분을 팔면 하이컴 주가가 폭락을 할 거야. 그렇지 않은가?"

이미 양 회장은 내 의중을 알고 내 약점을 은유적으로 떠 보았다. 거래를 할 줄 아는 자였다. 하지만 나는 욕심을 버린 자였고, 단지 이 일을 빨리 끝내고 싶어 하는 자였다. 나는 욕심을 버렸기에 약점이 없었고, 양 회장은 버리지 못했기에 약점이 있었다. 양 회장이 어떠한 말을 해도 자신이 유리한 조건으로 거래를 할 수는 없을 것이다.

나는 웃으면서 말하였다.

"하이컴 주가가 폭락할 때쯤이면 이 회장실의 주인이 바뀌어 있을지도 모르겠습니다."

양 회장 또한 웃으면서 답하였다.

"하이컴 원래 주인이 우리 사촌조카 것이라는 것은 알고 계실 테고, 그렇다는 얘기는 그 회사의 어디가 약점인지 어디가 문제인지 다 알고 있다는 뜻이네. 서로가 피 보지 말고 시세대로 사줄 테니 나한테 넘기시게."

무서운 양반이다. 원래 하이컴 대표는 표준제약 양 회장과 6촌 관계로 한 때 하이컴이 보유한 표준제약 지분과 경쟁기업이 보유한 지분을 합쳐 표준제약을 삼키려고 했었다. 숨겨진 우호지분이 있는 양 회장이 이를 잘 방어하여 공격은 물거품이 되고, 전 대표는 하이컴에 회의를 느껴 손을 뗀 것이다. 자신을 공격했던 기업이니만큼 양 회장도 꽤나 많은 자료를 가지고 있을 것이다. 혹 떼려다가 혹 붙인 격이었으나 그가 어떠한 창으로 공격을 해도 나는 방어하지 않고 같이 공격할 것이다. 적의 공격이 날카롭든 무디든 나는 나의 공격을 하면 그만이었다.

나는 표정하나 미동 없이 양 회장에게 말했다.

"35년을 피만 보며 살아왔습니다. 하루 더 본들 뭐 달라지는 것 있겠습니까?"

양 회장은 한 쪽 입 꼬리를 살짝 들어 올리며 나에게 말했다.

"그러시게나. 나는 자네가 모르는 숨겨진 우호지분이

많아. 3% 따위로는 내 경영권이 넘어가지 않네. 돌아가
보시게나."

나 또한 그 자리에 더 있을 이유가 없었다. 자리를 박차
고 회장실을 빠져나와 내 차로 향했다. 차에 타자마자 전
화벨이 울렸다. 장운이다.

"형님. 큰일입니다."

장운의 목소리는 다급했다. 하지만 다급한 목소리보다
는 내 화가 풀려있지 않은 것에 더 집중하고 있었다.

"뭐? 무슨 일인데 대낮부터 큰 소리야?"

장운의 목소리는 떨림이 있었다.

"표준제약에서 하이컴 보유지분을 전량 매각했습니다.
주가가 하락하고 있습니다. 형님."

낭패다. 더 이상 전화를 들을 필요가 없어 전화기를 끊
어 버렸다. 적의 칼은 내 생각보다 더 빠르게 날아왔고 너
어깻죽지를 찔렀다. 여기서 뒤로 물러서면 상대는 다시 방
어태세를 갖추게 되고 나는 한쪽 팔을 못 쓰게 된다. 지금
은 뒤로 물러서지 말고 상대의 칼이 내 어깻죽지 속에 있
는 틈을 타 나도 상대의 어깨를 찔러야 할 때이다. 나는 잃
을 것은 있으나 잃는 것이 두렵지 않다. 그러니 적의 공격
은 나를 아프게 하지 못했고, 나는 적을 아프게 할 것이다.

전화기를 들어 경쟁업체에다 연락을 한다.

"하이컴입니다. 내일 표준제약 지분 3% 장내매도 할겁니다. 사고 싶으면 사가세요."

다시 전화기를 들어 양 사장에게도 전화를 건다.

"김 사장입니다. 내일 표준제약 지분 전량 장내매도 할 겁니다. 필요하다면 시가로 사가세요."

장내매도를 하면 양 사장이 약속한 200억에 50억을 더 얹는 수준의 수익을 내기 어려울 것이다. 시가로 팔리면 그나마도 다행일 것이다. 물량이 넘쳐 나오면 주가가 밀리는 것은 당연하니 잘 못하면 헐값에 주식이 넘어가는 수도 있을 것이다. 하지만 그렇게 저들 뜻대로 되지는 않을 것이다. 나는 저들에게 돈 보다도 더한 비극을 선사할 것이다. 아들과 아비가 서로 가업을 가지고 싸움을 하고, 그 싸움에 경쟁업체도 가세할 것이다. 둘이 편이 되어 하나를 공격하고 다시 다른 둘이 편이 되어 또 다른 하나를 공격할 것이다. 싸움은 끝이 나지 않을 것이고, 하나 또는 둘이 무너질 때까지 비극은 계속 될 것이다.

돈 앞에서 인간의 욕심은 끝이 없고, 돈 앞에서 인간은 이런 비극 같은 실수를 계속 반복한다. 돈 앞에서는 부모와 자식이 없고 피를 나눈 형제도 엉겨 붙어 싸운다. 돈 앞에 서면 평온은 사라지고, 돈 앞에 서면 불안은 평온의 자리가 사라진 만큼 커진다. 돈이 인간 위에 있고 인간의 존

엄성은 돈 아래에 있다. 모든 것을 버리고 돈이라는 울타리 밖으로 도망쳐서야 이런 돈의 비극이 보이기 시작한다. 그래서 나는 저들에게 비극을 선사하려한다.

다음날 표준제약 주식은 장내매도를 하였고, 매도를 걸어놓자마자 200억에 가까운 대량의 매물을 쏜살같이 샀다. 200억을 받아간 자는 누군인지 알지 못한다. 하이컴 주가는 대량 매물로 잠시 흔들렸으나 현금 200억이 생겼다는 소식에 호재로 작용하여 다시 오르기 시작하였고, 4이동통신 사업자 발표날짜는 점점 다가오고 있었다.

11. 추락의 시작

4이동통신 사업자 발표는 점점 하루 앞으로 다가왔고, 관련 기업들의 주가는 널뛰기 했다. 오늘은 이 기업이 주력이라며 폭등했고, 다음날은 저 기업이 가장 수혜주라며 폭등했다. 폭등이 폭등을 낳았고, 폭등에는 이유가 있지 않았다. 이유가 폭등을 만들지 않았고, 폭등 후에 이유를 만들었다. 제로테크와 하이컴도 폭등의 대열에 끼어 있었으나 성화종이 빠진 영향 탓인지 우리가 원하는 만큼의 시세차익은 얻지 못했다.

4이동통신과 관련된 모든 종목들의 주가가 올랐고, 너무 많은 종목이 오르고 있었다. 그 덕에 개미들의 화력은 분산되었고, 모든 종목이 올랐으나 많이 오르는 종목은 없었다. 컨소시엄 참여기업 중 2번째로 많은 지분을 가지고 있었고, 성화종이라는 후광을 받았으나 화력은 분산 되었고, 계획했던 만큼 주가는 오르지 못했다. 시간은 그렇게 지지부진하게 흘러갔고, 어느 덧 컨소시엄 심사 발표일이 다가왔다. 정부는 최대한 빨리 일을 추진하여 성난 민심을 가라앉힐 필요가 있었고, 4이동통신에 지원한 컨소시엄은 한 팀뿐이었다. 선택을 할 여지가 없었다. 다가온 날짜는 우리가 축배를 드는 날이었고, 이를 기점으로 한 번 더 주가를 띄울 수 있는 날이었다.

그러나 축배를 드는 날이 다가올수록 이 회장은 유력 정치인들을 만나는 횟수가 늘어났다. 발표 후에 다음 일을 논하는 것인지 아니면 다른 일을 준비하는 것인지 또 아니면 일이 잘못되고 있는 것인지 어떤 상황인지는 알 수가 없었다. 다만 이따금 볼 때마다 이 회장의 표정은 좋지 않았다. 고민이 많은 것인지 상황이 안 좋은 것인지 표정만으로는 분별할 수 없었고, 그 깊이를 알 수 없었다. 다만 나도 나 스스로 어떠한 사태에 대비해야겠다는 경각심을 느끼게 해주었고, 나는 나의 방법으로서 상황을 파악해야했고, 만약을 준비해야했다.

이튿날 나는 성화종을 만났다. 성화종을 만날만한 인연은 아니었으나 나는 정치인을 알지 못했고, 고급정보를 알 방법이 없었다. 명동 쪽 정보는 진실과 거짓이 한데 어우러져 있어 어느 것이 진실이고 어느 것이 거짓인지 분간하기가 어려웠으며, 진실 가운데 거짓이 있고 거짓 변두리에 진실이 있어 신뢰를 하기가 어려웠다. 정치인을 통한 정보는 이 회장만 가지고 있었고, 이 회장은 나에게 어떠한 정보도 알려주지 않고, 해야 할 행동만을 알려주었다. 그는 선장과 같았고, 나는 그물을 던지는 어부와 같았다. 그는 돈이 몰려다니는 물길을 알고 있었고, 나에게 그물을 던지라고 지시했다. 나는 시키는 대로 그물을 던지고 건져 올렸고, 항상 그물 안에는 어리석은 물고기 떼들이 한가득 있었다. 하지만 이번에 어부가 느끼기에도 안 좋은 예감이 들었고, 선장은 아무 말도 하지 않았다. 그저 멀리서 오는 구름떼와 바다에 이는 잔물결을 보고 알 수 없는 두려움을 예측할 수밖에 없었다.

성화종을 만나기 위해서는 밖으로 나오지 않는 성화종을 밖으로 나오게 하거나 내가 성화종의 안으로 들어가야 했다. 하지만 나는 성화종에게 밖으로 나오지 말라고 하였고, 내가 성화종에게 들어갈 수밖에 없었다. 다행히 성화종은 나를 맞아주었고, 거실소파에 앉아 이야기를 나눌 수 있었다. 부인이 차를 내왔고, 차를 받자 자리를 비켜주었다. 성화종은 여전히 차분한 얼굴이었고, 그의 얼굴에는 평온함이 떠나지 않고 있었다.

성화종이 차를 한 모금 마시고 내려놓으며 나에게 말

한다.

"그간 잘 지내셨소?"

어쩐 일이냐고 물을 줄 알았던 성화종의 첫마디는 잘 지냈냐는 안부의 말이었다. 나 또한 안부에 대답하였다.

"아시다시피 계획대로 일을 하고 있는 중이요. 막히지도 않고 더 빠르지도 않고 그냥 정해진 철길을 따라 가고 있습니다."

성화종이 내 눈을 쳐다보며 말한다. 바람에 날린 커튼 사이로 들어온 햇빛이 그의 눈에 반사되며 그의 눈은 잠시 번쩍거렸다.

"나를 죽이려고 집까지 들어온 것은 아닌 것으로 생각합니다만…."

"아직 누구를 죽여본 적은 없습니다."

"그때와 지금의 대답이 같으니 믿겠습니다."

나의 대답에 성화종은 살짝 미소를 보였다. 그리고 말을 이었다.

"나는 당신이라고 생각했습니다."

"무슨 말입니까?"

"그 후에 한 번 더 나를 죽이려고 한 사람들이 있었어요. 다행스럽게도 운 좋게 목숨은 건질 수 있었어요. 아니라고 생각했지만 김 사장이라고 생각할 수밖에 없었습니다."

"맹세코 나는 아닙니다."

누굴까? 성화종을 제거하려는 자가 또 있었다. 그에게 개인적인 원한을 가진 사람일 수도 있었을 것이고, 내가 알지 못하는 또 다른 범위의 사람일수도 있었다. 내가 한 것이 아니라는 것은 나도 명확했고, 그도 이해하고 있었다.

잠시 침묵이 있었고 나는 다시 말했다.

"알고 싶은 것이 있어 왔습니다."

"4이동통신 사업자 선정 때문이겠지…. 어려울 겁니다."

'어려울 겁니다.'라는 말 속에 모든 뜻이 담겨있었다. 그는 우리의 계획을 알고 있었고, 그는 어려울 것이라고 답했다. 이 회장이 최근 들어 왜 정치인들을 부리나케 찾아다녔는지, 왜 표정이 어두워졌는지 모든 이유가 그 단어 속에 들어있었다. 하지만 이 회장은 나에게 어떠한 말도 해주지 않았다.

성화종이 다시 말을 이었다.

"내 일에 대해서 장인어른이 아셨고, 장인어른이 그 분께 다 이야기 했습니다. 그 분께서 매우 진노하셨어요. 한다면 하시는 분이고, 불가능도 가능으로 만드신 분입니다.

어떤 식으로 해서든 이 회장이 원하는 그림을 그릴 수는 없을 겁니다."

"알겠습니다."

"저번에 진 빚은 갚았는데 이번에는 김 사장이 내게 빚을 졌구려. 내 빚도 하나 갚으시오."

나는 짧게 답했다.

"무엇을 원하시오?"

"이 회장과 당신은 같은 차를 타고 가고 있습니다. 그런데 이 회장은 에어백이 있는 자리고, 당신은 에어백이 없는 자리입니다. 나는 운 좋게도 그 차에서 내렸소. 다시 그 차에 태우는 일이 없었으면 합니다."

나는 다시 짧게 답했다.

"알겠습니다."

"그리고 하나 더."

"무엇입니까?"

"그 아이에 해가 가지 않도록 해주시오."

"그러죠."

성화종과의 대화를 마치고 나오는 발걸음이 매우 무거웠다. 수평선 끝에서 몰려오는 구름떼와 바다에 이는 잔물결을 보고 나는 풍랑이 오고 있음을 알 수 있었으나 나는 어부에 불과했다. 모든 결정권은 선장에게 있었고, 모든 항로는 선장이 선택할 수 있었다. 내가 할 수 있는 일은 그물을 던지고 그물을 건지는 일 뿐이었다. 그물을 던지고 건는다고 해서 풍랑을 피할 수는 없었다. 내가 선장이 되거나 이 배에서 뛰어내리는 방법 외에는 선택의 여지가 없었다. 선장은 나에게 어떠한 말도 해주지 않았다.

돌아오는 길에 소나기가 쏟아졌다. 더 이상 운전을 해서 나갈 수 없을 정도의 장대비였다. 올해는 유난히 비가 많이 왔다. 봄에도 비가 많이 왔고, 여름에도 비가 많이 왔다. 잠시 차를 세우고 하늘에서 내리는 비를 봤다. 5년 전에도 이렇게 비가 많이 왔었고, 그 때는 바다에서 비를 맞으며 일을 하고 있었다. 6년 전에도 깡패였고, 4년 전에도 깡패였지만 5년 전에는 어부였다. 상대파의 공격으로 우리 조직은 큰 피해를 입었고, 보복에도 실패하였다. 조직은 와해됐다. 와해된 조직을 경찰이 수습해 한데 모아주려 했고, 나는 도망쳤다. 무작정 내가 살던 곳으로 도망쳤다. 인천은 넓었고, 숨기에 좋았다. 특히 만석동 골목은 여러 갈래로 흩어져 있고, 허가 받은 집과 허가 받지 않은 집들이 오밀조밀 섞여 있어 사람을 찾기 어려웠다. 지리를 잘 알지 못하는 사람은 쫓아가기 어려웠고, 지리를 아는 사람은 도망치고 숨기에 좋았다. 나는 그곳에 잠시 기거했다. 하지만 경찰을 피할 수는 있었지만 배고픔을 피할 수는 없었다. 돈을 찾기 위해 은행을 가면 위치가 발각 될 것이고, 다른 지역 은행으로 가다가는 가는 길에 검거될 수도 있었다. 배고픔을 참기는 상당히 어려웠고, 주위에는 힘들게 사는 노인들과 어린 아이들, 가난한 사람들뿐이었다. 이들에게서 무언가를 뺏어오기도 미안했고, 갚을 수가 없었기에 빌릴 수도 없었다. 여름비가 오면 동네는 침수되기 일쑤였고, 아이들 허리까지 물이 찼다. 떠내려갈 물건들도 없었고, 슬퍼하는 사람들도 없었다. 그저 묵묵히 모내기 하듯 비가 그치고 나면 가구를 말렸고, 옷을 말렸다. 비가 그치고 물이 빠지고 난 뒤에는 동네에 악취가 진동했다. 그들은 견뎠고, 나는 견디지 못하였다. 나는 경찰도 피할 겸 잠시 섬으로 가서 배를 타기로 했다.

직업소개소는 나를 연평도에 있는 꽃게잡이 어선에 소개시켜줬다. 가을 꽃게잡이를 위해 3달간 일하고 천만 원을 주는 조건이었다. 서해교전 이후로 그 지역에서 일하고자 하는 선원은 눈에 띄게 줄었지만 나에게는 그 때도 지금도 선택할 여지가 없었다. 하루 배불리 먹고 술에 진탕 취하고 여관에서 알 수 없는 여자와 잠을 자고 난 후에 눈을 떠보니 나는 작은 어선 선실에 누워있었다. 배는 연평도로 가고 있었다. 선장은 한 명이었고, 선원은 4명이었다. 어떻게 어떤 사연으로 왔는지 서로가 서로에게 묻지 않았다.

새벽에는 바다에 나가 일을 하였고, 아침밥을 소주에 말아 먹었다. 밥을 먹고 나면 어망을 놓거나 어망을 걷는 일을 했고, 점심은 라면을 먹었다. 일은 고되었고, 끝날 기미가 보이지 않았다. 선장은 항상 알 수 없는 욕을 하며, 일을 독촉했고 아무도 대들지 않았다. 서로가 서로에게 말을 하지 않았고, 일만 했다. 그 해에도 지금처럼 비가 매우 많이 왔고, 비가 많이 오는 날은 배가 나갈 수가 없었다. 우리는 한 방에서 술을 마시거나 TV를 보았고, 항상 술에 취해 있었다. 그러다 한 명이 TV로 뉴스채널을 틀었고, 술을 마시던 선장이 뱃놈이 뉴스를 본다며 소주병으로 머리를 때렸다. 머리를 맞은 자는 소리를 지르며 고통을 호소했고, 술 취한 선장은 지켜보다 알 수 없는 말을 하며 소주병으로 머리를 더 때렸다. 맞은 이는 더 이상 소리를 지르지 않았고, 다른 선원들은 그저 지켜보았다. 소리가 그친 이후 그들은 계속 술을 마셨다. 그렇게 그들은 다음날 인천항으로 귀항하는 길에 먼 바다에서 쓰러진 자를 버리기로 하고, 어망을 설치하러 바다로 나갔다. 소나기가 내리던 그 날 쓰러진 자는 방에 있었고, 그들은 바다로 나갔다. 그렇게 나간 선원들과 선장은 연평도로 돌아오지 않았다. 어선은 풍랑에 휩쓸려 전복되었고, 방에 쓰러져 있던 자는 의식을 차렸다. 구조대에 호송되어 인천의 병원으로 실려

갔다가 병원에서 일하던 소영을 다시 만났다.

빗발이 약해졌다. 그리고 이내 비는 그쳤다. 올해는 유
난히 비가 많이 왔고, 나의 눈물인지 소영의 눈물인지 수
많은 이들의 눈물인지 알 수 없었다. 비가 거세게 오면 파
도도 거세게 몰아쳤고, 배는 뒤집히게 된다. 빨리 비가 오
지 않는 가을이 오기를 바랐고, 쓰러지더라도 그 배에 타
지 않기를 원했다.

*

비가 몇 번 더 내리고 그치기를 반복한 뒤, 사업자승인
발표 날이 찾아왔고, 나와 이 회장은 사무실에 앉아 발표
를 기다렸다. 장운과 현수도 같이 와서 발표를 기다렸다.
발표가 나기 전, 이 회장에게 한 통의 전화가 왔고, 이 회
장은 비서가 연결해준 전화를 받고, 깊이를 알 수 없었던
그 표정을 다시 지었다.

"힘들게 되었네."

이 회장의 입에서 나온 말은 성화종의 입에서 나온 말
과 일치하였고, 나는 놀라지 않았다. 현수와 장운은 놀라
지 않았으나 실망한 눈치였다. 나는 이 회장에게 물었다.

"어떻게 할까요?"

"손을 떼야지. 가망이 없을 것 같아. 나오지 않는 땅에

다 계속 삽질한다고 해서 우물이 나오는 것은 아니지. 다른 우물을 파면 돼."

"다른 우물이요?"

"주식은 정리했나?"

"제로테크 지분은 13%만 남기고 차명으로 된 지분까지 모두 팔아서 150억 정도 현금이 들어왔습니다. 하이컴은 주가가 제대로 올라주지 못해서 팔지 못했고, 표준제약 주식을 팔아서 200억 현금으로 만들어 놨습니다."

이 회장은 잠시 눈을 감고 생각에 잠긴다. 그리고 다시 눈을 뜨며 묻는다.

"그 외에 더 동원할 수 있나?"

"제로테크는 하이컴 인수하느라 현금도 마르고 부채도 쌓일 만큼 쌓인 상황입니다. 하이컴은 내부현금 80억 정도에 당좌수표까지 개설하면 대략 100억은 융통할 수 있을 겁니다."

이 때 현수가 일어서며 소리친다.

"회장님, 제로테크 지분을 판돈은 회장님 돈이라고 하지만, 표준제약 주식을 팔아 생긴 200억과 내부현금 100억은 하이컴 회사의 돈입니다. 그리고 하이컴은 회장님 것이 아닙니다. 수많은 주주들의 것이지요. 제로테크와 하이컴 주주들 숫자만 2만 명입니다. 회장님 호주머니 돈이 아니란 말입니다."

이 회장은 대답을 하지 않았다.

나는 일어서서 현수에게 소리치며 말한다. 현수를 보호하기 위해 현수에게 소리를 친다.

"현수야! 회장님한테 무슨 말버릇이야! 앉아!"

현수는 자리에 앉지 않았다. 일어선 채로 이 회장과 나 둘 모두에게 소리친다.

"영두야. 너 이러는 거 아냐. 회장님. 이건 사기입니다. 서민들이 힘들게 땀 흘려서 모은 돈으로 그 얼마 안 되는 돈 불려보겠다고 꿈꿨던 소중한 돈인데 이렇게 사기를 치면 그 사람들의 인생은 어떻게 되는 겁니까? 그들의 인생을 송두리째 앗아가려고 하십니까?"

이 회장은 여전히 대답을 하지 않았다.

보다 못한 장운이 일어서며 현수를 제지한다.

"형님. 나가십시다. 이러지 마십쇼."

장운이 현수를 끌고 회장실 밖으로 나간다. 분위기는 급속히 냉랭해졌고, 이 회장도 나도 말을 잇지 않았다. 이 회장이 한참 있다가 나에게 어떤 말을 하려는 것 같았다. 그 순간 나는 이 회장의 얼굴의 떨림과 입 주변 근육들을 보며 성화종을 처리하라고 말하던 모습이 떠올랐다.

그의 얼굴 경련이 입으로 전해지기 전에 먼저 얼른 이

회장에게 말한다.

"걱정 마십쇼. 형님. 현수는 저와 어릴 적부터 고아원에서 자라던 친구입니다. 제가 준 돈으로 미국 유학도 다녀왔고, 은혜를 원수로 갚을 사람은 아닙니다. 제가 입단속 잘 해놓겠습니다."

이 회장의 얼굴경련이 입으로 전해지지는 않았다. 그리고 대답은 짧고 간단했다.

"그래. 나가봐라."

그의 얼굴경련은 사라지지는 않았다. 하지만 그는 더 이상 어떤 말도 하지 않았다. 어떤 결심을 한 듯 눈동자가 테이블 너머 어딘가를 향하고 있었다. 나 또한 더 이상 이 회장 옆에 있을 수 없어 사무실을 나올 수밖에 없었다.

*

4이동통신이 보류된 이후 우리는 목적지를 잃은 배가 되었다. 어디로 가야할지 몰랐고, 선원들은 다투기 시작했다. 선장은 말이 없었고, 다른 목적지를 찾는 듯 보였다. 배에는 슬슬 물이 차기 시작했고, 어느 시간이 지나면 배는 가라앉을 수밖에 없었다. 수면 아래로 가라앉아 바다에 수장되기 싫다면 할 수 있는 일은 빨리 가까운 항구를 향해 가거나 이 배를 탈출하는 방법뿐이다. 하지만 항구는 보이지 않았고, 선장은 말이 없었다.

건물 밖에 나와 보니 현수는 아직도 화가 풀리지 않은 상태로 보였고, 장운은 그를 달래고 있었다. 하지만 오랫동안 곪았던 것이 터진 상태라 장운의 말로 현수를 달래기는 역부족해보였다.

"현수야."

"영두야! 이건 아니지! 이건 아니잖아!"

현수의 말은 크고 간단했고, 모든 뜻을 함축하고 있었다. 하지만 여기서 멈추면 번 돈은 하나도 없고, 정치권에 좋은 일만 하는 셈이었다. 여기서 멈출 수 없는 것이기에 이 회장은 가진 모든 현금을 동원하여 이를 만회할 방법을 찾으려는 것이고, 현수는 돌이킬 수 없는 걸음을 하기 전에 여기서 멈추기를 바라는 것이다. 멈추려는 자와 나가려는 자의 충돌이니 답은 나올 수 없는 것이고, 이미 온몸에 똥을 뒤집어쓰고 시작한 일에 선과 악이 구분되지 않았다. 다만 이 회장은 선장이었고, 나와 현수는 그저 선원일뿐이었다. 선장은 명령을 내릴 수 있었고, 우리는 그 명령대로 행동할 수 있을 뿐이다.

"현수야. 어차피 시작한 일이다. 우리는 이 회장 말을 거부할 수 없어."

"무슨 소리야. 4이동통신도 보류된 마당에 신나게 올려

놓은 주가는 어떻게 책임지고, 그동안 빼다 쓴 돈은 어떻게 메울 건데! 여기서 멈춰야 너도 살고 나도 산다. 이 회장 말대로 회사 돈을 또 끌어 쓰면 돌이킬 수 없는 강을 건너는 거야!"

현수의 말은 사실이었고, 옳은 말이었다. 하지만 이 회장은 이번 판을 위해 오랜 시간 동안 그림을 그려왔고, 이번 판에 모든 것을 걸었다. 로비자금만 100억 이상이 들어갔고, 여기서 물러나면 다시 이 회장은 명동으로 들어와야 할 것이다. 나 또한 명동 자리를 내주고 다시 서민들 돈이나 뺏는 3류 양아치로 돌아가야 한다. 아니 돌아가지 않을 것이다. 한 번 굴러가기 시작한 자전거는 계속 굴러야 한다. 느리던 빠르던 계속 굴러가야 한다. 멈추는 순간 자전거는 넘어지는 것이다. 이미 시작한 판에서 멈출 수는 없는 것이다. 이 회장도 알고, 나도 그것을 안다.

"이미 시작된 판이야. 멈출 수가 없다. 현수야."

"방법이 없잖아 방법이!"

"현수야. 이 회장을 믿어야 한다. 방법이 있을 거야. 그리고 이 회장을 믿기 전에 나를 믿어주라. 내가 평생을 모신 분이야. 너와 나를 위험에 빠뜨리지는 않을 거야. 만약 위험에 빠뜨리려 한다면 그땐 내가 살려두지 않을 거야."

현수는 한참을 말이 없었다. 가빴던 숨은 점차 호흡이

길어지기 시작했고, 붉어졌던 얼굴도 다소 선홍빛으로 돌아왔다. 그리고 목소리는 나직했다.

"영두야. 나는 너를 믿는다. 내가 원하는 것은 정말 살맛나는 회사, 투자하기 좋은 회사를 만들어서 직원들도 살리고 투자자들도 살리는 상생하는 회사야. 이렇게 회사에 있는 돈을 빼내는데 급급하고, 투자자들 뒤통수치는 회사가 아니야. 그건 네가 더 잘 알거야. 참을게. 너를 봐서 참는데 너의 양심을 팔지는 않았으면 좋겠다."

현수의 말은 틀리지 않았고, 나의 생각도 틀리지는 않았다. 단지 현수의 말은 선했고, 나의 생각은 악했다. 하지만 우리 둘 모두 악의 길을 걷고 있었다. 악의 길을 걷는 자가 선을 말했고, 그 악의 길을 같이 걷는 자가 선의 말을 들었다. 그러면서도 계속 악의 길을 걸어갔다.

*

현수는 나에게 소영의 이야기를 절대 하지 않았다. 나또한 현수에게 소영이란 단어를 꺼내지 않았다. 소영에 대해서 서로 묻지도 않고 이야기 하지도 않았다. 하지만 소영과 현수는 점점 더 가까워져 가고 있는 것만은 분명하게 알 수 있었다. 그 둘의 만남을 방해하고 싶지 않았으나 내가 현수와 이렇게 가까이 있는 것만으로도 그 둘의 만남을 방해하고 있는 셈이었다. 그 둘을 방해하고 싶지 않았으나 나의 존재가 그들의 만남을 불편하게 했고, 숨 막히게 하고 있었다. 현수와 소영을 위해서라도 나는 멀리 떠나고 싶었다. 이번 일을 성공하든 실패하든 나는 한국을 떠나 조용한 곳에서 아픈 머리를 쉬게 하고 싶었다. 진한 에스프레소를 마셔도 한 번 아픈 머리는 가실 줄을 몰랐다. 머리가 안 아파지도록 노력하기보다 이 고통의 시간을 최대한 단축시킬 수 있도록 이 일을 빨리 마무리 짓는 것이 더 현명할 것이라 생각했다.

12. 은행 인수전

4이동통신 사업자에 보류되고 나서 이 회장은 한동안 연락이 없었고, 나 또한 먼저 연락하지도 않았다. 다만 그가 또 몇몇 유력 정치인들을 만난다는 소문을 들을 수 있었고, 그가 또 어떤 계획을 세우고 있다는 것을 알 수 있었다. 기존에 만나던 인물들이 아닌 새로운 인물들을 만나고 있다는 정보인데 새로운 판이 시작되고 있다는 것을 직감할 수 있었다.

연락이 끊긴 후, 한참 후에야 이 회장은 나를 불렀고, 나는 이 회장을 찾아갔다. 이 회장의 얼굴은 예전처럼 다시 생기가 흘러넘쳤고, 얼굴빛도 밝아졌다. 밝은 이 회장을 보면서 내 마음도 한편으로 안심이 되었다.

"형님. 잘 지내셨습니까?"

"그래. 영두야. 시간이 좀 지났다. 새로운 일을 만드느라 시간이 좀 걸렸어."

"요새 정치인들을 만나고 다니신다고 들었습니다만."

이 회장의 눈빛이 나에게 고정된다.

"그건 어떻게 알았나?"

나는 전혀 당황하지 않고 대답을 이었다.

"명동에서 모르는 일도 있습니까? 우리나라에서 가장 정보가 빠른 곳입니다. 대출을 알선해주셨다고 들었습니다."

이 회장이 알 수 없는 미소를 입가에 지으며 말한다.

"그렇지. 소문은 명동이 가장 빠르지."

명동의 소문은 그 어느 곳보다 빠르다. 연예인의 소식도 가장 빨리 들어오고, 정치권의 소문도 가장 빨리 들을 수 있다. 상장기업을 위주로 투자하는 여의도와 달리 명동은 온갖 잡다한 기업과 개인들을 상대하기에 돈을 빌려주는 사람은 소문에 가장 민감할 수밖에 없고, 소문을 원하는 수요가 있다 보니 온갖 루머와 비밀 정보들이 들어오고 거래된다.

이 회장이 명동을 벗어나 금융브로커를 하던 시절에는 건설경기가 매우 좋았다. 아파트를 짓는다는 소문이 나면 사람들은 분양을 받기 위해 전날부터 밤을 새서 기다리기 일쑤였고, 그렇게 분양받은 아파트는 가격이 콩나물처럼 자고나면 쑥쑥 올랐다. 주상복합을 짓던, 아파트를 짓던 짓기만 하면 분양이 되었으니 건설사들은 부지만 매입하면 성공은 보장되는 장사였던 것이다. 하지만 땅 짚고 헤엄치기 격인 사업이다 보니 여기에 숟가락을 들이미는 사람들도 많았다. 아무리 밥을 많이 지어도 염치없이 들이미는 숟가락이 많다보니 건설사도 땅을 매입할 돈이 부족할 수밖에 없었다. 땅만 사면 성공할 수 있는 사업인데 땅을 살 돈이 부족하다보니 돈을 빌려오는 것이 건설사의 가장 중요한 일이었다.

땅을 사기 위해 건설사는 아파트분양계획을 가지고 은행에 돈을 빌리려고 하였고, 저축은행들은 실체가 없는 계획을 담보로 건설사에게 돈을 빌려주었다. 그리고 건설사는 그 돈으로 땅을 사고 분양을 시켜 돈을 벌었고, 저축은행은 건설사에게 대출을 통해 연12%의 고수익을 챙겨갔다. 그렇게 저축은행은 건설사와 더불어 급성장을 하고 있었고, 급성장 하는 만큼 올려놓는 숟가락들도 많아졌다.

이 회장은 정치권과 저축은행과 건설사를 이어주는 구심점 역할을 하는 정치브로커이자 금융브로커였다. 부실하지만 사업을 키우기 위해 큰돈이 필요했던 건설사들은 정치인에게 대출을 청탁했고, 정치인들은 저축은행을 압박해서 불법대출을 성사시켰다. 이 회장은 이 과정들을 연결시켜주었고, 건설사들에게 많은 커미션을 받았다. 그 덕에 이 회장은 부를 쌓고, 정치계에서도 목소리를 낼 수 있었고, 일부 정치인들은 이 회장을 두려워했다. 그렇게 자신의 사업을 키웠던 이 회장이 다시 그 때 그 정치인들을 만나기 시작한 것이다.

"건설경기가 고꾸라지면서 저축은행들 상태가 좋지 못합니다. 왜 그 시절 정치인들을 만나는 것인지 이해가 가지 않습니다. 다시 브로커를 하더라도 예전 같지는 못 할 텐데요."

이 회장은 가만히 고개를 끄덕였다.

"브로커를 하려는 것이 아닐세."

"그렇다면?"

이 회장이 차를 한잔 들이키며 말을 이었다.

"저축은행을 인수해야겠어."

예전부터 은행인수를 꿈꾸었으니 별로 당황스럽지는 않으나 4이동통신 실패로 자금도 부족한 상태에서 어떻게 은행을 인수한다는 것인지 당황스러웠다. 당황스럽지 않아 보이는 태연한 말투로 예상을 벗어나는 당황스러운 일을 시도하는 이 회장을 보며 내가 당황스러웠다.

"형님. 감당 가능하시겠습니까? 저축은행 인수하려면 돈이 얼마나 드시는지 알지 않습니까?"

당황스럽지 않은 이 회장의 말투는 흔들림이 없었다.

"알지."

"그런데 저축은행도 예전 같지 않습니다. 건설경기 죽으면서 저축은행들도 떼인 돈이 엄청나요. 어디가 부도날지 모르는 상황입니다. 그런데 저축은행을 인수하다니요?"

이 회장은 대답을 하지 않았다. 당황 또한 하지 않았다. 알면서도 인수를 한다는 것인지 내가 모르는 무언가를 알고 있는지 그의 표정에는 자신이 있었다. 그 당황하지 않고 자신있어하는 표정이 나를 더욱 당황시켰다.

한참 뒤에야 이 회장은 입을 열었다.

"조건을 걸더군."

"무슨 조건 말입니까?"

"4이동통신 말이야."

"끝난 일 아닙니까?"

"끝나지 않았네. 저축은행 인수가 4이동통신 사업자 선정의 조건이네."

저축은행을 인수하는 조건으로 4이동통신 사업자를 주겠다는 이야기는 우리에게 멀쩡한 저축은행을 넘겨준다는 이야기는 아닐 것이다. 부실한 저축은행을 받아 자신들의 구린내 나는 기록들을 우리에게 뒤처리 시키는 것이다. 참을 수 없는 뜨거움이 배에서 입으로 올라온다.

"이런 죽일 놈들이 다 있습니까? 우리한테 먹은 돈이 얼마인데 쓰레기 처리라니요? 이 쓰레기 먹으면 우린 죽을지도 모릅니다. 얼마나 부실일지 아무도 모릅니다."

이 회장의 표정은 당황하지 않았다. 아직도 그의 당황하지 않음이 나를 당황시켰다.

"알다시피 나 저축은행 돈으로 여기까지 키온 사람이야. 걱정마라. 영두야. 은행이 무너지면 국가도 무너진다. 절대로 국가는 은행을 망하게 내버려두지 않아. 잠시 법정관리로 넘어갈지도 모르지. 하지만 살아나면 우리는 은행의 돈을 우리 마음대로 쓸 수 있다. 은행을 가진 기업이 되면 어느 누구도 무시 못해."

틀린 말은 아니다. 은행을 가진 자는 무소불위의 권력을 가진 자와 같다. 은행은 한국은행에서 싼 이자로 빌린 돈을 높은 이자로 기업과 고객들에게 빌려준다. 국가 돈을 기업들에게 비싼 이자를 물려가며 빌려주는데도 기업들은 돈을 빌리기 위해 은행에게 굽실댄다. 은행을 가지면 거래처를 쥐락펴락 할 수도 있고, 부실한 기업에게 불법대출을 해주고 뒤로 커미션을 받아 비자금을 조성할 수도 있다. 어쨌든 은행을 가지게 되면 제로테크나 하이컴을 인수했던 것과 달리 엄청난 힘을 얻게 되는 것이다.

하지만 아주 어려운 일이었다. 나는 반대했다.

"하지만 적은 돈이 아닙니다. 형님. 예전에는 1000억을 넘게 줘도 저축은행을 살 수가 없었습니다. 아무리 힘들다고 하더라도 저희가 가진 돈으로는 어림없습니다. 제로테크와 하이컴도 한계점까지 온 상태라 내부자금을 함부로 쓰기도 그렇고요. 4이동통신에 참여하려면 돈을 어느 정도 남겨야 하니 비자금을 수면 위로 내놓기도 어렵습니다. 잘 써야 표준제약 주식 매각한 금액이 전부입니다. 저축은행 인수는 택도 없습니다."

나의 이유는 정확했다. 우리가 빼낸 돈과 빼낼 수 있는 돈이 350억 가량 되었고, 공식적으로 투자 가능한 돈이 300억이 있었다. 이 350억과 300억을 합쳐서 650억 정도라면 저축은행을 한 번 인수할 수도 있을 만한 돈임은 틀림이 없었다. 하지만 수면 아래에 있던 350억의 정체가 드러나려면 우리는 자금출처를 밝혀야 하나 우리는 이 자금출처를 밝힐 수가 없었다.

"방법이 없는 것은 아니네."

이 회장의 대답에는 이미 해결책까지도 마련했다는 이야기로 들렸다. 나는 이유를 묻지 않을 수가 없었다.

"방법이 있습니까?"

"이 비자금들을 해외투자펀드에 예치시키는 거야. 그리

고 그 해외투자펀드를 다시 저축은행 인수를 위한 재무적 투자자[6] 로 등장시키는 거지."

"자금세탁을 하자는 이야기군요."

자금을 세탁하는 방법은 여러 가지가 있으나 이렇게 해외펀드를 활용한 방법이 가장 무난하다. 세무조사를 받지 않는 조세피난처에 투자전문 페이퍼컴퍼니를 하나 세운다. 그리고 이 회사에 돈을 투자하고 이 회사는 다시 국내로 들어오는 것이다. 겉보기에는 해외투자자를 끌어들이는 것처럼 보이지만 실제로는 비자금을 동원해서 지분 싸움을 벌이거나 기업을 인수할 때 요긴하게 써먹는 방법이다.

"그렇지. 믿을 만한 친구 중에 강 사장이라고 있어. 이 친구가 조세피난처에 투자회사 하나를 운영하고 있네. 이 친구에게 돈을 맡기고 국내에 투자형식으로 들여오면 우리는 해외투자자를 불러들인 것처럼 보일거야. 주주들은 열광하겠지. 해외에서도 투자를 하는구나 하면서 말이야. 그럼 4이동통신 실패로 떨어진 제로테크와 하이컴의 주가도 다시 끌어올릴 수가 있을 거야."

이 회장은 그렇게 위기를 기회로 바꾸었다. 4이동통신

---

6) 재무적투자자 : 경영권에는 간섭하지 않는 수익을 목적으로 하는 투자자

에 실패했고, 저축은행을 인수하라는 압박을 받았음에도 무리 없이 저축은행을 인수할 수 있는 방안을 만들고 그에 덤으로 떨어진 주가도 다시 회복할 수 있는 방법도 생각해 냈다. 참 뛰어난 선장이지만 나는 두려움을 느꼈다. 내가 그의 생각을 따라가지 못하는 것이 두려웠다. 그를 적으로 두지 않은 것이 참 다행이었으나 그와 같이 일하는 것도 두려웠다. 빨리 이 회장과의 관계를 정리하고 멀리 떠나고 싶어졌다.

"우리가 빼낸 돈이 300억 정도 되고, 제로테크와 하이컴에 남은 자금을 조금 더 빼면 50억 정도 됩니다. 언제 말레이시아로 보내면 되겠습니까?"

"빨리 시작하세. 그나저나 소영 씨와 헤어졌다고 들었네. 진작 말을 하지 그랬어."

나는 깜짝 놀라 들고 있던 커피 잔을 쏟을 뻔 했다. 내가 소영이와 헤어졌다는 것을 아는 사람은 나와 소영, 그리고 현수뿐이었다. 장운조차도 잘 모르는 일이었는데 이 회장은 어떻게 알았을까?

"조금 됐습니다. 괜찮습니다."

"그래. 남자가 여자 때문에 흔들려서는 안 되지. 살다 보면 다 만남과 헤어짐이 있는 것 아니겠나. 동생과 나도 만남이 있었듯이 다시 헤어짐이 있겠지. 누구나 다 만나고 헤어지는 거야."

이 회장의 위로가 나의 마음에 통하지 않았다. 소영은 나를 떠났고, 나는 그녀의 행복을 위해서 이 일을 빨리 마치고 떠나주어야 한다는 생각밖에는 들지 않았다. 이 헤어짐을 서두르기 위해 나는 이 회장에게 작별을 고할 때가 되었다고 생각했다.

"형님. 이번 저축은행 인수만 마치면 이제 일에서 손 떼고 쉬려고 합니다."

이 회장은 내 말을 듣고 그 작은 눈을 동그랗게 떴다.

"떠난다니?"

"쉬고 싶습니다."

"갈 곳은 정했나?"

"아직 정하지 못했습니다. 가능한 멀리 떠나고 싶습니다."

이 회장은 전혀 예상을 못한 것처럼 놀란 눈치였으나 나를 붙잡지는 않았다.

"자네 일을 대신 할 만한 사람이 있나?"

잠시 생각을 한 후, 이 회장의 말에 답했다.

"현수는 바르게 자란 녀석이라 이 쪽 일에는 적합하지가 않습니다. 지금 있는 제로테크를 맡기는 정도가 적합할 것이고, 장운은 저와 성격이 비슷하고, 일 처리가 깔끔하니 회장님이 쓰시기에 좋을 것입니다. 두 사람 모두 버리지 말고 지켜주시기 바랍니다."

이 회장이 이 둘을 버리면 이 둘은 먹고 살기가 어려워질 것이고, 이 회장이 이 둘을 이용해버리면 이 둘이 위태롭게 된다. 현수는 의리가 있고, 영악하지가 못해 내쳐질 위험이 높았고, 장운은 영리하게 그에 잘 대처할 수 있을 것이다. 현수를 보호하고 장운을 보호하기 위해 내가 할 수 있는 선택이었다.

"그래 장운이 좋겠구나. 인수인계 잘 해주고, 어쨌든 이번 저축은행 인수는 영두가 잘 좀 맡아서 해줘. 언제든지 마음이 바뀌면 계속 일하자. 영두야. 만나면 헤어짐이 있듯이 헤어지면 또 만남이 있을 거야."

"네. 형님. 알겠습니다."

나는 회자정리와 결자해지를 생각했고, 이 회장은 결자해지와 거자필반을 바랬다.

회자정리(會者定離). 만나면 헤어짐이 있다는 말이다. 결자해지(結者解之). 일을 저지른 사람이 해결해야 한다는 말이다. 거자필반(去者必返). 헤어진 사람은 다시 만나게 되어있다는 말이다.

어쨌든 나는 이 회장에게 작별을 고했고, 마지막 내 임무를 맡게 되었다.

KK인베스트먼트 대표인 강 사장은 말레이시아에 있지 않고, 한국에 있었다. 말레이시아에 있는 회사는 그저 껍데기뿐이었고, 실제로는 한국에서 다 일을 처리하고 있었다. 덕분에 먼 곳까지 가지 않고, 쉽게 일 처리를 진행할 수 있을 것 같았다.

이 회장의 사무실에서 이야기를 하다 보니 강 사장이 들어왔다.

"오랜만이다."

"그래 오랜만이다. 잘 지냈나?"

"해외자원개발 할 일이 많아서 한국에 거의 없는데, 네 부탁이니 내가 특별히 한국에 왔다."

"아. 인사하지. 내 밑에서 실제 일을 다 맡아서 해주는 동생이야."

"자네가 명동의 김 사장인가? 이름은 들어봤네. 미남이야."

"반갑습니다. 강 사장님. 김영두라고 합니다."

그렇게 간단한 인사를 마친 뒤, 다시 이번 일에 대해서 이야기를 했다. 어떻게 돈을 입금시킬 것인지, 돈을 언제 국내로 들여올 것인지, 어떤 방식으로 들여올 것인지 서로 사전에 맞춰야 할 것들이 많았다. 그 중에서 돈을 어떤 방식으로 들여올 것인지가 가장 민감한 문제였다.

내가 강 사장에게 말했다.

"그냥 인수할 때 해외투자지분으로 들여와서 입금시켜 주면 안됩니까?"

강 사장은 고개를 한 번 가로로 젓는다.

"그게 그렇게 쉬운 문제는 아닐세. 쌈짓돈도 아니고 350억이라는 거액의 비자금일세. 반드시 추적이 들어올 거야. 그것을 따돌려서 들어와야 뒤탈이 없어."

이 회장도 표정이 진지하게 굳어지며 강 사장을 쳐다본다.

"좋은 방법이 없겠나. 그래서 자네를 부른 거야."

강 사장은 잠시 고민하는듯했다. 눈을 감고, 이마에 주름살이 잡혔으나, 손은 떨지 않았고, 감은 눈은 매우 평온해 보였다. 무언가 불일치하는 느낌이었다. 그리고 잠시 뒤, 눈을 뜨고 입을 열었다.

"가장 좋은 방법은 에스크로[7] 형식을 쓰는 걸세."

"그렇게 하면 자금 추적을 피할 수 있는 겁니까?"

"인수가 성사되었을 때만 돈이 입금되지. 인수 전 감사

---

7) 에스크로 : 안전거래 방식으로 제 3자에 돈을 맡긴 뒤, 거래가 완료되면 대금을 지급하는 방식

를 받을 때가 가장 위험한데 그 때를 피할 수 있는 거지. 인수가 실패되어도 돈이 드러나지가 않으니 자네한테 안전할걸세."

"그렇게 하지. 돈은 오늘 중으로 보내겠네."

"알겠네."

강 사장은 안전을 위해서 에스크로 방식으로 돈을 들여올 것을 말했다. 굳이 그렇게까지 복잡한 방법을 쓸 필요가 있었을까 의문이 들지만 그 방식으로 투자를 하는데 전문이다 보니 믿고 맡길 수밖에 없었다. 강 사장이 사무실을 나가고, 이 회장과 나는 몇 가지 남은 일들에 대해서 더 이야기를 나누었다.

"참, 영두 부탁 하나만 하지."

"네? 어떤 부탁이십니까?"

"고향에서 올라온 애들인데 자네 밑에 넣어서 일 좀 시켜줘. 시골이다 보니 먹고 살 거리가 있어야지."

이 회장은 전화기를 들어 비서에게 말한다.

"어. 들어오라 그래."

사무실 안으로 한 청년이 들어온다. 건장한 체격에 강한 눈빛, 날렵해 보이지만 근육으로 다져진 땅땅해 보이는 상체, 그리고 걸음걸이에서 느껴지는 살기가 나를 압도한다. 수많은 싸움을 해보았지만 엄청난 기운이 느껴졌다.

"인사하지."

"안녕하십니까? 형님. 허동현이라고 합니다."

나는 이 회장을 보며 말했다.

"한 명입니까?"

"아니야. 식구가 좀 많네. 30명가량 될 거야. 이 녀석이 그 식구들 보스네. 시골동네에 식구가 많다 보니 먹고 살 만한 것이 없어. 영두가 좀 챙겨줘."

"네. 형님. 동현이라고 했나. 내일 우리 쪽 사무실로 출근해."

30명이나 되는 조직이 시골 동네에 있을 리가 없다. 이 회장 고향이면 지리산 북쪽 기슭인데 시골 중에서도 시골이었다. 번화가라고 해봤자 노인들 상대로 하는 술장사가 전부인 뿐인 동네에 30명이나 되는 식구라니 이해는 가지 않는다. 지금 조직도 작은 규모는 아닌데 30명이 더 늘어나면 조직 규모는 감당하기 어려울 정도로 커질 것이다. 이 회장은 이렇게 커진 규모로 대체 무엇을 하려고 하는 것인지 또 어떤 생각을 하는 것인지 알 수가 없었다. 알 수 없는 두려움이 다시 나에게 번져왔다. 하지만 두려움보다 더 빨리 일을 끝내고 떠나기로 한 내 허무함이 두려움을 피할 수 있었다.

*

다음날 장운이 사무실로 찾아왔다. 이번에 해야 할 일에 대해서 어느 정도 논의를 하고, 준비해야할 것들에 대해서 일러놓았다. 현수는 부르지 않았다. 현수가 운영하는 제로테크는 더 이상 손을 대지 않기로 했다. 현수가 기업을 운영하는데 전념할 수 있도록 돕고 싶었다. 그것이 나를 위한 선택이고, 현수를 위한 선택이었다.

"그리고 부탁 좀 하자."

"네?"

사무실 밖에서 소리가 들리게 소리를 친다.

"들어와라."

동현이 들어온다. 나와 장운을 보고 인사한다.

"이번에 이 회장이 고향서 올려 보낸 식구야. 허동현이라고 하고, 얘 밑으로 30명이나 돼. 장운이 너 밑에서 애들 일 좀 하게 하고, 동현이는 직접 내 밑에서 일하도록."

"네. 형님."

"그래. 가 봐라."

동현이 90도로 인사를 하고 나간다. 장운이 빠르게 묻는다.

"갑자기 무슨 일입니까?"

"이 회장이 갑자기 30명을 보내더군. 우리 애들보다 숫자가 더 많아. 관리 잘 해라."

"네. 근데 저 녀석은 왜 직접 관리하시는 겁니까?"

"살기가 안 느껴지냐? 니 힘으로 감당하겠냐? 저 녀석은 내가 처리해야겠어. 무서운 녀석이다."

"네. 밑에 애들은 우리 애들로 교육 잘 시켜놓겠습니다."

"응. 한꺼번에 힘 못쓰게 2,3명씩 나눠서 배치하고, 절대 이 녀석들끼리 몰려다니게 하지 말고, 완전히 흡수시켜라. 불안한 녀석들이다. 그리고 하나 더…."

말을 흐리자 장운이 놀라서 묻는다.

"무슨 일 있으십니까?"

"부탁 하나만 더 하자."

"오늘따라 무슨 부탁이 이리 많으십니까?"

"내 자리를 맡아주라."

장운이 깜짝 놀라 일어났다가 다시 앉는다. 나는 성화종과 같은 편안한 표정으로 계속 말을 이어간다.

"장운아. 나는 이제 이번 은행인수만 마치면 쉬려고 한다. 그 동안 내 밑에서 고생 많았다. 챙겨 줄 수 있는 게 이거 밖에 없다."

"형님. 왜 그러십니까? 뭐하고 사시려구요. 아니 어디로 가시려고 합니까?"

"모르겠다. 그냥 섬이나 들어가서 조용히 살려고. 이 회장 잘 모셔라. 보통 여우가 아니야."

"아직 시간 많이 남았습니다. 좀 더 생각해보십쇼."

"됐다. 암튼 은행인수 할 수 있게 준비 좀 잘 해놓고, 명동가게도 오늘 후로 인계할 테니 잘 관리해라."

"네. 알겠습니다."

*

위에서 우리에게 인수를 하라고 지정해준 저축은행은 화성저축은행이었다. 알 만한 사람들은 이 은행이라고 하면 누구나 알만한 비자금 창고로 알 정도로 명동에서는 한국의 스위스은행이라고 불렸다. 그만큼 경영윤리 따위는 애초에 없었으며, 실적은 엉망이었고, 실제 자산은 눈에 보기 전까지는 하나도 믿을 수가 없는 회사였다. 가장 먼저 망가진 은행을 위에서는 우리가 처리해주기를 바랐고, 가장 먼저 망가진 만큼 가장 상태가 심한 중환자실에 있는 환자 같았다. 아무리 깔끔하게 처리한다고 해도 정부에서 구제금융지원을 해주지 않는다면 이번에 망가진 저축은행들이 다시 살아나기는 어려울 것이다. 그 중에서도 이 녀석은 가장 살아나기 어려운 지경이다. 부실을 얼마나 떨구어내고 인수하는지가 관건이 될 것이다. 하지만 부실을 넘기려고 하는 일이니 우리가 부실을 떨구어 내기란 쉽지가 않을 것이다. 부실을 넘기려는 자들의 거친 압박과 속임수를 이겨낼 수 있을까?

이 회장과 인수 건에 대해서 상의를 하러 갔다. 허동현이 비서처럼 나를 수행한다. 이 회장이 이 시점에 사람을 붙이다니 이유를 도통 알 수 없었다. 이 회장과 테이블에 앉아 이 문제를 이야기했다.

"잘 아시는 은행 아닙니까?"

"그치. 많이 이용해봤지. 그 저축은행 신 회장도 내 사람일세."

"네? 그럼 미리 심어 놓으신 겁니까?"

이 회장은 특유의 알 수 없는 미소를 지어 보인다. 50대 초반의 사나이의 미소라고 하기에는 너무도 세월의 흔적이 느껴지는 미소다. 가끔은 징그럽게도 느껴지고, 공포스럽게 느껴지기도 하는 미소다.

"내가 그들이 시키는 대로 하는 바보는 아닐세. 어차피 부실 저축은행 하나 받느니 내가 제일 잘 아는 은행을 받는 것이 가장 좋지 않겠나? 허허허."

간만에 등에 땀이 났다. 마치 공포영화의 반전을 보는 듯한 충격이었다. 이 회장의 웃음소리는 호탕했으며, 경쾌했다. 나는 아직 완전히 이해할 수 없어 더 물어보았다.

"그래도 아직 부실은행이지 않습니까?"

"부실한 은행은 맞네. 하지만 일부러 더 부실해 보이도록 과대포장 해놓았지. 다른 은행들은 부실을 감추려고 했는데, 우리는 더 부실해 보이도록 했으니 그들 입장에서는 가장 골칫덩어리였겠지. 그래서 다행히도 내가 원하는 은행을 받을 수 있게 생겼어."

정말 영리한 사람이다. 원래 이 회장의 목표는 은행인수였다. 상대의 노림수가 그들에게 자충수가 되어 버린 것이다. 이 회장은 이 위기를 기회로 만들었고, 손 안대고 코푼 셈이 되었다. 은행을 부실하게 포장해서 저들이 스스로 그 은행을 던져주게 만들다니 마치 주몽이 자신이 타고자 하는 말을 미리 굶겨놓아서 그 말을 받아가는 것과 똑같은 방법이다. 어쨌든 지금은 부실하지 않은 저축은행은 하나도 없는 상태다. 아무리 멀쩡한 은행도 부동산 시장이 박살나면서 심각한 손실을 입은 상태기 때문이다.

"그럼 얼마를 써내면 되겠습니까?"

"이미 가격도 윗선과 맞추어 놓았네. 650억이면 될 것이야. 지금 화성저축은행 상태는 순자산이 이미 0원인 상태야. 그냥 들고 가도 되는 상태지."

"네. 알겠습니다. 그럼 650억에 인수해놓겠습니다."

"문제가 하나 있어. 그건 영두가 좀 해결해줘야겠어."

"무슨 문제입니까?"

"은행은 금융당국에서 승인을 해주어야 인수가 가능한데, 그 중에 한 녀석이 기업사냥꾼에게 은행이 넘어가서는 안 된다고 극렬하게 반대를 하고 있다더군. 알아서 처리해주게."

"네. 알겠습니다."

이 회장은 나를 만날 때마다 돌을 한 근씩 얹어주었다. 나는 그 돌을 힘들게 하나씩 빼내었고, 그 빈자리에는 다시 돌이 얹어졌다. 이제 마지막 돌이 내 어깨에 얹어졌다. 이번 돌은 그 무게를 알 수 없을 만큼 무거웠고, 아파왔다. 나는 빨리 이 돌을 빼내고 이 지옥에서 해방되고 싶었다. 지옥은 어디인지 알았으나 천국은 어디인지 알 수 없었다.

13. 몰락의 밤

제거하라. 제거하라. 제거하라⋯. 제거하라는 목소리가 항상 내 머릿속에서 떠나지가 않는다. 쓰디쓴 커피를 마셔도, 독한 술을 마셔도 이 스트레스가 내 머릿속을 떠나지가 않는다. 스트레스가 나를 떠나지 않으면 내가 스트레스를 떠나는 수밖에 없다. 어쩌면 내가 그들을 제거하기 전에 그들이 나를 제거해주기를 바랄 때도 있다. 그들이 내 몸을 스트레스로부터 영원히 해방시켜주기를 바랐다. 하지만 나는 그들을 제거하지 않았고, 그들도 나를 제거하지 않았다. 제거하지 않았기에 나는 스트레스 속에서 살고 있고, 내가 제거되기를 바라고 있었다.

　이번 금융감독원의 류 국장은 제거를 하지 않으면 안 될 상대였다. 상당히 파워가 있는 인물이었고, 소신이 있어 윗선의 압박과 뇌물에도 끄떡하지 않았다. 갈대는 바람으로 쓸어버리면 되었고 바람에 흔들리지 않는 나무는 잘라내면 그만이었다. 류 국장 같은 사람이 많아야 좋은 나라가 되겠지만 너무 꼿꼿한 나무는 그저 베기 좋은 나무일뿐이다.

허동현의 실력도 볼 겸 녀석에게 일을 맡겨보았다. 알 수 없는 강렬한 살기가 걱정되기는 하지만 눈빛을 보면 장운보다 일을 잘 처리할 것처럼 보였다. 허동현은 말 수가 적었다. 내가 묻기 전까지는 말을 한 적이 없었고, 내가 묻는 말에는 그저 간단하게 대답만 할 뿐이었다. 그 자의 속을 알 수가 없었고, 그 살기의 깊이도 알 수가 없었다. 누구 밑에 있을 자가 아니라는 것은 처음 만나는 순간부터 알 수 있었다.

류 국장은 가장 일찍 출근하고 가장 늦게 퇴근한다. 퇴근 후 술을 먹고 집에 들어가지도 않으며, 주말에 근교로 나가는 일도 없다. 은밀하게 행동하는 일이 없고, 사람들이 많은 곳으로 다닌다. 지하철을 주로 이용하고, 인적 없는 거리 및 유흥가 쪽으로 가지를 않는다. 취객을 가장시켜 싸움을 붙여 보았지만, 그저 피할 뿐 말려들지 않았다. 항상 지켜보는 사람이 있는 곳에 그가 있었고, 사람이 없는 곳에는 그도 있지 않았다. 그를 제거하기란 거의 불가능에 가까웠고, 그를 제거할 수 있는 시간도 불가능에 가까울 정도로 줄어들고 있었다.

　이런 상황에서 나는 허동현에게 일을 맡겨 보았다. 이번 일을 성공한다면 불가능에 가까운 일을 성사시키는 것이고, 실패한다면 그 책임을 물어 내 옆에서 쫓아낼 것이다. 또한 그 자의 실력이 얼마나 되는지 볼 수 있었고, 그를 의심할 수 있는 기회였다. 그리고 중요한 일이었다. 제거를 시도하다 발각되기라도 하는 날에는 모든 일이 수포로 돌아갈 수 있다. 그랬기에 나는 저자의 살기를 믿기로 했다.

　허동현은 날쌔고 민첩했으며, 상황을 빠르게 파악했다. 그가 자신의 수하 3명을 붙여 줄 것을 요청했다. 그리하도록 수락했고, 그는 류 국장의 모든 동선을 실시간으로 감시할 수 있었다. 그리고 류 국장이 갈 수 있을만한 길목을 지도에 표시했고, 그 길목으로 유도할 수 있을만한 작전을 준비했다. 나는 동현에게 류 국장을 납치하라고 지시했다. 이 회장은 나에게 그 자를 제거하라고 하였으나, 나는 우선 그를 생포하고 후에 그 처리를 결정하려고 했다. 제거는 쉽지만 생포는 쉽지 않다. 뺑소니를 위장해 제거하는 방법, 취객끼리 난투극을 빙자한 살해 등 제거에는 쉬운 방법들이 많지만 납치는 아무도 없어야 하고, 골목길의 CCTV를 피해야 하므로 여간 어려운 일이 아니었다. 나는 그 어려운 일을 그에게 맡겼고, 그는 며칠 지나지 않아 류 국장을 끌고 왔다. 그러나 어떻게 류 국장을 살려서 데려왔는지 동현은 내게 말하지 않았다. 그의 살기는 나의 살기를 능가했고, 나 또한 그 과정을 묻고 싶은 생각이 없었다.

나는 의자에 묶인 채 고개를 숙인 류 국장의 머리를 손으로 집어 올려 말을 걸었다.

"류 국장님, 반갑습니다."

"누…. 누구요?

목에 힘이 축 늘어진 채 당장이라도 숨을 거둘 것 같은 모습이었지만 그의 목소리는 두려움에 떨면서도 힘이 있었다.

"당신 이렇게 만들 사람 누가 있겠습니까? 그냥 어느 사채업자라고 해둡시다."

"원하는 게 뭐요?"

"없습니다. 그냥 이렇게 있는 것이 도와주는 거요."

"풀어주시오. 해야 할 일이 있소."

아마도 그가 말하는 해야 할 일이란 저축은행 인수 승인을 저지하는 일일 것이다. 그 자는 두려움 속에서도 그 일을 해야 할 일이라고 말하고 있었고, 나는 그 일을 막는 것이 내가 해야 할 일이었다.

"알고 있어요. 류 국장님. 그래서 안 풀어주는 겁니다.

그냥 조용히 있어주면 조용히 집으로 보내드릴 테니까 가만히 있으쇼. 응?"

나는 류 국장의 뺨을 가볍게 두 번 쳤다. 류 국장의 눈은 마치 빠져나올 것처럼 나를 노려보았다. 하지만 나의 눈빛이 그의 눈빛보다 강했다. 그의 눈빛은 오래가지 못했다.

"동현아. 잘 가두고 있어라."

"네. 형님."

나는 밖으로 나와 이 회장에게 연락을 했다. 이 회장은 승인 발표가 내일이었으나 류 국장의 실종으로 금융감독원에서 하루 시일을 미뤄 모레는 발표가 날 것이라고 했다. 이 회장은 그 자를 죽였냐고 물었으나 나는 답하지 못하였다. 나는 산 중턱의 어느 주인 없는 사찰에 그를 가두었고, 발표가 난 후에 그 자를 처리할 것이라고 말했다. 이 회장은 굳이 그 자를 죽여도 되는데 시간 끌지 말라고 하였으나, 나는 만약의 경우를 대비해서라도 우선 데리고 있겠다고 말했다.

겨울의 산 중턱이라 그런지 밤에는 사람도 짐승도 지나가지 않는 것처럼 고요했다. 그 고요함은 너무도 짙어 적막하게 느껴지기까지 했다. 어둠이 짙게 깔려 어느 누구도 여기 위치를 알 수가 없고, 어느 누구도 이 어둠을 헤집고 나아갈 수 없었다. 가두기에 좋았고, 갇혀있기에 좋았다.

산 중턱에서 바라보는 도시의 야경은 아름답기만 했다. 찬란하게 여러 작은 불빛들이 모여 반짝였고, 하늘에 반짝이는 별들보다 아래서 반짝이는 도시의 불빛들이 더 밝고 아름다워 보였다. 그러나 저 불빛 속으로 내가 들어갔을 때는 내가 저 하늘의 별들 속으로 들어가는 것만큼이나 고통스러웠다. 뜨거운 별 속으로 들어가는 고통은 내 몸이 타들어 가는 고통이고, 저 도시의 불빛 속으로 들어갈 때는 내 영혼이 타들어가는 고통이었다. 그 둘 중 어느 고통이 더 큰 고통인지는 알 수 없었다.

한참동안 불빛들을 바로보고 있을 때, 갑자기 뒤편에서 무언가가 부딪히는 소리가 여러 번 났다. 우리 쪽 녀석들이 소리를 지르며 불빛을 산 아래로 비추기 시작했고, 나는 류 국장이 탈출을 시도했음을 본능적으로 느꼈다. 나또한 본능적으로 이 자를 놓치면 모든 것이 끝난다는 공포를 느꼈고, 산 아래에서부터 아지트를 향해 뛰어올라갔다. 불빛은 아래로 내려왔고 나는 위로 올라갔다. 그리고 불빛과 내가 만난 사이에는 아무것도 없었다. 부하들이 내려온 길과 내가 올라간 사이에 류 국장은 없었다. 깊은 어둠속의 공허함과 알 수 없는 두려움이 우리를 감쌌고, 우리가 있는 지점에 둘을 숨겨놓아 매복을 심어두고, 서서히 올라가며 수색을 했다. 산 속은 대낮에 숨어있어도 발견하기가 어렵고, 어둠이 가라앉은 밤에는 발견하기는 불가능했다. 하지만 계속 부하들을 시켜 그를 찾아내도록 다그쳤다. 부하들이 류 국장을 찾으러 계속 돌아다니는 사이 그는 일어나서 산 밑으로 도망칠 수가 없었다.

겨울의 산은 뼈 사이로 바람이 들어올 정도로 시리고 추웠고, 가만히 웅크리고 견디기에는 살이 찢겨 떨어져 나가는 것만큼 고통스러운 일이었다. 차라리 움직이는 쪽은 추위를 견딜만 했다. 특유의 다그침으로 나는 부하들이 계속 움직일 수 있도록 하였고, 류 국장은 어딘가에서 계속 웅크리고 있을 것이다. 그렇게 포위망을 좁혀갈 무렵, 나는 바람이 불지 않는 순간에 미세하게 수풀이 흔들리는 소리를 들었고, 그것은 류 국장이 수풀 속에서 추위에 떠는 소리임을 직감했다. 보이지는 않으나 소리가 흔들리는 방향으로 천천히 걸어갔다. 불빛을 비추며 다가가고 싶었으나 나의 불빛은 그 자에게도 나를 알리는 신호가 되므로 불빛 없이 소리 없이 연기처럼 서서히 다가갔다. 나의 연기는 서서히 수풀의 소리를 향해 천천히 다가가고 있었고, 수풀의 소리를 향해 아주 가까이 갔을 때쯤, 소리는 사라졌다.

사라진 소리를 확인하고 뒤를 돌아보려 할 때, 차갑고 단단한 무언가가 내 머리를 스치는 것을 느꼈다. 본능적으로 머리를 옆으로 제쳤고, 그 차가운 무언가는 내 오른쪽

어깨를 강하게 찍었다.

"악!"

나의 외마디 비명과 함께 어둠속에서 희미하게 한 남자의 그림자가 보였고, 숨어있던 그 자가 나를 향해 돌을 들고 내리찍으려 하고 있음을 느낄 수 있었다. 옆으로 굴러 피하고 싶었으나 소리를 향해 따라올 때 느낌으로는 이곳은 산비탈이었고, 굴러서 피하는 것보다는 보이지 않는 허공을 향해 발길질을 하는 것이 더 나은 선택이라고 판단했다. 하지만 나의 발길질은 보이지 않는 헛것을 향해 하는 발버둥에 불과했고, 작고 단단한 무언가가 내 얼굴을 강타하는 것을 느꼈다. 그가 내 위에 있음을 알았고, 나 또한 주먹으로 내 위에 있는 류 국장의 옆구리를 강타했다. 그 자는 위에서 나를 내리쳤고, 나는 그 자의 옆구리를 계속 강타했다. 옆구리를 때릴 때마다 나의 주먹이 그의 옆구리를 계속 들어가는 것을 느꼈고, 아마도 상대의 갈비뼈가 부러졌음을 알 수 있었다. 그러나 그는 비명이 크지 않았고, 서로의 비명과 발악이 섞여서인지 상대의 상태를 알수는 없었다. 내 위에서 나를 내리치던 그의 공격을 막아내며 상대의 옆구리를 계속 공략하자 그자의 압박에서 풀려날 수 있었다. 서서히 내가 유리해지기 시작했고, 장단지 옆에 채워둔 칼을 찾아 끝을 보려고 했다. 그 사이 그는 다시 차갑고 무거운 무언가로 발등을 찍었고, 내가 외마디 비명을 지르는 사이 어둠으로 사라졌다.

발등이 부러진 채 어둠을 따라 아지트가 있는 곳으로 천천히 몸을 끌고 갔다. 그리 오래 걷지 않아 전화가 울렸다.

"형님. 류 국장 잡았습니다. 아지트로 오시죠."

"알았다."

나와 결투가 있었던 시간이 얼마 가지 않아 류 국장은 잡혔고, 나는 부상 탓이라고 생각했다. 나의 부상만큼 그의 부상도 심할 것이고, 이제는 그 자를 없애는 것이 좋겠다고 생각했다. 생각보다 싸움을 잘 했고, 한 명이나 두 명이 감시하기에는 불안함이 느껴졌기에 아예 제거하는 것이 더 안전하다고 판단했다. 한 때는 죄를 짓지 않고 영원히 도시의 불빛 속에서 떳떳하게 살고 싶었으나 이제 저 도시의 불빛을 떠나 아무도 모르는 곳에서 살기로 마음먹은 나였다. 하나를 죽이던 둘을 죽이던 아무도 없는 곳에 사는 나를 심판할 사람도 없었고, 내 죄를 아는 사람도 없기에 떠나기로 마음먹은 나는 윤리 속에서 자유로웠고 법에서도 자유로웠다.

내가 아지트로 돌아왔을 때는 전화를 받고 한참 시간이 지난 후였다. 류 국장은 다시 의자에 묶여 있었다. 류 국장을 본 나는 도덕성을 잃어버린 독재자처럼 그를 마구 때

려댔고, 집히는 물건이 무엇이든 그를 때렸고, 내 손과 주먹이 그에게 계속 향하였다. 모든 것이 끝날 뻔했다는 두려움에 대한 안도감은 보초를 제대로 서지 못한 부하들에게로 향했고, 나의 주먹과 폭력성은 그들에게로 향했다. 잠시 의식을 잃은 류 국장에게 수면제를 탄 물을 먹이라고 지시하려 동현을 불러보니 대답이 없었다. 동현은 그 자리에 없었다.

"허동현이 어디 갔어?"

"사장님께서 밖으로 나가시고 얼마 되지 않아 산을 내려간다고 했습니다."

"어디로 간다 했어?"

"어딘지는 말을 하지 않았습니다."

수면제를 타서 류 국장에게 먹이다 반은 입으로 들어갔고 반은 그대로 흘러 내렸다. 흘러내리는 물은 점점 아래로 향했고, 그의 갈비뼈와 옆구리로 흘러 내렸다. 문득 떠오른 갈비뼈를 만져보니 갈비뼈는 부러지지 않았다. 어둠 속에서의 싸움이라 내가 생각했던 옆구리가 류 국장의 다른 어딘 가였을지도 모르는 일이었다. 어쨌든 나의 두려움은 그에게 자비를 거두었고, 다시 날이 어두워지는 밤에 그를 없애기로 마음먹었다. 해가 뜨고 승인 발표 날까지는 하루가 남았다. 류 국장이 실종되었다는 뉴스는 나오지 않았다.

*

해가 뜨고 날이 밝았다. 수면제를 마신 류 국장이 일어
나려고 하자 수면제를 탄 물을 한 사발 다시 먹였다. 그
의 얼굴과 상체에서 나는 피는 아래로 흘러내렸고, 하체
와 의자를 따라 흘러내리며 소변과 피와 섞여 흘러 내렸
다. 썩은 악취가 났고, 그의 악취에는 나의 피와 땀도 섞
여 있을 것이다.

쓰러진 그를 뒤로 하고 날이 밝은 시간을 이용해 이 회
장에게 갔다. 잔뜩 긴장하고 있을 이 회장일 것이다. 그 동
안 자신이 꿈꿔오던 은행인수를 하루 앞두고 있으니 긴장
하지 않을 리 없을 것이다. 내가 모시던 형님이 드디어 꿈
을 이루는 순간이고 나는 나의 마지막 임무를 다하고 떠나
는 찬란한 순간을 목전에 두고 있었다. 사무실에는 이 회
장과 허동현이 같이 있었다.

동현을 보고 나는 말을 잇지 못했다.

"아니. 형님. 허동현이 왜 여기에…."

동현은 이 회장 뒤에 꼿꼿이 아무 말도 없이 서 있었고,
이 회장은 전혀 어떠한 표정도 보이지 않고 언성을 높였다.

"어제 내가 시킬 일이 있어 불렀다. 류 국장을 놓칠 뻔

했다고? 그러게 죽이라고 하지 않았나?"

"안 그래도 오늘 해가 지는 대로 없앨 예정입니다."

"그래. 그렇게 해라. 영두야. 앉아봐라."

이 회장은 화를 누그러뜨리고, 소파에 앉는다. 나도 따라 앉는다. 동현은 앉지 않고 움직이지 않은 채 계속 서 있었다. 나는 동현을 길게 쳐다보자 이 회장이 동현을 사무실 밖으로 보낸다.

"이제 내일이면 은행을 인수하십니다. 축하드리러 왔습니다."

"그래. 영두가 떠나는 날이기도 하지."

이 회장의 목소리에는 힘이 들어 있지 않았다. 힘이 들어있지 않는 목소리는 이 회장과 함께 했던 시간들을 빠른 영화처럼 생각나게 해주었다.

"면목 없습니다. 형님."

"왜 떠나려고 하는 거야? 이유를 말할 수 없는 거냐?"

이유가 없어 더 이유를 말할 수 없음에 답답해졌다. 굳게 입을 다물다 입술에서 살짝 피가 났고, 입술에서 나는 피의 맛과 향기가 소영과의 첫키스의 추억이 떠올랐다. 비릿했던 첫키스의 추억이 피비린내와 섞여 기억이 났다. 달콤했던 추억과 잔인했던 추억이 한데 뒤엉켜 섞여 분간이 가지 않았다. 내가 이 도시를 떠나면 달콤한 추억과 잔인한 추억 모두를 한강에 던져 버릴 수 있을 것이다.

"지쳤습니다. 쉬고 싶습니다. 형님."

이 회장은 테이블에 단단한 서류가방을 올려놓았다.

"그래. 저번에도 그렇게 말했었지. 받아라. 네 몫으로 우선 10억 떼 놓았다. 이번 은행 인수가 마무리 되는대로 좀 더 챙겨줄게. 그리고 남해에 작은 섬이랑 별장이 하나 있을 거야. 쉬고 싶을 때까지 거기서 살도록 해라. 죽을 때까지 살고 싶으면 거기서 살다 죽고."

이 회장의 마지막 배려에 마음이 울컥하려 했으나 뜨거운 기운이 눈까지 가지는 않아 눈물이 나오지는 않았다. 다만 목소리는 떨리기 시작했다.

"감사합니다. 형님. 가보겠습니다."

*

사무실을 나서 산 중턱의 아지트로 돌아오니 해도 어느 정도 지고 있었다. 불빛도 들어오지 않는 산이라 인적은 해가 짐과 동시에 사라졌고, 다시 검은 호수와도 같은 적막함이 몰려왔다. 잔잔히 연기처럼 내려오는 적막함은 류 국장에게 몰려오고 있었다. 잠에 아직 덜 깬 그를 끌고 남들이 가지 않을 법한 산기슭 어딘가로 끌고 갔다. 부하들은 열심히 땅을 팠고 나는 더욱 깊이 파라고 재촉했다. 겨울의 땅은 얼어서 잘 파지지가 않았고, 땅을 파는데 시간이 꽤 걸렸다. 덕분에 나는 류 국장과 마지막 대화를 할 수 있는 시간이 늘어났다.

"한 번 말해보쇼. 죽기 전에 하고 싶은 말이 있을 것 아니요."

"나를 죽이려는 이유가 뭐요?"

"없소. 그냥 시키는 대로 하는 거요. 피차간에 그런 얘기는 하지 맙시다. 나는 당신한테 원한이 없으니 귀신 되서 괴롭히지나 마시구려."

땅의 거의 다 파자, 나는 류 국장을 끌어내어 구덩이에 밀어 넣었다. 그러자 류 국장은 마지막 발악을 했다.

"사랑하는 딸과 아내가 있소. 지켜야 할 사람이 있단 말이다!"

"그렇게 사랑하는 딸과 아내들도 내가 많이 손 봤지. 섬에 팔아보기도 하고, 손가락도 자르고, 많이 그랬소. 당신만 곱게 죽으면 딸과 아내는 손대지 않으리다. 약속은 지킵니다."

천천히 한 삽씩 흙을 떠서 구덩이로 던져 넣으려는 순간, 멀리서 사이렌이 다가오는 소리가 들렸다. 사이렌 소리는 겹쳐서 들려왔다. 여러 대의 경찰차가 다가오는 소리였고, 무언가가 잘못되고 있음을 직감할 수 있었다.

"누가 경찰을 부른 거야?"

"내부 첩자 아닙니까? 형님. 이 중에 누군가가 첩자입니다."

아지트로 갑자기 경찰들이 들이치는 확률은 누군가의 신고가 아니면 불가능하다. 그것도 가장 중요한 순간에 이렇게 경찰들이 몰려오다니…. 누군가의 계략일지도 모르나 우선 여기를 빨리 빠져나가는 것이 중요했다. 아지트를 먼저 습격한 후 곧 포위망을 좁혀 올 것이기 때문에 류 국장을 끌고 빠져나갈 시간이 부족했다.

나는 부하들에게 소리쳤다.

"절대로 길로 내려가지 말고, 물이 흐르는 작은 개울을 따라 내려가라. 소리도 내지 말고, 조용히 빠르게 내려가!"

그리고 나는 류 국장에게 다가갔다. 칼을 꺼내 그를 죽일까 잠시 고민했다. 이렇게 판이 없어진 경우 이 자를 죽이면 살인죄만 쓰게 된다. 이 자를 죽이면 내가 숨 쉴 곳은 도시가 아니라 한국 어디에도 없었다. 이 자는 살고자 원했고, 나는 이 자를 죽일 이유가 없었다.

그의 목에 칼을 가까이 댔다.

"살고 싶소?"

그러자 류 국장은 아무 말 없이 고개를 끄덕였다. 통하든 통하지 않는 내가 할 수 있는 최선의 선택은 협박뿐이었다.

"당신은 산에서 길을 잃은 거요. 심하게 다쳤고, 휴대폰도 잃어버렸다가 경찰에 의해 구조되는 겁니다. 만약 엉뚱하게 말할 경우 당신의 아내와 당신의 딸은 이전에 했던 것들과 같지 않을 거요."

그리고 나는 한 가지 더 확실히 하기 위해 류 국장의 귀에 대고 딸의 이름과 학교, 그리고 아내의 이름과 나이, 집 주소를 읊어주었다. 내가 아는 한 그는 가족들을 끔찍이 사랑하고 가족밖에 모르는 가장이었고, 가족의 위협을 받지 않는 것과 자신의 신념을 지키는 것이 가장 중요한 인물이었다. 나는 그에게 신념을 버리라고 하지는 않았다. 다만 신고를 하지 못하게 하였다.

말을 마치고, 류 국장을 구덩이 밖으로 빼낸 다음 좀 더 멀리 데려가서 뒷목을 강하게 쳤다. 그는 쓰러졌다. 쓰러진 그를 잘 보이는 곳에 눕혀 놓았다. 그리고 나 또한 개울을 따라 소리 없이 내려갔다.

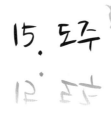

15. 도주

날이 밝았고, 저축은행인수에 대한 발표가 나왔다. 결과는 승인거부였다. 그들이 차려준 밥상을 그들이 걷어찼다. 이유는 알 수 있었으나 알 수 없는 결과였다. KK인베스트먼트는 이 일을 미리 알고 있었는지 발표도 나기 전에 350억을 미리 뺐다. 350억을 투자 취소한 사유는 기한이익 상실이었다. 기한 내에 약속을 지키지 못해 돈을 뺀다는 것이었다. 결국 그들의 예상이 맞았으나 어떻게 그런 예상을 한 것인지는 알 수가 없었다. 류 국장이 금융감독원에 나아가 승인거부를 한 것인지 아니면 다른 이유가 있었던 것인지 구분하기가 어려웠다. 다만 모든 작전은 사라졌고, 이 돈들을 가지고 두 기업을 경영하며 다음 판을 기다려볼 것인지 아니면 이 돈들을 가지고 사라져야할지 이 회장의 선택이 남았다. 그는 훌륭한 정치 브로커이고, 사채업자였으나 두 기업을 경영할만한 재능을 가지지는 못했다. 그가 두 기업을 맡은 1년 사이 튼튼했던 두 기업은 중환자실에 들어가도 회복이 되지 않을 정도로 망가져 있었다. 이미 많은 돈을 제로테크와 하이컴의 장부를 속여 빼내었고, 본격적으로 회계감사가 들어오면 이를 감당 해낼만한 준비가 되어 있지 못했다.

결국, 4이동통신이 실패 한 후 저축은행 인수는 마지막 기회였던 것이고, 우리는 그 마지막 기회를 놓쳤다. 마지막 기회를 놓친 자에게 마지막이라는 것이 있을 수는 없는 것이지만 우리는 그 마지막을 찾아야 했다. 하지만 나의 머리로는 그 마지막을 준비할 만한 계책이 생각나지 않았고, 그 마지막 계책은 이 회장의 입에서 나올 것이다. 하지만 이 회장의 계책이 나를 위한 계책이 될지는 알 수 없었다. 나는 나대로 마지막을 준비하기 위해 나만의 계책을 세워놓아야 했다.

내가 준비할 수 있는 나만의 계책은 이 회장이 준비한 계책과 크게 다르지 않았다. 같이 횡령한 돈을 가지고 외국으로 도망치거나 혹은 혼자 도망칠 것이다. 600억이 넘는 돈을 해외로 빼돌려 나가는 것도 어렵겠지만 그 돈을 사이좋게 같이 나누어서 도망치는 것도 어려울 것이다. 같은 배를 탈 때까지는 한 팀이었으나 서로 배에서 뛰어내리려고 할 때는 사이좋게 돈을 나누기란 쉽지 않을 것이다. 어쩌면 그 자를 없애고 혼자 돈을 들고 외국으로 가는 방법이 가장 좋은 방법일 수도 있을 것이다. 하지만 그 자에게는 허동현이 바싹 그를 경호하고 있고, 나를 감시하고 있다. 이 회장은 어쩌면 이 날을 준비하기 위해 고향에서 식구들을 불러 올린 것일지도 모르겠다. 역으로 이 회장도 같은 생각을 한다면 나를 치려고 할 것이다. 하지만 나의 심복들도 요직에 많이 배치되어 있고, 서로가 서로를 치기 어려운 상태에 놓여 있다. 나는 이 회장과 싸우고 싶지 않고 그의 돈을 뺏고 싶지도 않다. 그저 내 몫만큼 받아 멀리 떠나 쉬고 싶을 뿐이다. 나의 마지막과 이 회장의 마지막을 준비하기 위해 나는 이 회장에게로 갔다.

이 회장은 사무실에 있었고, 허동현이 그를 모시고 있었다. 나 또한 현수와 장운을 데리고 이 회장과 테이블을 마주했다. 분위기는 어두운 호수 같이 잔잔하고 음침했고, 비가 오는 것처럼 불편하고 우울했다. 마지막을 준비하려는 이 회장의 표정은 깊은 계곡 같았고, 비가 말라버린 갈라진 강바닥 같았다. 그의 입은 마르고 갈라졌으며, 목소리도 물기가 없이 갈라져 나왔다.

"실패했다. 류 국장은 왜 놓쳤냐?"

"경찰이 습격했습니다. 내부에 첩자가 있는 듯합니

다."

나의 말에 이 회장은 동의하지 않았다.

"우리 식구를 의심하면 끝도 없어진다. 식구를 믿어야 한다. 영두야. 어차피 늦은 일이다."

이 회장의 말은 다음을 준비하고 있었다. 마지막 기회를 잃어버린 다음에는 희망이 섞여있지 않았다.

"이미 사태는 어그러진 것 같다. 도망치자. 그런데 아직 말레이시아에 있는 350억이 들어오려면 시간이 좀 걸린다."

"그럼 형님이 먼저 해외로 출국하시면 제가 여기 마무리 짓고 뜨도록 하겠습니다."

이 회장은 고개를 저었다. 아마도 350억을 나에게 맡기고 먼저 해외로 뜨지는 못할 것이다.

"아니다. 저들이 구속영장을 발부시키면 350억도 공중분해 되는 수가 있다. 내가 남아야겠다."

"형님! 위험합니다."

"그래도 저들이 나한테는 쉽게 구속영장을 발부 못 시킬 거다. 내가 먹여 놓은 돈이 얼만데 나한테는 그렇게 못하지."

틀린 말은 아니었다. 이 회장이라면 저들이 구속수사를 하지는 못하고 불구속수사를 진행하는 정도에 멈출 것이다. 어쩌면 진행하지 않을지도 모른다. 우리의 약점 속에는 저들의 약점이 있고, 저들의 약점을 우리가 만들었기 때문이다. 저들이 우리를 수사하는 것은 저들 스스로 자신의 약점을 수사하는 것이기에 자신들 스스로 자충수를 두는 것과 다름이 없었다. 그렇기에 이 회장은 남는 길을 선택했고, 이제 나는 나의 길을 선택해야 했다.

"영두는 어떻게 할 건가?"

나는 내가 마음에서 바라는 것을 그대로 전했다.

"저는 쉬고 싶습니다. 제 몫 좀 챙겨주십쇼."

이 회장도 내 답변을 기다린 것처럼 바로 답해주었다.

"그래. 그렇게 하지. 그건 따로 얘기하지. 장운은 어떻게 할 건가?"

"이미 나가리 된 판. 어차피 떠나야 할 거 형님 따라 내려 갈렵니다."

나는 미안함에 어떤 대답도 해줄 수 없었다. 이 회장은 마지막으로 현수의 처신을 물었다.

"현수는 어떻게 할 것인가?"

"저는 떠나지 않겠습니다."

현수가 떠나지 않을 것이라는 것은 나도 이 회장도 예상했다. 자신이 맡은 회사를 버리고 도주할 인물도 아니려니와 소영을 지키기 위해서라도 떠나지 않을 것이기 때문이다. 떠나야 하는 자와 떠나도 되는 자, 떠나지 말아야 할 자 중에서 현수는 떠나도 되는 자이면서도 떠나지 말아야 할 자였을 것이다. 하지만 현수를 제외하고는 모두 떠나야 하는 자들이었다. 떠나야 하는 자들의 회의 속에 떠나도 되는 자가 같이 대화를 하고 있었다.

이 회장은 나와 같은 생각을 한 듯 현수의 대답을 반대하지 않았다.

"그래 그렇게 하지. 그럼 하이컴에서 자금을 좀 더 뽑아서 제로테크 부실을 막도록 하게. 그럼 자네는 상관이 없어질 것이야."

"감사합니다."

나는 이 회장의 거취가 궁금해졌다.

"형님은 어디로 가실 생각입니까?"

"나는 국내에 남아 있을 거야. 아마 수사가 진행되다 보면 출국정지를 먹겠지."

그리고 나에게 되물었다.

"동생도 저번에 일러준 그 곳에서 몸을 보호해. 무인도라 아무도 오지 않을 거야."

"그럼 장운과 그 곳에서 잠시 몸 좀 피해 있겠습니다."

"그래. 한 1년 쉬다보면 잠잠해질 거야. 그 때까지 사건을 무마시켜 놓겠네."

"그러려면 또 위에다가 돈을 먹여야 할 것인데 나중에 재기할 돈도 없어지는 것 아닙니까?"

"그렇겠지. 어쩔 수 있나. 그래도 재기를 하는 것이 먼저겠지."

이 회장의 말은 실체를 알 수 없는 무지개 같았다. 재기를 할 수 있는 미래가 올지 안 올지는 그 실체를 알 수 없었다. 이 회장은 현수와 장운을 보냈다. 나가는 장운 편에 일러 현수를 내 사무실에 보냈다. 아마도 그 사무실에서 현수를 만나는 시간이 마지막 시간이 될 것이라는 직감을 느꼈기 때문이다.

이 회장은 동현도 물리쳤다. 이제 단 둘이 어둠의 열매를 어떻게 분배할지 결단을 내야하는 시간이 왔다. 나눌 수 있는 금액은 650억이고, 350억은 말레이시아에 있다. 실제로 나눌 수 있는 돈은 300억. 나누어야 할 돈은 컸고, 나눌 수 있는 시간은 촉박했다.

"자네 몫으로 50억 주겠네."

내 종아리에 숨겨둔 단도가 징징 떨리는 것이 느껴졌다. 하지만 650억을 손에 쥐고 있는 것은 이 회장이고, 시간은 부족했다. 그가 유리한 형국이었다. 하지만 이런 억지 협상을 하고 싶지는 않았다.

"너무 적은 것 같습니다. 더 챙겨주십쇼."

"영두야. 200억은 써야 할 것 같다. 그래야 이번 일을 덮을 수 있을 거야."

이 순간까지 오기 위해 너무도 많은 죄를 지었다. 수많은 기업가들을 협박했고, 그들의 가족들을 협박했다. 내 칼은 숨을 거두어 간 적은 없으나 수많은 자들의 피가 묻어 있었다. 내가 그자들에게 지은 죄를 뉘우치는 것조차도 어려울 정도의 죄를 지었다. 그 죄를 씻어야 할 대상은 알 수 없는 여러 곳에 산재해 있었다. 그러나 나는 그 죄를 씻기 위해 내가 모은 죄의 열매를 죄의 중심에다 바쳐야 그 죄를 씻을 수 있었다. 역설적이게도 나의 죄를 수많은 자들에게 뉘우칠 수도 없었고, 그 죄를 씻을 방법도 없었다. 나는 죄를 지은 대상과 죄를 씻김 받아야 하는 대상이 다른 것에 고뇌하였다. 그러나 다른 선택은 없었다.

"알겠습니다."

이 회장은 가방 3개를 금고에서 꺼내 다시 테이블에 올려놓았다.

"그럼 50억은 지금 주기로 하고, 나머지 100억은 부탁 좀 하지."

그의 부탁이 단순한 부탁이 아니라는 것을 액수만 보고도 알 수 있었다. 하지만 액수는 단순하지 않았지만 일 자체는 단순한 일이었다.

"누구에게 드리면 됩니까?"

"하나는 최 비서한테 주면 되고, 하나는 서초동에 갖다 주면 돼. 약속이랑 시간은 내가 따로 문자로 보내도록 하지."

"그럼 가보겠습니다."

"말레이시아에서 350억이 들어오면 그땐 반반으로 나누도록 하자."

이 회장의 말은 무지개 넘어 보이는 보이지 않는 안개 같았다.

*

서울의 하늘은 참으로 맑았다. 나는 이 아름다운 하늘을 가진 서울의 밑바닥 냄새를 맡으며 살았고, 한 때는 이 서울을 지배할 뻔도 했다. 세상이 너무도 가볍게 보였고, 나의 꿈은 무겁기만 했다. 허나 이제 나는 가벼워졌고, 세상은 내 무게를 가져간 만큼 무거워지고 가라앉는 것처럼 느껴졌다.

현수와 장운은 나를 기다리고 있었다. 현수를 한참이나 쳐다보았다. 내가 바라던 지금은 현수와 서울을 나누어 가지는 것이었다. 허나 지금 나는 서울을 떠나야 했고, 내가 가벼워진 만큼 현수는 그 무게만큼 무거워졌다. 나는 내가 서울을 가지고자 하려 했던 이유를 현수에게 주었고, 현수는 나의 이유를 자신의 이유로 만들기 위해 서울을 지키려고 했다. 그의 얼굴에서 소영이 겹쳐보였고, 나는 심히 괴로웠다. 나의 괴로움을 그에게 전해 주었는데도 나의 괴로움은 아직도 남아 있었다.

"현수야. 말하지 그랬냐."

"알고 있었구나."

"짜식. 친구끼리 그런 것도 말 안하면 쓰나. 무튼 축하한다."

그리고 나는 현수에게 가져온 가방을 내밀었다.

"축의금이다. 결혼할 때 써라."

"영두야…."

"너 두고 떠나려니까 눈에 밟혀서 그런다. 먹고 살만 할 돈이야. 만약 제로테크 못 살리겠거든 도망쳐라."

"이 회사 어떻게든 키울 거다. 그런 말은 하지마라."

"그래. 잘 하겠지. 간다."

"영두야. 몸 조심히 건강해라."

그의 목소리는 진심이었지만 그 진심이 내 마음으로 오지는 않았다. 나의 초라한 마지막이 현수에게도 비참한 마지막을 선사할 것이고, 그 비참한 마지막을 준비하는 사내의 안부는 나의 마음에 깊이 들어오지 못했다. 아마도 재기하지 못한다면 현수의 얼굴을 더 이상 보지 못할 수도 있을 것이라는 생각이 들었다. 그러나 나는 재기하지 않을 것이다. 조그만 섬에서 농사지은 쌀로 밥을 하고 잡은 물고기로 반찬을 하며 조용히 살 것이다. 그렇기에 앞으로 현수를 보지는 못할 것이다.

장운과 주차한 차에 다가갔을 때 나는 장운에게 가방하나를 주었다.

"이게 뭡니까?"

"받아라. 해산하면 우리 애들 다 거리로 나앉아야 하지 않나. 우리 애들 나눠줘라. 가게 하나라도 차려 먹고 살게."

"형님….."

"나는 누구 좀 만나고 가련다. 먼저 가라."

"누구 만나십니까?"

"그냥 있다. 남해에서 보자."

그렇게 장운을 보내고 나는 강남의 거리를 걸었다. 건물들은 숲을 이루어 탁한 공기를 뿜어댔고, 건물 숲에 있는 사람들은 탁한 공기를 마시며 더욱 분주히 움직였다. 거리를 걷는 사람들의 얼굴에는 미소가 보이지 않았고, 저녁과 함께 다가오는 추위에 걸음을 더욱 재촉하는 모습은 멀리서 보는 서울의 야경과 달리 을씨년스러웠다. 강남의 숲에는 풍년이 없었으나 흉년은 있었다. 그러나 흉년이 들어 빠져나간 사무실에는 또 회사가 들어와 강남의 숲을 채웠다. 숲 속의 뿌리가 존재하는 지하로 들어갔다. 앞으로는 보지 못할 지하철이 눈앞에 다가왔고, 나는 갈 곳을 정하지 않은 채 지하철에 몸을 실었다. 지하철은 정해진 목적지가 없었다. 정해진 노선을 돌고 또 돌 뿐이었다. 수많은 사람들이 지하철에 들어오고 다시 나갔다. 앉은 자리와 선 자리 모두 얼굴에 미소가 있는 자는 없었다. 앉은 자들은 자신의 자리를 지키기 위해 옆을 밀었고, 서 있는 자들도 자신의 자리를 지키기 위해 옆에 선 자들을 밀어댔다. 그들은 살기 위해 애썼고, 노력했다. 그러나 이 가방 하나에 들어있는 돈을 평생 만지지도 못할 것이다. 나 또한 앞으로 이런 돈을 만지지 못할 것이다. 그런 이 가방을 누군지도 모르는 자에게 건네주려고 한다. 누군가에게는 평생 만지지 못할 돈을 어느 누군가는 알지도 모르는 자에게 대수롭지 않게 받을 것이다. 모든 것을 버리고 떠나려는 자에게 지하철 안에 있는 사람들의 얼굴은 가엾어 보였고, 의미 없어 보였다. 그들의 땀과 고통이 이 가방에 들어 있었고, 이 가방은 주인도 모르는 곳으로 가고 있었다.

*

정처 없는 걸음은 그 아이가 있는 보육원에서 멈추었다. 보육원에서 그 아이를 마지막으로 볼 수 있었다. 아이의 눈빛은 여전히 깊었고, 많은 생각을 안겨주었다.

"잘 지내고 있었니?"

아이는 미소로 잘 지내고 있다고 말해주었다. 예전처럼 신비로운 표정을 하고 있었지만 산에서 만났을 때보다 표정은 한결 밝아졌다.

"아마 아저씨를 보는 것이 오늘이 마지막일 듯하구나."

"어디 가세요?"

너희 아버지가 있는 곳으로 갈지도 모르겠구나…. 언제나 아이의 물음은 간단했고, 나는 답변을 하기가 어렵고 당황했다.

"응. 조금 먼 곳에 있다가 올 거야."

"저도 가면 안돼요?"

아이의 부탁은 간단했다. 하지만 나는 부탁을 들어줄 수가 없었다.

"너는 너무 어리구나."

새초롬했던 아이의 눈에 영롱한 물방울들이 생겼다. 아이의 물방울은 내 가슴의 칼이 되어 휘저었다.

"필요한 것이 있니? 아저씨가 사주도록 할게."

"아빠는 언제 와요?"

또 간단한 물음이었다. 그리고 또 대답할 수 없었다. 나는 아이의 질문에 하나도 진실을 답변해 주지 못했다. 아이에게조차 진실을 말해줄 수 없는 인생을 걷고 있는 초라한 남자였다.

"응. 멀리서 일 끝나고 나면 큰 선물 사서 오실 거야. 그러니까 여기 친구들이랑 잘 지내고 씩씩하게 있어야 한다. 알았지?"

"네. 지금도 씩씩하게 잘 지내고 있어요."

"그래. 그렇게 하면 된다. 아빠가 기뻐하실 거야."

그렇게 마지막으로 아이를 보고 보육원을 나섰다. 정처 없는 걸음은 다시 정처 없는 걸음이 되었다. 지하철을 타고, 수많은 사람들이 들어오고 나가는 속에서 생각은 혼란스러워졌으나 정답도 없었다. 지하철이 지나가듯 생각도 지나가고 돌아오지 않았다. 그렇게 집으로 왔다. 집에서 자는 마지막 밤이었다. 독한 커피와 독한 술을 순서 없이 마셨으나 잠이 오지 않았다. 마음속의 북이 슬피 울고 있었으나 나는 허락하지 않았다. 창밖에 보이는 서울의 야경은 그 중에도 계속 밝았다. 그 밝은 하늘이 나의 마음속에 있는 북을 더 거세게 몰아쳤다.

15. 현수의 난

이 회장의 문자가 도착했다.

> 24일 새벽1시 금정역 7번 출구
>
> 문어: 날씨가 좋네요.
>
> 답어: 파리는 흐리겠지요.

주어야 하는 사람이 최 비서인지 서초동 사람인지는 알 수 없었다. 다만 최 비서 쪽에 들어가는 돈이 더 중요하다고 느껴졌다. 중요도의 경중을 재어보았자 어차피 둘 다 의미 없는 곳으로 가는 돈일 것이다. 그러나 서초동으로 들어가는 돈은 이 회장과 나의 죄를 지우려 쓰는 돈 일 것이다. 나는 자신을 포기하고 세상을 떠나는 사람으로서 내가 죄 지은 자들에게 또 죄를 짓는 일을 만들고 싶지 않았다. 서초동으로 들어간 돈이 내 죄를 지우고 싶지 않았다. 그래서 서초동으로 가야할 가방을 장운을 통해 식구들에게 나누어 주었다. 지금 들고 있는 남은 한 개의 가방마저 최 비서라는 누군지 모르는 자에게도 전해주고 싶지 않았다. 그러나 이 돈은 나의 죄만 지우는 것이 아니라 모두의 죄를 지우는데 쓰이는 돈일 것이다. 하나의 돈다발에 나와 또 하나의 돈다발에 현수와, 또 다른 돈 다발에는 장운과…. 아마도 하나의 5만원권 뭉치들이 우리의 독을 조금씩 사해주는 해독제 역할을 할 것이었다. 그렇기에 이 돈이 어디로 가는지 나는 알 수 없었으나, 막을 수도 없었다.

막을 수 없는 길을 걸으면서 왜 안양에서 보자고 했는지 이해가 가지 않았다. 안양은 서울과 가까웠으나 서울의 시선에서는 벗어나는 곳이었다. 서울을 벗어난 안양에서 접선을 한다는 말은 그만큼 시선을 더 조심한다는 뜻이기도 했다. 거물급으로 추측은 할 수 있었으나 알고 싶지는 않았다.

겨울의 새벽 1시는 매우 추운 시간이었다. 사람들은 보이지 않았다. 이따금 택시들이 섰다가 다시 지나가곤 했다. 눈이 내리기 시작했다. 눈은 이 거리를 더 아름답게 보이게 했다. 아름다운 광경 속에서 나는 아름답지 않은 행동을 해야 했다. 최 비서로 추측되는 사람이 오지 않았으면 했다. 추위 속에서 내 외투는 눈과 섞여 갔고, 생각도 계통 없이 섞여 갔다. 가까이서 검은 차 한 대가 섰다. 그리고 다시 갔다. 시간이 좀 지나 다시 돌아와서 그 자리에 섰다. 아마도 주위를 탐색한 것처럼 보였다. 한 남자가 내렸고 나에게 걸어왔다. 눈 속을 헤치며 걸어오는 그 자의 모습은 나를 아는 것처럼 정확한 목적을 향해 걸어왔다. 그 자의 예상치 못한 공격행동에 대해서 나의 대처를 상상해 보았다. 그 자는 두 발 앞에 섰다. 공격에 대처할 필요는 없어졌다.

그가 작게 그리고 자연스럽게 말을 걸어왔다.

"날씨가 좋네요."

새벽 1시에 눈이 오는데 날씨가 좋다니 참으로 희귀한 문어였다. 죽기에는 나쁘지 않은 좋은 날씨 같았다. 다른 말을 해주고 싶었으나 나의 답어를 이어갔다.

"파리는 흐리겠지요."

파리에 가보지 않은 자가 파리를 상상하며 답어를 한다. 문어와 답어 사이에는 계통이 존재하지 않았고, 장소가 일치하지 않았다. 다만 둘 사이에 서로를 확인했을 뿐이다. 나는 자연스레 내가 들고 있는 가방을 주며 말했다.

"누구에게 가는 돈인지 물어도 되겠소?"

그는 내가 준 가방을 받았다.

"모르는 것이 더 나은 선택일 것입니다."

그의 말은 뼈가 있었다. 나는 더 이상 묻지 않았다. 그는 차로 돌아가 조수석 문을 열었다. 스무 발 정도 되는 거리에 있었고, 눈이 내렸으나 조수석 뒤에 탄자가 누구인지 희미하게 알 수 있었다. 그 자는 나를 아는 자였고, 나와 함께 이번 일을 도모했던 자였다. 그는 나에게 조심하라 일러주었다. 나는 조심하였으나 모든 것을 얻지 못했고, 모든 것을 잃었다.

이 회장이 왜 그 자에게 돈을 전달하는지 알 수 없었다. 그러나 나는 내가 가진 가방을 다 소진하였고, 나의 역할이 모두 끝났다. 추운 몸을 간신히 움직이며 차에 탔다. 그리고, 이 회장에게 마지막 문자를 보냈다.

> 가방 전달했습니다.
> 서초동은 형님이 전달해주십쇼.
> 나머지 받을 돈에서 빼겠습니다.

추운 겨울 눈보라 속에서 나는 시동을 걸었다. 차 앞 유리에 가라앉은 눈들을 와이퍼로 닦고 앞으로 나아갔다.

눈 속에 서울을 빠져나가는 경치는 아름다웠고, 알 수 없는 이국적인 모습이 떠올랐다. 서울을 넘어갈 때쯤 창문을 열어 휴대폰을 밖으로 던졌다. 쉬지 않고 밤새 달려 남해로 갔다.

*

남해에서의 생활은 할 만 했다. 배를 몰 줄 알았기에 무인도의 생활이 불편하지 않았다. 세상과 연락을 끊고 해가 뜨면 나가 고기를 잡고, 해가 지면 돌아왔다. 많이 잡는 날이 있었고, 허탕 치는 날도 있었다. 많이 잡는 날은 많이 먹었고, 적게 잡는 날은 적게 먹었다. 귀한 물고기를 잡는 날에는 근처 어선에 주고, 필요한 물건을 교환했다. 그들은 그들이 정한 규칙이 있었고, 이곳만의 언어가 있었다. 이곳의 언어와 규칙에 섞여 나는 바닷물처럼 동화되어 갔다. 죄를 뉘우치며 조용히 살고자 힘든 선택을 했으나 남쪽의 겨울은 따뜻했고 춥지 않았다. 새벽녘에 배를 몰고 가면 해가 뜨는 일출을 바다에서 볼 수 있었고, 고기를 잡고 집으로 돌아가는 길에는 바다 속으로 붉게 떨어지는 일몰을 볼 수 있었다. 언젠가 마지막이 될 저 일몰을 보았을 때 내가 백발의 노인이 되지 않기를 바랐다. 나는 나의 죗값을 치르기를 원했다. 그러나 바다는 내게 축복을 주었다.

장운은 섬에서의 생활이 답답했던지 뭍으로 나가는 것을 좋아했다. 하루를 멀다하고 항구로 나가 술을 마시거나 생필품을 사오곤 했다. 장운은 서울과 종종 연락을 하는 것 같았으나 나는 묻지 않았다. 그는 뭍과 섬을 오가며 나를 지켜주었다. 귀찮기도 하였으나 내가 섬 밖으로 나가지 않도록 그가 나의 손발이 되어주었다.

가끔 물고기가 잡히지 않으면 서울 생각이 났다. 아마도 하이켐은 쑥대밭이 되었을 것이다. 남아있는 식물의 육즙마저 걸레 짜듯 짜내었을 것이고, 사장은 잠적해버렸으니 보지 않아도 상황이 보였다. 제로테크는 사장이 잘 버텨주고 있으니 걱정이 덜 되었다. 이상철 회장은 어떻게 일을 처리했을지 도통 종잡을 수가 없었다. 이곳의 파도도 종잡을 수가 없었다. 아마도 경찰에서는 나와 장운을 잡으려는 중일 것이다. 이 회장은 구속되기 전에 말레이시아에서 돈을 받아낼 수 있을지 알 수 없는 일이었다. 서울 생각을 하면 파도가 더욱 거세지는 것 같았다. 이럴 때면 다시 물고기 잡는 일에 집중했다.

봄 냄새가 남쪽나라에서 넘어올 무렵, 파도는 잠잠해 지기 시작해졌다. 물고기들은 산란을 준비했고, 숭어는 바다 위로 이따금 솟아올랐다. 물고기들은 교미했고, 알을 품었다. 바다 위의 새들도 둥지를 틀고 짝짓기를 하고 알을 낳았다. 섬의 색깔도 눈 빛, 흙 빛, 돌 빛에서 점차 푸른빛으로 바뀌어 가기 시작했다. 섬은 고요했고, 풍요로웠다. 기르던 개도 새끼를 낳아서 가족이 늘었다. 풍요로운 섬 속에서 서울은 생각나지 않았다.

*

생각나지 않는 서울에서 현수는 홀로 고독하게 싸웠다. 이 회장과 싸웠고, 무너짐과 싸웠다. 이 회장의 공격은 매서웠고, 회사의 무너짐은 빨랐다. 현수가 알지 못하던 어음들이 만기가 되어 돌아오고 있었고, 부족했던 회사의 자금은 더욱 말라가고 있었다.

이 회장은 떠날 준비를 하고 있었다. 그가 생각지 않았던 시점에 떠나야 했기에 원하는 만큼의 돈을 수중으로 넣을 수가 없었다. 그러나 로비스트였던 만큼 영장이 나오는 시간을 끌 수 있었다. 그렇게 번 돈으로 시간을 잠시 멈추고, 멈춘 시간으로 다시 번 돈을 끌어 모았다. 그러나 현수의 저항으로 이 회장은 제로테크에서 돈을 빼내지는 못했다. 다만 아사 직전에 놓인 하이컴은 피 한 방울까지도 남기지 않고 빨아갔다. 이 회장은 하이컴을 통해서 투자한 돈보다 두 배 이상의 돈을 챙겨갔다. 하이컴은 그렇게 망

가져갔고, 결국 달랑 어음 한 장에 부도가 났다.

　반면 제로테크는 아직 희망이 있었다. 떠나기 전 그 쪽 사람들은 모두 내쳐버렸기에 제로테크에는 이 회장의 사람도 동현의 사람도 없었다. 이 회장의 명령이 하이컴에는 닿았으나 제로테크에는 닿지 않았다. 그렇다고 해도 제로테크 또한 이미 이전에 많은 출혈이 있었다. 회사의 현금은 사라졌고, 빚은 넘쳐났다. 현수는 차마 회사를 버릴 수 없었다. 200명이 넘는 직원들이 있었고, 500명이 넘는 그들의 가족들이 있었다. 그리고 제로테크를 믿고 투자한 수많은 주주들이 있었다.

　“사장님. 또 어음 만기가 돌아왔습니다.”

　“박 부장님. 어음이라니요? 우리가 발행한 것이 맞답니까?”

　“이 회장 사람들이 경리계를 장악하지 않았습니까? 그 때 만들어진 겁니다. 어음을 마구 발행한 후 사채시장에 돌렸나 봅니다. 이런 어음이 한 둘이 아닙니다.”

　“다 합치면 총 얼마입니까?”

　“이번 달 안으로 갚아야할 어음만 해도 50억은 됩니다.”

　현수는 돈 가방을 쳐다보았다. 그리고 한 번 만져보았다. 만약을 위해 소영과 멀리 떠나서 살려고 했던 돈이었다. 혼자서 살고 500명의 직원들과 가족들을 죽일 수는 없었다. 가방을 들어 박 부장에게 내밀었다.

"이 돈이면 급한 불은 막을 수 있을 겁니다."

"사장님. 이 돈은 어떻게 난 것입니까?"

"이유는 묻지 말아주세요. 시간이 급합니다. 어음에 허덕인다는 소문나면 은행에서 돈을 안 빌려줄 지도 몰라요. 빨리 어음들부터 막아주세요."

"알겠습니다. 사장님."

이제 현수에게는 도망칠 출구가 없어졌다. 회사를 살리기로 작정한 이상 자신의 모든 것을 쏟아 부어야 했다. 자신을 도울 수 있는 돈과 사람이 필요했다. 돈은 은행을 설득한다면 구할 수 있는 일이었으나, 사람은 설득할 대상조차 존재하지 않았다. 이 회장은 호시탐탐 제로테크를 노렸고, 나는 떠났고, 장운도 떠났다. 현수의 머릿속에 떠오르는 유일한 사람은 성화종뿐이었다. 그러면 이 회장에 맞서 유일하게 대항할 수 있는 인물일 것이다. 서둘러 전화를 걸었다. 신호는 갔으나 성화종은 전화를 받지 않았다. 성화종은 현수를 피하는 듯 보였다. 그러나 유일한 지푸라기를 포기할 수는 없었다. 절박함과 간절함을 담아 성화종에게 문자를 보냈다.

> 성 사장님
> 회사가 급박합니다.
> 그러나 회사를 살려야 겠습니다.
> 제발 도와주세요.

그러나 답은 한참동안 오지 않았다. 그날 밤 현수에게 발신처를 알 수 없는 한 통의 문자가 왔다.

> 김 사장님
> 살기 위해서는 이 회장과
> 김영두를 신고하세요.
> 그 방법뿐입니다.

현수는 휴대폰을 한참을 쳐다본 후 깊은 한숨을 들이마셨다. 이 회장을 신고한다면 이 회장을 잡은 후 횡령한 돈을 어느 정도 받을 수 있을 것이나 영두가 다칠 것이다. 그렇다고 신고를 하지 않는다면 회사가 죽을 수밖에 없는 노릇이었다. 친구와 회사 둘 중의 하나를 살리면 하나는 죽을 처지였다. 그렇게 깊어가는 밤 동안 현수는 한숨도 자지 못했다.

    *

    현수는 출근하자마자 직원들을 모두 불러 모았다. 직원들의 얼굴에는 회색빛이 돌았다. 언론에서도 연일 제로테크 부도설을 보도했으니 당연히 직원들의 사기는 바닥일 수밖에 없었다. 우선 직원들의 사기부터 돋우어야 그 다음을 기약할 수 있을 것이다. 현수는 그렇게 회색빛의 얼굴들 속에서 소리쳤다.

    "아시다시피 우리 회사는 매우 힘든 상황입니다. 여러분이 땀 흘려 만든 이 제로테크가, 한 때 수출기업상까지 받았던 이 제로테크가, 기업사냥꾼들의 공격에 의해 재정이 엉망이 되어버렸습니다. 현금은 말랐고, 빚은 감당할 수 없을 만큼 쌓인 것이 사실입니다. 돌아오는 어음도 간신히 막는 상황이고, 여러분들 월급조차 제때에 주지 못하는 상황입니다. 하지만 우리는 여기서 멈출 수는 없습니다. 저도 지켜야할 가족이 있고, 여러분들도 지켜야할 가족이 있습니다. 우리의 가족들을 지키려면 제로테크를 살려야 합니다. 회사가 운영되려면 세 가지가 필요합니다. 하나는 돈이고, 하나는 기술이고, 하나는 사람입니다. 우리는 최고의 통신기술을 가진 회사이고, 최고의 인재들을 가진 회사입니다. 돈은 사장인 제가 어떻게든 구해보겠습니다. 여러분은 회사와 여러분 동료들을 믿고 지금처럼 열심히 일해주시기 바랍니다."

현수의 눈에 물방울이 고였고, 직원들 눈에도 물방울이 맺혔다. 다행히도 그들의 눈물은 좌절의 눈물이 아니었다. 희망의 눈물이었고, 의지의 눈물이었다. 현수의 말 또한 거짓이 아니었다. 재무적인 어려움은 크지만 세계적인 영업망과 독보적인 기술력, 그리고 훌륭한 인재들이 있었기에 이 어려움만 헤쳐 나가면 회사를 살리는 일도 불가능이 아니었다.

이제 은행들만 설득하면 되는 일이었다. 직원조회를 마치자마자 현수는 은행으로 서둘러 갔다. 주거래 은행부터 안면이 있는 은행들은 모두 들렀다. 그러나 은행들은 차갑게 등을 돌렸다. 부도위기를 알고 있는 은행들이 선뜻 돈을 내어줄리 없다는 것을 알았지만 회사의 기술력과 매출을 생각한다면 이렇게까지 거절할 줄은 몰랐다. 그들은 대화조차 하지 않으려고 했고, 한사코 미안하다는 말만 되풀이 했다. 저들의 표정 뒤에 이 회장이 보였다.

최후의 카드를 만지작거릴 수밖에 없었다. 이 회장과의 거래를 하지 않는 이상 회사를 살리기는 어려울 것이다. 돈줄을 틀어막고 있는 이 회장과의 거래를 통해 회사의 숨통부터 틔어 놓아야한다. 그래야 살 수 있을 것이다.

현수는 이 회장이 있는 곳으로 찾아갔다. 제로테크 사건으로 난리가 났는데 이 회장은 평화로웠다. 아무도 그에게 책임이 있는지 몰랐고, 실제로 그는 어떠한 직책에도 이름이 없었기에 자유로웠다. 이 회장은 싫지만 그 이 회장을 만날 수밖에 없었다.

이 회장은 바깥의 사건과 달리 여유로웠고, 잔잔한 바다 위에서 요람을 즐기는 것 같았다.

"지금 이번 사건으로 밑에 부하들은 박살나서 도망가고 세상은 떠들썩한데 회장님은 참 태평해 보이십니다."

"그럴 리가 있나. 상당히 마음이 아프다네."

그의 말은 하나도 진실처럼 느껴지지 않았다. 그저 늙은 이의 인사말처럼 들렸다.

"부탁 할 것이 있어서 왔습니다."

"이제 곧 멀리 도망쳐야 할 볼 것도 없는 놈한테 무슨 부탁할 것이 있단 말인가? 못 들은 걸로 하지."

현수는 저 자를 당장 두들겨 패서라도 경찰서로 끌고 가고 싶었으나, 허동현이라는 자가 그림자 같이 이 회장을 경호하고 있었다. 힘으로 이 회장을 제거 할 수는 없는 노릇이었다.

"들으셔야 할 겁니다."

"들을 말이 없다고 하지 않았나?"

이 회장은 현수를 노려보았으나 현수는 미동도 하지 않은 채 말을 이어갔다.

"이번 사건을 뒤에서 조정한 자가 당신이라는 것 알고 있습니다. 어차피 당신이 해외로 도주하면 끝이겠지만 내일 아침 당장이라도 경찰에 증거자료를 제출하면 어떻게 될까요?"

"이 자식이!"

이 회장은 현수를 보며 소리를 질렀다. 이미 목숨을 걸고 온 자리인 만큼 현수는 자신의 말을 끝까지 밀고 나갔다.

"아마도 내일 내로 도망쳐야 할 겁니다. 아직 회수하지 못한 돈들도 못 찾고 몸만 떠나겠네요."

이 회장은 한 쪽 입꼬리를 올리며 자신감에 찬 실소를 짓는다.

"그래 볼 테면 그렇게 해. 자네가 신고하면 영두가 나보다 더 큰 벌을 받게 될 거야. 자네 유학 학비까지 대주었던 친구의 등에다가 칼이라도 꽂을 생각인가?"

"하나만 알고 하나는 모르는군요. 영두가 당신 밑에서 일하면서 얼마나 죄책감에 시달렸는지 알기나 합니까? 아마 영두도 죄를 받고 싶어 할 겁니다. 같이 가세요. 죄 받으러."

이제야 이 회장의 미간에서 흔들림이 오기 시작했다. 그는 불안한지 손목시계를 만지작거렸다.

"그래. 거래를 할 줄 아는구만. 나한테 원하는 것이 뭔가?"

"제로테크를 살리고 싶습니다. 당신이 은행들한테 압박 넣은 것 다 압니다. 돈줄 풀어주세요. 나 또한 당신에 대해서는 아무것도 모르는 척 하겠습니다."

이 회장의 표정은 교활한 뱀 같았다. 그는 당황하지 않았고, 눈빛은 예리했다. 표정만으로도 현수에게 공포를 심어주기에 충분했다.

"조건이 안 맞구만. 내가 자네를 어떻게 믿나. 조건을 하나 더 얹지."

"무엇을 말입니까?"

"각서 하나 받지. 요새는 유언장으로 쓰는 것이 유행이라고 하더군. 각서야 법적효력이 없다는 건 똑똑한 자네가 더 잘 알지 않나?"

현수는 그 자리에서 이 회장에게 각서를 써주었다. 유언장으로 각서를 써주는 것이 매우 불쾌하고 찝찝하였으나 어쩔 도리가 없었다. 각서를 써주고 내일 당장 은행에서 대출을 가능하게 해주겠다는 이 회장의 약속을 받아낸 뒤에야 나올 수 있었다.

어쨌든 회사의 숨통을 틀 수 있을 것 같았다. 목을 꽉 누르는 듯한 고통에서 간신히 벗어 날 수 있었다. 밤중이었지만 회사자금문제로 고민하고 있을 박 부장에게 전화를 걸었다.

"박 부장님. 잘 해결했습니다. 내일부터 은행에서 대출해줄 겁니다. 걱정 말고 내일 아침 일찍 은행에서 대출 받으세요. 저는 내일 경찰서에 갈 겁니다."

"아니 경찰서에는 왜 가십니까?"

"정의는 지켜져야지요. 회사를 살리는 것도 저에게는 중요하지만 이 회사를 이 지경으로 만든 자들에게 벌을 주는 것도 사장인 제 몫이라고 생각합니다. 대출기간을 최대한 길게 잡으세요. 3년 정도만 고생하면 제로테크 다시 원상복구 할 수 있을 겁니다."

전화를 마치고 현수는 마침 늦은 밤중까지 열고 있는 과일가게에 들렀다. 딸기가 참 알이 컸다. 새빨간 모습에 딸기 씨가 촘촘히 박힌 상자가 눈에 들어왔다. 탐스런 딸기가 소영과도 잘 어울릴 것 같았다. 며칠 전부터 소영이 그렇게 딸기가 먹고 싶다고 노래를 불러댄 것을 무심코 잊어버린 것이 미안했다. 최근 들어 소영이 먹고 싶다는 음식이 많아졌고, 자주 바뀌었다. 딸기를 한참 바라보고 나서야 소영의 행동들이 이해가 갔다. 회사를 지킨다는 핑계로 소영의 임신조차 눈치 채지 못하고, 자신에게 걱정을 더 짊어 줄까봐 사실을 알리지 않은 소영의 고민을 생각하니 눈물이 흘렀다. 눈물을 흘리며 소영에게 가져다 줄 딸기를 가장 비싸고 좋은 것으로 한 상자 샀다. 이제 고생할 일은 없을 것이니 소영에게 신경을 써야겠다고 생각하며 집으로 가기 위해 차에 탔다.

차에 타서 시동을 걸고 앞으로 나가려고 하니 차가 잘 움직이지 않았다. 내려서 보니 차에 펑크가 나 있었다. 바퀴 네 개 모두 펑크가 난 것을 보니 누군가가 고의적으로 한 것 같았다. 그러나 현수의 차뿐만 아니라 앞뒤의 차들도 펑크가 나 있었다. 어떤 미친 자가 장난을 친 것 같았으나, 지금은 그런 것에 신경 쓸 겨를이 없었다. 집까지 먼 거리가 아니었으므로 다음날 차를 찾아가면 되기에 때마침 옆에 있던 택시를 탔다.

"어디로 모실까요?"

"잠실이요."

"무슨 일 있으셨어요? 차가 고장난 것 같던데?"

"아니 어떤 놈들이 타이어를 펑크 냈더라고요. 화는 나도 시간이 급하니 택시라도 타고 갈 수 밖에요."

"이 동네 가끔 그런 녀석이 있나 봐요. 무튼 많이 화 나셨겠네요. 껌이나 드링크제 하나 드릴까요? 껌이라도 씹어야 화가 풀리죠."

"고맙습니다. 마실 거 있음 하나 주세요. 안 그래도 갈
증이 좀 나네요."

택시기사는 드링크제를 하나 내밀었다. 현수는 드링크
제를 한 번에 쭉 들이켰다. 집까지 얼마 남지 않았으나 하
루 종일 긴장하고 피곤했던 탓인지 시트에 몸을 편하게 기
대었다. 시트가 몸에 잘 맞았는지 마음이 편해지고 잠이
오기 시작했다. 눈을 뜨려고 해도 눈이 떠지지 않았고, 손
끝을 움직이려고 해도 움직여지지 않았다. 그렇게 깊은 잠
으로 빠져들고 있었다.

*

밤늦게 배 한 척이 들어왔다. 조용한 섬에서는 배 엔진
소리가 건너편 섬까지 들린다. 나는 칼을 꺼내들고 배를
대놓는 바위로 가보았다. 배에서 내린 것은 다름 아닌 장
운이었다. 간만에 해보는 긴장이었다. 장운은 나를 보며
급히 소리를 내며 달려오고 있었다.

"형님, 큰일 났습니다."

"무슨 일이냐?"

장운은 배를 운전할 줄 몰랐다. 그래서 내가 이따금씩
항구로 데려다 주거나 다른 어선에 부탁해서 보내곤 하였

다. 그런 장운이 갑자기 밤중에 다른 어선을 얻어 타고 여기로 온 것이다. 분명 안 좋은 소식을 가져 온 것이다.

"현수 형님이 돌아가셨습니다."

"……."

나는 말을 잇지 못하였다. 아니 언어 자체를 잃어버릴 뻔했다. 충격은 강했고, 어찌해야 할 지 아무런 생각도 나지 않았다. 생각하지 못한 죽음 앞에 나는 생각을 잊어 버렸다. 내가 바다에서 생각한 서울과 지금 흘러가는 서울은 다르게 흘러가고 있음이 분명했다. 내가 생각하지 못한 이유로 서울로 돌아가리라고는 상상하지 못했다. 이런 이유로 서울을 가고 싶지 않기를 바랐다.

"그럴 일이 없다."

"자살이랍니다."

장운은 더 이상 말을 잇지 못했다. 울먹이는 소리는 파도소리와 섞여 들리지 않았다. 나는 장운으로부터 제로테크의 경위와 자살 경위에 대해서 자세히 들을 수 있었다. 버텨줄 것이라 생각했던 현수는 끝내 버티지 못했다. 이 회장은 하이컴의 돈을 빼내간 것에 만족하지 못하고 호시탐탐 제로테크를 공격했다. 의지할 곳이 없는 현수는 살아남기 위해 몸부림을 쳤고, 몸부림의 결과는 비참했다. 현수의 성격과 정황으로 볼 때 자살이라는 것은 믿어지지 않았다. 비록 재무적으로 힘들었다고 하나 자살을 할 만큼 궁지에 몰리지는 않았었다. 이해 할 수 없는 결과들이 원인들을 알 수 없게 만들었다. 어지러운 이야기들로 머리는 더욱 어지러워져 갔고, 장운의 말들은 파도소리처럼 들려왔다.

"자동차에 연탄불을 피워 자살했다고 합니다."

"자동차에? 연탄불을?"

잠시 흐느낌을 멈춘 후 장운은 다시 말을 더했다.

"과천에서 발견되었답니다."

"현수는 과천을 가본 적이 없는 녀석이다."

현수의 죽음은 더욱 이해가 가지 않았다. 과천을 가본 적이 없는 자가 마지막 죽음을 생판 모르는 곳에서 마감한다는 것이 이해가 가지 않았다. 자살을 하는 장소는 자신이 원한이 있는 곳, 또는 심정의 변화를 일으키는 곳에서 하는 것이 보통이다. 다리나 빌딩 위가 아닌 이상 굳이 이상한 곳까지 이상한 방법으로 세상을 떠날 이유는 없었다.

정황은 더욱 수상했다. 신제품이 출시되기 전이었고, 직원들과 현수는 하나가 되어 회사를 살리기로 굳게 다짐했다. 회사는 마른가지처럼 말랐으나 그 마른가지에도 새순은 돌아나고 있었다. 그런데 현수가 차안에서 만취상태로 연탄가스에 질식해 숨졌다. 연탄불 자살은 타살의 가능성을 여전히 의심받는 방법이었다. 유서가 있었으나 자필인지 알 수가 없었고, 협박에 의한 자필일 수도 있을 것이다.

타살로 생각하면 한없이 타살로 생각된다. 타살의 흔적이 없다고 하나 차 안에서 죽은 것인지는 알 수가 없었다. 밖에서 질식사로 죽인 뒤, 차에 태우고 한 번 더 연탄을 피우면 그만이었다. 자살과 타살을 구분하기란 어려웠고, 그들은 타살의 증거가 없으면 자살로 결론지었다. 그렇게 성공한 타살은 자살로 둔갑되었다.

나는 현수의 자살을 믿을 수가 없었다. 이 회장을 고발하려는 중에 현수는 이 회장을 고발하지 못하고 갑자기 자살을 했다. 그것도 본인이 가본 적도 없는 과천에서 자살을 했다. 있을 수 없는 일이다. 만약 자살을 했을 거라면 애초에 나처럼 서울을 떠났을 것이다. 나는 반드시 서울에 가서 직접 확인하고 싶었다.

"소영이는 어떻게 됐나?"

장운에게 처음으로 소영이라는 단어를 꺼냈다. 장운은 소영의 소식을 알고 있었다.

"지난 달에 결혼했답니다. 그런데 현수 형님이 왜 그런 선택을 하셨는지….”

나의 의심은 확신으로 가득차기 시작했다. 우선 소영을 만나봐야겠다는 생각이 먼저 들었다.

"아무래도 서울을 잠시 다녀와야겠다."

장운은 빠르게 나의 말을 막아섰다.

"하나 더 아셔야 할 것이 있습니다."

장운의 말은 매서웠고, 무거웠다. 그의 말이 나의 걸음을 멈추었다.

"우리가 이 회장한테 속은 것이 하나 있습니다."

이미 나는 눈 오는 날 차 뒤에 타고 스쳐간 남자를 보며 내가 생각한 그림과 이 회장이 생각한 그림이 달랐다는 것을 알았다. 나의 그림은 그의 그림의 일부였고, 나는 그의 손아귀에서 칼춤을 추는 광대에 불과했다. 장운의 말은 나를 담담하게 했다.

"우리가 인수하려던 저축은행 실제 주인이 이 회장이랍니다. 우리가 만난 그 회장은 바지사장이랍니다."

장운의 말은 충격적이었으나 나에게 충격으로 오지 아니했다. 그럴 사람이었다. 이 회장의 목표는 한결같이 은행인수였다. 어떤 위기 상황에서도 끈질기게 은행을 인수하려고 했었다. 자신의 은행을 자신이 인수하는 것이 목표라니…. 그의 계획의 끝을 알 수가 없었다. 그의 연기에 모두가 속았고, 그 이유조차도 알 수가 없었다.

"그리고 저축은행을 하나 더 가지고 있답니다. 은행을 두 개씩이나 가지고 있으면서도 뒤에 숨어서 조종하고 있었던 겁니다. 무언가 이상합니다. 형님."

명동에서 앞으로의 생사를 건 도전을 할 때도 나는 이 회장이 벌써 은행을 두 개씩이나 확보한 실세라는 것을 알지 못했다. 이미 은행을 두 개나 수중에 넣었고, 정치인들을 좌지우지 하고 있던 것이다. 그런데 굳이 잔챙이 기업들을 인수하고 다시 자신의 은행을 인수하게 하려했는지 이유가 이해가 가지 않았다.

확실한 것은 거의 모든 저축은행들이 부동산이 무너지면서 같이 무너지고 있었다. 그 동안 시중은행들은 확실한 담보에 투자했다. 고객들에게 높은 이자를 주며 수익을 내야했던 저축은행들은 고수익을 낼 수 있는 투자처를 원했다. 그리고 그들은 보이지 않는 허상에 투자하기 시작했다. 건설사들은 맨 땅에 건물을 지을 계획을 담보로 저축은행들에게 돈을 빌렸고, 보이지 않는 허상은 높은 이자를 주었다. 담보 없이 돈을 빌릴 수 있는 건설사도 좋았고, 높은 대출이자로 고수익을 올리는 저축은행도 좋은 일이었다. 그렇게 그들은 부동산 호황 속에서 모래성을 쌓아갔다.

미국발 금융위기가 오고 나서 모든 상황은 변했다. 부동산 불패신화는 산산이 조각났고, 부의 상징인 강남아파트는 애물단지로 전락했다. 거품이 잔뜩 낀 집값은 빠르게 가라앉았고, 누구도 집을 사려고 하지 않았다. 미분양은 계속 늘어갔고, 건설사들은 빚을 갚지 못했으나 은행들은 담보를 잡지 못했다. 건설사는 빠르게 무너졌고, 결국 그들은 빚을 갚지 못했다. 저축은행들은 치명적인 타격을 계속 맞았고, 급속도로 부실해졌다. 그러나 그 부실을 겉으로 드러내지 않았다. 썩은 사과를 이쁘게 포장하듯 서류를 이쁘게 다듬었다. 저축은행들은 부실했으나 저축은행은 부실하지 않았다.

깨어진 그림들을 다시 수습해보니 어느 정도 이 회장의 그림을 이해할 수 있었다. 그는 금융감독원에서 부실저축은행을 지정하여 정리 후 매각할 것이라는 것을 알고 있었을 것이다. 그의 인맥과 정보력이라면 충분히 가능한 일이고, 아마도 헐값이 되기 전에 고가로 매각하여 돈을 꿀꺽하려는 의도였을 것이다. 제로테크와 하이컴을 통해 끌어모은 돈은 그렇게 이 회장의 주머니로 들어가게 되고, 은행 인수 후 부실이 드러나면 나는 독박을 맞을 것이다. 은행에는 돈이 없고, 두 기업에서 횡령한 돈은 다시 메꿀 수가 없어지면 나는 현수, 장운과 모든 책임을 뒤집어쓰고, 감방으로 갈 것이다. 다행히 운 없게 생각했던 것들이 나에게는 행운이었으나 이 회장은 실패하던 실패하지 않던 결국 모든 돈을 가지고 있었다. 그가 말한 외국에 묶인 돈과 비자금 조성으로 상납한 금액들이 어쩌면 그의 주머니에 있을지도 모르는 일이었다. 나는 철저하게 이용되었고, 현수는 철저하게 버려졌다. 나는 더욱 현수의 죽음이 자살이 아님이라고 믿게 되었다. 한 때 현수와 동일한 자살방식으로 논란이 되었던 연예인도 있었다. 그의 유족들은 자살이 아니라 타살이라고 끝까지 주장했다. 그러나 결과는 자살이라고 나왔다. 그래도 의문점들은 있었다. 신은 나를 이 섬에서 평화롭게 있도록 허락하지 않았다.

"흩어진 애들을 모아라. 나는 마지막으로 현수를 보고 와야겠다."

"애들은 다시 모아서 어떻게 하시려고 합니까?"

나는 나의 칼을 빼들어 손끝으로 날을 만져보았다.

"이 회장을 죽여야겠다."

나의 칼이 이 회장에게 향하기 전에 현수의 죽음을 자세히 알고 싶었다. 모든 죽음은 헛되지 않다. 이 칼은 현수의 죽음을 헛되지 않게 할 것이고, 이 회장의 죽음도 헛되지 않게 할 것이다. 모든 죽음은 거름이 되어 새 생명이 다시 태어나고, 그 생명은 다시 죽음을 맞이한다.

꿈을 꾸었다. 바닷가에서 한 남자가 울고 있었다. 나는 다가가려고 했으나 가까이 다가가지지가 않았다. 그 남자의 울음소리는 애절했고, 멀리 퍼졌다. 파도소리가 그를 위로해주었으나 그의 울음소리는 파도소리보다 크게 들렸다. 그의 울음을 슬프게 생각한 파도는 그를 바다로 데리고 갔다. 그의 모습이 바다 멀리로 희미해질 때까지 그의 울음소리는 내 귓가를 계속 돌고 있었다.

새벽이 되어 나는 배를 몰고 나왔다. 새벽의 바다는 달이 뜨지 않은 바다만큼이나 어두웠고, 고요했다. 엔진소리는 온 바다를 울렸고, 함수는 잔잔한 바다를 갈랐다. 수배 중이었으나 항구에서 나를 알아보는 사람은 없었다. 그들의 관심사는 그들 자신이었다. 수배자보다 그들 자신을 조여 오는 인생의 참혹함이 그들을 더 두렵게 했다. 그들은 나를 신경 쓰지 않았고, 나 또한 그들을 신경 쓰지 않고 서울로 올라갔다.

*

장례식장에는 사복경찰로 추정되는 사람들도 있었다. 내가 올 것이라는 생각은 하지 않을 것이다. 그러나 그들도 의무적으로 와 있는 듯 한쪽에 모여 음식을 먹으며 자신들의 이야기를 하고 있었다. 그러나 그대로 들어갈 수는 없었다. 그렇다고 상주를 빼내올 방법도 없었다. 해가지기를 기다렸다. 상객들이 빠져나가고 인적이 드문 시간이 되었다. 다른 호실로 갔더니 장례업체 겉옷이 널 부러져 있었다. 나는 그 옷으로 갈아입었다. 그리고 빈 떡상자와 음료수 한 박스를 들고 소영이 있는 곳으로 천천히 다가갔다. 상자를 들고 절묘히 사복경찰들과 나의 얼굴이 가려지도록 걸어갔다. 소영과의 거리가 얼마 남지 않았을 때, 그리 멀지 않은 거리에서 부르는 소리가 들렸다.

"어이, 거기 음료수 좀 주소. 음료수가 다 떨어졌네."

나를 부르는 소리였고, 경찰들은 나의 음료수를 원했다. 그들에게 음료수를 주지 않으면 그들이 내게로 다가 올 것이고, 여기서 달아나면 그들도 달려올 것이다. 칼을 들어 그들과 맞서기에도 수적으로 불리하고, 불필요한 죄만 늘어날 뿐이다. 그들에게 다가갔다. 방법은 생각나지 않았다. 그저 소영에게 가야한다는 생각이 앞섰다. 상자들로 시선을 살짝 가리고 그들에게 물었다.

"몇 개 필요하세요?"

"한 여섯 개 주소."

나는 의심받지 않기 위해 눈 위로 그들을 쳐다봤고, 상자로는 눈 아래를 가렸다. 음료수 여섯 개를 사복 경찰들 테이블로 내려놓았다. 그들은 나를 몰라보았고, 나는 일어섰다. 그러자,

"저기요."

"네?"

나의 심장은 멎을 것 같았다. 칼을 빼들어야 하는 순간
이었다. 생각보다 몸이 먼저 반응하려고 하여 상자의 중심
이 살짝 흔들렸다.

　"저기 상주 하루 종을 아무 것도 안 먹더라고, 음료수라
도 좀 갖다 주소."

　"네."

　덕분에 소영에게 자연스럽게 다가갈 수 있었다. 그러나
다가가서 어떤 말을 해야 할지 어떻게 대해야 할지 생각나
지 않았다. 천천히 걸음을 옮겨 소영에게로 다가갔다. 소
영은 나를 직원으로 알았는지 고개를 들어 보지도 않았다.

　"저기요."

　소영은 천천히 고개를 들었다. 나와 눈이 마주쳤다. 소
영의 눈이 커졌다.

　"영!"

　나는 음료수를 주는 척하며 소영의 입을 막았다. 그리고
눈짓을 보냈다. 그리고 나지막이 말을 하였다.

　"물어볼게 있어서 왔어. 좀 있다가 잠시 밖으로 나와."

　소영은 가볍게 고개를 끄덕였고, 나는 그 장소를 빠져
나왔다. 나는 현수의 영정 앞에서 절을 할 수가 없었다.
내가 가장 아끼고 형제 같던 친구의 사진 앞에서 절을 할
수가 없는 현실에 분노를 느꼈다. 잠시 뒤, 소영이 밖으

로 나왔다.

"영두야."

"소영아, 미안하다."

"여기 오면 안 돼. 경찰들이 깔려 있어."

"알아. 묻고 싶은 게 있어 왔어."

"뭐?"

"자살이 아닐 거야."

"너도 그렇게 생각하는구나. 자살일 리 없어. 현수가 얼마나 회사를 살리려고 노력했다고…. 갑자기 자살을 할 리가 없어. 그리고 죽기 전에 갑자기 파인트리에서 제로테크 주식을 모두 팔았어. 110억 정도 된다던데 그 돈이 어디로 갔는지도 모르겠어."

"이 회장 짓일 거야."

"세상은 네가 벌인 일인 줄 알아. 어떻게 하려고?"

"현수는 내 친구고 형제야. 내가 현수를 이렇게 만들었어. 내가 맺은 매듭이니 내가 풀 거야."

소영은 하염없이 울었다. 나는 그런 소영에게 어떤 위로를 해줄 말을 해야 할지 몰랐다. 소영은 울음을 참으며 나에게 무언가 말을 하였으나 들을 수가 없었다.

"나랑 이 서울을 떠나자. 3일 뒤에 남해시에 있는 미조항로 와. 모든 일 끝내고 우리 섬에 들어가서 살자."

소영은 말없이 울었고, 나는 우는 소영을 들여보냈다. 오래 있을 수가 없어 빨리 빠져나왔다. 소영은 대답하지 않았기에 올지 안 올지는 알 수 없었다. 그보다 현수의 죽음에 대한 복수가 먼저였다. 이 회장이 한 짓은 분명한데 물증은 하나도 존재하지 않았다. 당장이라도 찾아서 박살을 내고 싶지만 분명 이 회장 곁에는 허동현과 그 수하들이 건재하다. 허동현을 불러 올린 것이 이런 이유라는 생각이 들자 진작 제거하지 못한 것에 대한 울화가 치밀었다. 애써 공포감을 분노로 덮는다. 잃을 것이 없는 자가 또 잃었을 때의 분노가 나왔다. 하지만 조준해야할 적이 어디에 있는지 알 수가 없었다.

이 회장에게 전화를 걸었다. 사라진 번호였다. 이 회장도 피신 중이다. 연락할 방법을 찾아보았다. 허동현이 떠올랐다. 아마도 이 회장 곁을 지키고 있으니 연락이 될 것이다.

"누구십니까?"

"이 회장 바꿔라. 김영두다."

"네."

잠시 후, 오랜만에 낯익은 목소리가 들려왔다. 내 심장에서 다시 북소리가 울렸다. 나는 대뜸 소리를 지르고 싶었으나 참고 참았다. 그는 따뜻한 목소리로 내 안부를 물어왔다.

"영두야, 어디냐."

"피신 중입니다. 잘 지내십니까?"

"갑자기 신고가 들어와서 언론이 냄새를 맡았나봐. 일이 커져버렸다. 어떻게 막아보기에는 힘들게 됐지. 몇 년간은 잠수 타야 할 거 같다."

"현수 일은 알고 계십니까?"

"무슨 일 있는가?"

나는 더 이상 말을 잇지 못했다. 내 극에 다한 분노는 극을 넘어서자 아주 평온한 분노로 바뀌었다.

"현수가 죽었습니다."

"허허. 어쩌다가 그랬는가. 슬픈 일일세."

먼 산 넘어 다른 동네 이야기 하듯. 이 회장의 말투는 신선처럼 느껴졌다. 나는 오늘 저 신선을 죽일 것이라고 다짐했다.

"영두야. 어디냐?"

이 회장은 내 위치를 또 한 번 더 물어보았다. 내가 궁금한 것은 나의 위치가 아니라 이 회장의 위치였다.

"형님. 말레이시아에서 온 돈도 나눠야하고 한 번 만나야하지 않겠습니까?"

"그래. 그래야지. 직접 남해로 갈게."

"네. 형님. 알겠습니다."

굳이 분노를 표시할 필요가 없었다. 적이 직접 안방으로 온다면 나로서는 좋은 일이다. 아무도 오지 않는 무인도에서 나는 나의 마지막 칼춤을 준비하려 한다. 저 자의 시체를 바다에 바쳐 현수의 넋을 위로할 것이다.

하지만 그 것으로는 현수의 넋을 위로하기도 부족하고 나의 죄 값을 치르기에도 부족할 것이다. 나와 이 회장이 저지른 비리만 1,000억 가까이 되었고, 그 돈은 피와 땀으로 회사를 일해 벌어들인 직원들의 노력과 주식을 향해 인생의 마지막 희망을 꿈꾸었던 가난한 자들의 마지막 쌈짓돈이었다. 단, 두 사람이 벌인 일라고 하기에는 너무도 많은 사람들에게 상처를 주었다. 직원들과 가족, 주주들까지 합치면 2만 명이라는 사람들이 피해를 입었다. 물론 그들은 아직 희망이 있다고 믿을 지도 모른다. 제로테크도 하이컴도 바다에 부서지는 두 명의 몸처럼 사라질 것이다.

16. 바다를 품다

밤중으로 달려 남해로 가고 싶었으나, 수배 중이므로 몸이 자유롭지 못했다. 낮에는 버스를 타서 이동하고 밤에는 찜질방에서 묵었다. 사람이 많은 곳에서 사람들은 안심하기에 사람이 많은 곳이 가장 안전하게 이동할 수 있다. 이틀이 지나고서야 나는 다시 섬으로 들어갈 수 있었다.

긴박한 서울과는 다르게 여기는 평화로웠다. 파도는 잔잔했고, 배들은 천천히 움직였다. 높이 솟은 햇살에 바다가 반사되어 눈이 부셨다. 바다는 죄인이 숭고한 바다를 보는 것을 허락하지 않는 듯하였다. 숭고한 바다에 던져질 죄인의 몸을 생각하며 바다에 미안한 마음을 표했다.

섬에 도착하였을 때는 내가 나온 섬일 때와 다를 바가 없었다. 조용했고, 한적했으며, 인기척조차 느껴지지 않았다. 개들은 섬 뒤편을 간 듯 보이지 않았고, 소리도 들리지 않았다. 장운도 보이지 않았다. 섬에 있으라는 지시를 어기고 또 뭍으로 나가지는 않을 거라 생각했는데 틀렸다.

집을 둘러보니 모든 것이 어그러져 있었다. 거칠게 망가지고 부서졌다. 현수의 죽음을 참지 못해 혼자 화풀이를 한 것이라고 보기에는 집안은 매우 어지러웠다. 모든 것이 망가졌고, 모든 것이 제 위치에 있지 않았다. 핏자국이 여러 곳에서 발견 되었다. 바닥에는 피와 흙이 섞인 구두자국이 뒤죽박죽되어 있었다. 순간 누군가가 침입했었음을 느꼈다. 피는 밖으로 나간 흔적이 보였다. 피를 따라 밖으로 나갔으나 집에서 멀리 가지 않아 핏자국이 사라졌다. 저 피가 침입자들의 피 인지 장운의 피 인지 알 수가 없었다. 다만 이 회장과 전화통화를 했을 때, 왜 이 회장이 내 위치를 두 번이나 물었는지 이해가 갔다. 나와 전화를 하고 있을 때, 그 자는 침입자를 여기로 보낸 것이다. 그 자의 잔인함에 치를 떨었다. 계속 장운을 찾아 섬을 뒤졌으나 장운은 보이지 않았다. 키우던 개들도 보이지 않았다. 불러도 대답이 없는 섬은 고요하기만 했다. 섬은 평화로웠고, 새들은 짝짓기를 계속 하였고, 물고기들은 알을 낳았다.

이 회장은 남해로 직접 온다고 했다. 아마도 나를 노리기 위해 내려오는 것이다. 왜 그 자는 장운과 나를 제거하려 하는지 생각해 보았다. 돈 때문에 돈을 나누어 주기 싫어서 그러는 것일까? 그렇지는 않을 것이다. 그 자가 있는 곳을 나는 알지 못 한다. 굳이 나를 죽여야 할 이유는 없다. 여기서 죽으면 내가 죽었는지 아무도 알 수가 없다. 수배자가 죽어도 시체가 나오지 않으면 이 자는 죽은 것이 아니다. 죽어도 죄가 계속 따라다닌다. 사망등록이 되지 않은 자는 죽어도 죄가 지워지지 않는다.

왜 장운이 사라졌는지 이유를 알았다. 저 자는 우리를 실종시키려는 것이다. 섬은 죽기에 너무도 좋은 장소다. 죽어도 살아도 아무도 알지 못한다. 이 회장은 처음부터 나에게 이 섬을 피난처로 제공해 주었다. 피난처로 제공한 이 섬은 나에게 더 없는 안식처임과 동시에 더 없는 무덤과도 같았다. 만약 내가 죽는다면 나는 계속 수배중인 범죄자가 될 것이다. 공소시효가 끝날 때까지 잡히지 않는 수배자가 될 것이다.

이 회장의 의도를 알고 나니 이 섬은 더 이상 평화롭고 아름다운 섬이 아니었다. 이 섬은 장운의 무덤이었고, 나의 무덤이 되는 섬이다. 이곳에서 죽으면 저 자가 원하는 대로 모든 것이 진행될 것이다. 그 자가 원하는 무대에서 그 자가 원하는 그림대로 죽을 수는 없었다. 살고자 하는 마음은 없지만 나의 죽음이 헛되고 싶지는 않았다. 나의 죽음은 그 자를 동반하는 죽음이어야 했다.

한시라도 빨리 이 회장과 그 수하들을 다 제거 해야겠다는 생각이 들었다. 오늘 미조항으로 수하들이 모이기로 한 날이다. 그 곳에 장운이 있을지도 모르는 일이었다. 서둘러 다시 바위로 돌아가서 배에 올라탔다. 시동을 걸고 뭍에 있는 항구로 나가려는 순간, 저 멀리서 작고 빠른 배 서너 척이 다가오는 것이 보였다. 우리 쪽인지 상대인지 알수 없었으나 본능적으로 멀리서 피냄새가 파도를 타고 나의 코끝을 스쳐왔다.

나의 배는 어선이고 느렸다. 느린 배로 빠른 배를 만났을 때 상대가 이 회장의 수하라면 나는 피할 길이 없다. 맞서는 것도 사지였으나 도망치는 것도 사지였다. 느린 배로 빠른 배를 따돌리는 것은 불가능했다. 큰 바다로 향해 나아가기 보다는 수심이 얕은 섬 주변 연안으로 배를 몰았다. 저들의 배는 매우 빠른 속도로 내게 다가왔고, 저들의 배에 따라 잡히기 전에 어망이 많은 곳으로 내 배가 가주기를 진심으로 바라고 있었다. 총 네 척의 배가 안면을 인식할 수 있는 거리까지 바짝 따라왔고, 나는 이 회장이 있는지 살펴보았다. 그러나 거기에는 이 회장이 없었다. 허동현과 그 수하들이 전부였다. 이 회장은 나와 거래를 할 생각이 없었던 것이다. 그저 나를 죽여 이 바다에 묻고 그의 죄를 나에게 모두 씌우려는 수작인 것이 확실했다. 그 자는 파인트리, 제로테크, 하이컴 모두에 이름을 올리지 않았다. 나 또한 이름을 올리지 않았으나 내가 그의 지시를 받아 모는 것을 움직였고, 내가 죽으면 그의 정체를 아는 사람은 아무도 없다. 현수도 죽었고, 장운도 사라졌다. 이 비밀을 알고 있는 온전한 사람은 나뿐이었다. 그래서인지 저들의 배는 더욱 맹렬히 추격해왔다.

앞에 있는 배가 따라왔을 때쯤 나는 어망이 많은 곳으로 들어왔다. 배 스크류가 어망그물에 걸리면 배는 꼼짝달싹할 수 없이 바다에 갇히게 되기에 이 어망에서는 속도를 낼 수가 없다. 나는 이 어망 주위를 계속 미로를 다니듯 들어갔다 나왔다를 반복하며 상대를 유도했다. 똘똘 뭉쳐 오던 4척의 배는 어망사이를 피하느라 간격이 흩어졌고, 대오를 맞추기가 어려워졌다. 4척의 배에 올라탄 녀석을 어림잡아보니 모두 15명 정도 되는 것 같았다. 쉽지 않은 싸움이겠으나 파도 위에서 싸움이라면 불가능한 것도 아니었다.

어망 주변을 한 바퀴 더 돌며 싸울 상대를 골라보았다. 마침 한 배가 어망에 걸렸다. 나는 전속력을 다해 그 배의 좌현을 들이 받았다. 내 배는 타이어로 둘러쳐진 배라 충돌에 부서지지 않았다. 상대는 충격을 받아 배 옆으로 떨어졌다. 다시 후진한 뒤, 어망을 빠져나갔다. 후진으로 속도가 죽은 틈을 타 다른 한 척이 다가왔다. 나는 방향을 좌측으로 급히 꺾었다. 상대는 내 배를 비껴가며 그대로 어망을 가로질렀다. 어망을 찢고 나간 배는 관성으로 한참을 더 가다 움직이지 못했다. 이제 두 배가 남았다. 어망을 찢고 나간 배 때문에 더 이상 어망으로 적을 유도하기가 어려웠다. 두 척의 배가 나를 향해 올 때쯤, 내 배의 엔진도 더 이상 돌아가지 않았다. 나는 내 배위에서 달려오는 적들을 보며 겸허하게 먼 바다를 바라보았다. 구름 한 점 없는 햇살과 적당한 바람, 적당한 온도 죽기에 썩 나쁘지 않은 날씨였다.

두 척이 동시에 달려올 때쯤, 나는 타를 오른쪽으로 최대한 꺾었다. 파도의 힘으로 배의 방향이 꺾였다. 덕분에 한 배는 그냥 지나쳤다. 내 배가 다른 한 배와 부딪힐 때 나는 상대의 배로 뛰어 넘었다. 하나, 둘, 셋, 내가 상대 배에 오르자 배의 충격과 파도의 충격, 나의 무게로 인해 배가 심하게 좌우로 뒤흔들렸다. 상대도 나도 중심을 잡지 못했고, 서로가 뒤엉켰다. 나는 빼든 칼을 놓치지 않았고, 적들을 찔렀다. 이전처럼 적들을 베지 않아도 되어서 칼이 한결 더 자유로워졌다. 찌르고 난 뒤, 칼을 다시 뽑기에 힘이 많이 들지만 베는 것보다 더욱 치명적이다. 나는 저들을 여기에 한 명도 살려 놓고 싶지 않았다. 하나, 둘, 셋, 보이는 대로 찔렀고, 저들도 나를 찔렀다. 다만 나의 칼이 적의 중심에 더 가까이 더 빠르게 찔렀고, 적의 칼은 나의 중심에 좀 더 멀리 더 느리게 찔렸다. 배 위에 탄 셋은 바다로 고꾸라졌고, 나 또한 칼에 여러 곳이 찔려 중심을 잡기가 어려웠다. 배를 방향을 바꿔 항구가 있는 쪽으로 틀었다. 허동현이 탄 배가 내 방향을 가로 막았다. 타이어가 없는 두 배가 부딪혔고, 현측이 들이받힌 허동현의 배는 반쯤 찢어졌다. 찢어진 틈사이로 물이 들어갔다. 나는 흔들리는 배에 간신히 두 발로 균형을 지탱하였다. 동현 또한 흔들리는 배에 자신의 몸을 맡기며 균형을 잃지 않았다. 그의 칼은 그의 수하들의 칼보다 더 반짝였고, 더 길어보였다. 바다 위에서 싸운다고 해도 내게 승산이 높지 않을 것이라는 생각이 들었다. 이미 몸이 서서히 통제가 되지 않고 나의 명령이 내 손과 발까지 도달하지 않기 시작했다. 통제되지 않는 상황에서 나의 칼은 피를 흘리고 있었고, 동현의 칼은 바다 표면과 함께 반짝였다. 눈부신 반짝임 속에서 나는 칼의 반짝임과 바다의 반짝임이 구분되지 않았다. 그 모든 반짝임은 나를 향해 있었고, 나는 그 모든 것들의 반짝임의 축복을 애써 거부하지 않기로 했다. 나는 동현에게 소리치며 그의 반짝이는 칼이 나에게 오길 기다렸다.

"형님. 왜 형님 애들이 안 오는 줄 아쇼?"

동현의 미소에는 광기가 흘러 나왔다. 그의 칼과 그의 광기와 그의 파도는 나를 향해 반짝였다. 그의 칼에서 사랑하는 모든 것들이 죽어 갔다. 죽어간 모든 것들을 위해 그의 칼로 그를 거두어 갈 때가 되었다.

"동현아, 넘어와라. 다 죽자."

기름이 넘쳐흐르는 저들의 배에 라이터를 던졌다. 배 주변에 불이 붙기 시작했다. 그들은 불붙은 배에 자신을 지킬 수가 없었으므로 내 배로 뛰어넘었다. 처음으로 뛰어오는 녀석을 발로 걷어 차버렸다. 그 자는 그대로 붙타는 바다에 빠졌다. 그의 몸을 바닷물과 불덩이가 구분 없이 그를 감쌌다. 그는 알 수 없는 소리를 질렀으나 파도가 그의 소리를 감싸 주었다. 남은 자들이 동시에 뛰어서 넘어왔다. 나의 몸과 저들의 몸이 서로 한데 엉겼다. 파도에 밀려 좌우로 번갈아 굴렀고, 중심이 무너질 때마다 나는 저 자들을 찔렀고, 저자들도 나를 찔렀다. 의도하여 찌르기도 하였고, 의도치 않게 중심을 잃으며 저들끼리 찌르기도 하였다. 아수라장 속에서 아주 차갑고 예리한 무언가가 깊숙이 들어올 때마다 나는 매우 시원함을 느꼈고, 그 자리에는 붉은 바다가 솟구쳤다. 나 또한 저들에게 깊은 시원함을 선사해 주었다. 나의 칼은 저들을 가리지 않고 마구 칼춤을 추어댔고, 저들의 칼도 내 몸 구석구석 가리지 않았다. 칼춤이 끝나갈 무렵 동현이 내 배로 뛰어올랐고, 그의 칼은 어색하지 않은 반가운 반짝임을 하고 있었다.

"윽!"

나는 바다와 어우러져 다가오는 반짝임을 거부하지 않았다. 그 반짝임은 폐부 깊숙이 들어왔다. 차가운 고드름이 찌르는 듯 시원함이 온몸 구석으로 퍼져갔다. 깊숙이 들어온 무언가는 빠져나가려고 했으나 나는 그 반짝임이 나의 몸을 빠져나가기 전에 나 또한 나의 칼을 동현의 목에 꽂아 넣었다. 두 개의 빛은 서로의 몸속으로 들어가서 나오지 않았다. 동현은 나를 처음 보았을 때도 말이 없었고, 죽을 때도 말이 없었다. 나 또한 목에서 소리가 나지 않았다. 입에서 피가 스르르 흘러 나왔다. 손으로 막아보아도 피가 멈추지 않았다. 폐부 깊이 찔린 상처로 인해 들숨을 쉬어도 날숨이 나오지 않았다. 바람은 내 가슴 깊은 곳에서 새어 나왔다. 나는 가장 편한 자세로 누웠다. 움직이기가 매우 고통스러웠고 나의 몸은 더 이상 나의 명령을 수행하지 않았다. 배위에 누워있는 저들도 더 이상 움직이지 않았다.

나는 움직일 수는 없었으나 배는 천천히 멈추지 않고 움직임을 이어갔다. 방향을 틀지 않았으니 항구 쪽으로 배가 갈 것이다. 항구에는 이 회장이 소식을 기다리고 있을 것이다. 그리고 소영이 나를 기다리고 있을 것이다. 나는 내가 구해야 할 사람과 내가 없애야 할 사람을 향해 가고 있었다. 항구에는 내가 구해야할 사람과 나를 없애려는 사람이 같이 있을 것이다. 소영이 나를 알아보는 순간 이 회장은 소영을 없애려 할 것이다. 이 회장을 만날 수 있는 하늘이 허락해준 시간은 그리 길지 않았으나 하늘은 소영을 나와 현수를 기억하고 있는 유일한 사람으로 만들어 버렸다. 졸음이 더욱 쏟아졌다. 몸을 가누기가 어려웠으나 나는 간신히 손을 뻗어 뱃머리를 남쪽으로 틀었다.

천천히 그리고 무겁게 쏟아지는 졸음을 참고 눈을 살짝 떠보았다. 찬란한 햇빛이 나를 비추고 있었고, 파도가 배 현측을 때리는 소리가 나고 있었다. 배 밖에는 푸른 물결이 출렁이고 있었고, 배 안에는 붉은 물결이 출렁이고 있었다. 배는 계속 가고 있었으나 나는 쏟아져 오는 잠을 이길 수가 없었다. 잠이 헤어날 수 없을 만큼 오고 있음과 동시에 고통은 서서히 사라졌다.

하이컴은 며칠 못가 부도처리 되었다. 제로테크는 주주들과 직원들이 힘을 합쳐 회사를 살리려고 힘썼으나 6개월 뒤에 상장폐지 되었다. 제로테크와 하이컴의 주가는 상장폐지가 될 무렵 0원 가까이에 수렴했다. 사라진 시가총액은 700억이 넘었다. 2만 명의 투자자가 기업사냥꾼의 만행으로 인해 1000억 가까이를 날리게 되었다. 그들의 돈은 공중으로 분해되었고, 그 돈이 어디로 흘러들어갔는지에 대한 이야기는 들을 수가 없었다. 그들이 분노해야할 대상들은 그들이 알지 못했거나 알고 있는 이들은 사라졌다. 그들은 돈과 분노를 잃었다. 분노했던 그들은 시간이 지나며 이 사건을 잊어갔다. 그렇게 제로테크와 하이컴도 붉은 노을처럼 사라졌다.

이 회장은 1년 뒤, 경기도 일산에서 검거되었다. 그러나 산 자들은 산 자들의 말을 하였고, 죽은 자들은 죽은 자의 말을 하였다. 죽은 자들의 목소리는 산 자들에게 들리지 않았다. 그의 죄는 저축은행 불법대출 뿐이었다. 산 자의 죄는 가벼웠고, 죽은 자의 죄는 무거웠다.

희대의 기업사냥꾼인 이상철이 검거 되었어도 제2, 제3의 이상철이 나오고 있다. 최근 10년간 기업사냥꾼에 의해서 상장 폐지된 기업만 325곳이고, 그 피해액만 45조로 추정되고 있다. 그리고 지금 이 순간에도 기업사냥꾼들은 당신의 회사를 노리고 있다.

끝

제로테크 사건요약

페이퍼컴퍼니 파인트리 5천만원 인수

제로테크의 지분싸움으로 창업주 패배

성화종 파인트리 대표취임

파인트리 제로테크 인수

김현수 제로테크 사장, 성화종 부사장 취임

성화종 파인트리 대표 사임

제로테크 유상증자 278억 → 유상증자대금 횡령

(이 과정에서 10개의 차명계좌로 허수주문 및 주가조작)

성화종 파인트리 이사직 사임

제로테크 회사채발행(BW) 150억 → 횡령

제로테크 HS홀딩스 230억에 인수 → 하이컴 인수완료

하이컴 자회사가 보유한 표준제약주식 200억 처분 → 횡령

하이컴을 통해 화성저축은행 인수시도 → 인수실패

실세 김영두, 하이컴 사장 염장운 도주

제로테크 사장 김현수 자살

파인트리 제로테크 지분 처분 110억

제로테크 상장폐지

실세 이상철 구속(경기도 일산)

제로테크 지분구조

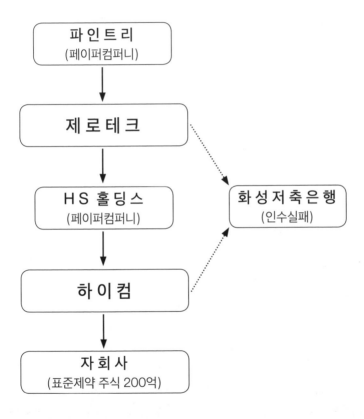